आज का समय

(कहानी-संग्रह)

आज का समय

सुनील गंगोपाध्याय

रूपान्तर

इन्दिरा चटर्जी

वाणी प्रकाशन ग्रुप

भारतीय ज्ञानपीठ

वाणी प्रकाशन : भारतीय ज्ञानपीठ की पुस्तकों के एकमात्र प्रकाशक एवं वितरक

राष्ट्रभारती लोकोदय ग्रन्थमाला : ग्रन्थांक 686

सजिल्द पहला संस्करण : 2002
सजिल्द दूसरा संस्करण : 2026

वाणी प्रकाशन : भारतीय ज्ञानपीठ की पुस्तकों के एकमात्र प्रकाशक एवं वितरक

वाणी प्रकाशन
4695, 21-ए, दरियागंज, नयी दिल्ली-110 002
दूरभाष : 011-23273167, 23275710
ईमेल : sales@vaniprakashan.in
www.vaniprakashan.com

ISBN : 978-93-5775-604-4

मूल्य : ₹ 395

आज का समय
(कहानी-संग्रह)
सुनील गंगोपाध्याय

AAJ KA SAMAY
(Bangla Short-Stories)
by Sunil Gangopadhyaya

आवरण : सत्यसेवक मुखर्जी
मुद्रक : आर. टेक ऑफ़सेट प्रिंटर्स, दिल्ली-110 032

ये प्रतिनिधि कहानियाँ–

अपनी रचना को किसी ने आज तक कभी सर्वश्रेष्ठ बताया? ऐसा कोई कर सकता है भला? हाँ किसी रचना को पूरा करने के बाद तात्कालिक रूप से शान्ति अवश्य मिलती है–लगता है कि रचना का समापन करने में तो सफलता प्राप्त कर ली। परन्तु मन में कुछ समय के अन्तराल के बाद ही अशान्ति का कीड़ा कुलबुलाकर काटने लगता है। यही चिन्ता लगी रहती है कि मैंने जैसा चाहा था, वैसा तो लिख नहीं पाया; कई .ख़ामियाँ रह गयी हैं। अभी भी मेरी सफलता का सफ़र तय कर मुझे मुक़ाम तक पहुँचने में काफ़ी वक़्त लगेगा। सफलता के दरवाज़े तक पहुँचने के लिए मुझे अभी बहुत-कुछ करना है। इस अशान्तिमय पीड़ा से जन्म लेता है एक प्रकार का गहन असन्तोष। वही असन्तोष यह आदेश देता रहता है कि अगली रचना को और भी मनोयोग से, निष्ठा से लिखना होगा। फिर अगली रचना के रचे जाने की प्रक्रिया की शुरूआत हो जाती है।

यही कारण है कि किसी भी लेखक के लिए अपनी रचना को उत्कृष्ट प्रमाणित करना बड़ा कठिन हो जाता है। हाँ, चाहे उत्कृष्ट न भी लगे फिर भी अपनी किसी रचना के लिए मोह तो उपजता ही है। उसे खिंचाव भी कह सकते हैं। इस खिंचाव या मोह को सफलता की कसौटी पर तो कसा नहीं जा सकता। प्रेम या माया-मोह को तर्क से तो नहीं परखा जा सकता। यह हृदय से सम्बन्धित होते हैं।

किसी विशेष घटना को केन्द्रबिन्दु बनाकर कहानी या उपन्यास बार-बार दिमाग़ में चक्कर काटते रहते हैं। अपने ही ज़ीवन की किसी छोटी घटना को शायद मैं अपनी लेखनी द्वारा उचित रूप से प्रस्फुटित नहीं कर सका, फिर भी उसे प्यार करने की इच्छा बलवती हो जाती है और उससे मोह भी हो जाता है। कई सालों बाद अपनी ही रचना पर जब आँखें चली जातीं हैं तो मन में झटका-सा लगता है–यह क्या सच में मैंने लिखा था? इसी समय की लापरवाही और काल्पनिक भावनाओं को नये सिरे से आविष्कृत कर, उस रचना को अलग से सँजोकर रखने की इच्छा होने लगती है।

अपनी किसी रचना को सहेजकर रखने की इच्छा को गम्भीर साहित्यिक उपक्रम की संज्ञा न देकर उसे एक प्रकार का सहज विचार कहना ही उचित होगा। उसी विचार के वशीभूत यह बारह कहानियाँ चुनी हैं। प्रत्येक कहानी का पूर्व इतिहास मेरे समक्ष स्पष्ट, अनावृत एवं प्रकाशमान है; जैसे कि मैं उन घटनावलियों के साथ-साथ प्रति पल जिया हूँ। मन में एक बार तो यह इच्छा जाग्रत भी हुई कि भूमिका में कहानियों की पृष्ठभूमि से पाठकों को अवगत कराऊँ, सबका कथानक बारी-बारी से लिख डालूँ। लेकिन अगले ही पल यह विचार आया कि रहने दें, इतना अधिक करने की आवश्यकता क्या है? पाठकगण स्वयं ही पढ़कर अनुभव करें तो क्या अधिक बेहतर न होगा?

शिल्पकार का अधिकार है कि वह काफ़ी चीज़ों को अव्यक्त या एक प्रकार के धुँधलेपन में रखकर, पाठकों को स्वयं उनकी कल्पना के अनुसार उस पर कसीदाकारी करने दें। कुछ भागों को रचनाकार अव्यक्त या रहस्य के घेरे में क़ैद करके रखना ज़्यादा पसन्द करता है।—और किसी भी साहित्य-रंचना का वास्तव में यही शिल्प-नैपुण्य या मुख्य अवलम्ब है।

— सुनील गंगोपाध्याय

अनुक्रम

सपनों की दुनिया

एक पतली-सी गली के आख़िरी मोड़ पर वह घर था। टैक्सीवाला हमें बड़ी सड़क पर ही उतारकर उँगली से उसे दिखाकर चला गया। इस देश के टैक्सीवाले बिल्कुल ठीक पते पर दरवाज़े के सामने उतार देते हैं, पर पतली गली में गाड़ी नहीं घुसाते; तभी भारी सूटकेस मुझे ही लादकर ले जाना पड़ा।

दोपहरी का वक़्त था, तभी तो कहीं भी इनसान दिखलाई नहीं पड़ रहे थे, हाँ ऐसा होना तो स्वाभाविक ही था। गली के दोनों तरफ़ ऊँची दीवारें थीं बिल्कुल ही निविड़ घनी शैली की; शायद उसपार कोई कारख़ाना इत्यादि हो। घर के सामने आकर मैंने पते का ठीक से मिलान किया उसके बाद ही घण्टी बजायी।

थोड़ी देर बाद जिस आदमी ने दरवाज़ा खोला, उसकी उम्र चालीस के क़रीब होगी। चेहरे पर कई दिनों की बढ़ायी गयी दाढ़ी, मैली जीन्स की पैण्ट और एक बनियान, हाथों में हथौड़ी। वह बिना कुछ बोले मेरी ओर अपलक देखता रहा।

सूटकेस को रखकर मैंने बताया, "मैं इण्डिया से आया हूँ। यही एक अतिथि-गृह है– जहाँ मेरे लिए आज से एक कमरा आरक्षित करके रखा गया है।" तब भी वह आदमी चुपचाप मुझे घूरता रहा, तब मैंने जेब से एक चिट्ठी निकाली और उसे दिखायी।

वह चिट्ठी लेकर अन्दर चला गया। मुझे सीढ़ियों पर चलने की आवाज़ स्पष्ट रूप से सुनाई दी। एक मिनट बाद ही वह मुस्कराता हुआ चला आया। वह हथौड़ी रख आया था। पैण्ट से हाथ पोंछकर उसने मेरा सूटकेस उठा लिया और मुझे अन्दर जाने के लिए इशारा किया।

इन देशों में सभी को अपना सामान खुद ही उठाना पड़ता है। और यह तो होटल भी नहीं था कि कोई बेयरा आकर सामान उठाये। मैंने आपत्ति की, "ना, ना सूटकेस मैं ही लेकर चलता हूँ।" पर उसने मेरी बात नहीं सुनी और जल्दी से आगे बढ़ गया।

अब तक उस आदमी ने एक बात तक नहीं की। शायद गूँगा है! पहले मैंने

कभी गूँगा साहब नहीं देखा।

लकड़ी की पतली सीढ़ियाँ, जिन पर क़ालीन भी नहीं था। मुझे उनकी हालत काफ़ी गिरती-सी लगी। मुझे कुछ बुरा लगा, क्योंकि जिन घरों में दो-एक कमरा बाहरी लोगों को किराये पर उठाया जाता है, उसका मर्यादित रख-रखाव तो ज़रूरी है। ऐसी टूटी-फूटी सीढ़ी क्यों?

मुझे तीसरी मंज़िल तक चढ़ना पड़ा। यहाँ काफ़ी सफ़ाई लगी। शायद कुछ दिन पहले रंग-रोगन हुआ है। दरवाज़े की दीवारों के काग़ज़ भी बदले गये लग रहे थे। कमरे में सुन्दर-सा बिस्तरा, स्नान-गृह भी साफ़-सुथरा था। अब मेरा असन्तोष ख़ुशी में बदल गया, क्योंकि अब तो मैं कोई बुराई नहीं देख पा रहा था।

उस आदमी ने मुझे बाथ-रूम के नल खोलकर ठण्डे-गरम पानी की व्यवस्था से अवगत कराया, बत्ती जलायी-बुझायी—सब-कुछ निःशब्दता से—आमने-सामने दो कमरे, बीच में बैठक। एक संगमरमर की मेज़, उस पर एक चिट्ठी थी जो उस आदमी ने मुझे दी। उसमें अँग्रेज़ी में मुझको सम्बोधित करके लिखा था, "तुम्हारा कमरा तैयार कर दिया गया है। तुम्हारे बिस्तरे के पास वाली मेज़ की दराज़ में एक चाभी है, जब मर्ज़ी हो, तुम आ-जा सकते हो, उसी चाभी से मुख्य दरवाज़ा खुल सकता है। तुम्हें और किसी चीज़ की ज़रूरत हो तो शाम को मुझे बता सकते हो।" नीचे एक महिला के हस्ताक्षर थे।

मैंने उस आदमी को धन्यवाद देकर कहा, "मुझे किसी चीज़ की आवश्यकता नहीं है।"

वह आदमी कन्धे उचकाकर हँसकर चला गया। मैंने सूटकेस खोलकर अपना सामान ठीक से सँजो लिया। आज से सात दिनों तक इसी कमरे में मुझे अपना संसार बसाना है। इस प्रकार के अतिथि-गृह ही मुझे होटल से अधिक प्रिय हैं। ख़र्चा भी कम होता है, इसके अलावा घर का अहसास भी रहता है। होटल सभी देशों में लगभग एक ही तरह के और बड़े ही वैचित्र्यहीन होते हैं।

अच्छी तरह से स्नान कर मैं सो गया। मुझे भूख नहीं थी। वायुयान की लम्बी यात्रा के बाद अब शरीर केवल नींद का ही प्रत्याशी था, दिमाग़ भी काम नहीं कर रहा था—तो मैं रेशम जैसे बिस्तरे पर सो गया। खिड़कियों पर सफ़ेद रेशमी पर्दे लगे थे। मेरी धारणा थी कि सोते ही मुझे नींद आ जाएगी, पर ऐसा नहीं हुआ। नींद की इच्छा हो तो साथ-साथ नींद आएगी, ऐसा कोई नियम नहीं है। कभी-कभी तो हाथ-पैर पकड़ के मिन्नतें करने पर भी नींद नहीं आती और कभी नींद ना आने की सोचें तो झट से वह अपने आगोश में ले लेती है! थोड़ी देर करवटें बदलता रहा, फिर अचानक याद आया कि दो फ़ोन करने हैं। इस कमरे में फ़ोन नहीं था। होटल की तुलना में अतिथि-गृहों में यही कमी है। अधिकतर अतिथि-गृहों में ही

टेलीफ़ोन की सुविधा नहीं रहती।

गूँगा साहब के अतिरिक्त और कोई इस घर में है, लगा तो नहीं। उससे कुछ जानकारी हासिल करने का भी उपाय न था। सड़क पर निकलने पर ज़रूर टेलीफ़ोन बूथ मिल सकता है। फ्रैंकफ़ुर्ट शहर मेरे लिए बिल्कुल अपरिचित भी नहीं था, मैं पहले भी जर्मनी आया था।

कपड़े पहनकर फिर से तैयार होकर, चाभी लेकर उतरते वक़्त देखा कि वह आदमी हथौड़ी से सीढ़ी की मरम्मत कर रहा था। एक जगह पर तख़्त डटा हुआ था, इस कारण मुझे फलाँगकर जाना पड़ा। उस समय उससे हँसी का आदान-प्रदान हुआ।

एक घण्टे बाद जब वापस लौटा, तब भी उसे बड़ी लगन से काम करता पाया। सीढ़ी का काफ़ी हिस्सा उसने नया कर डाला था। उसकी बनियान पसीने से भीगी हुई थी।

शाम के वक़्त गृह-स्वामिनी मेरा हालचाल पूछने आयीं। काफ़ी तन्दुरुस्त जर्मन महिला थीं, चेहरे पर हाव-भाव पर्शियनों की भाँति थे। वो काम चलाने लायक़ अँग्रेज़ी जानती थीं। पास के ट्रॉम, बस स्टॉप तथा रेस्टोरेण्ट के बारे में उन्होंने मुझे जानकारी दी। मैंने उन्हें किराये का अग्रिम पैसा दे दिया।

वह गूँगा व्यक्ति थोड़ी दूर खड़ा था। साधारणतः गूँगे लोग बहरे भी होते हैं, पर यह तो काफ़ी मन लगाकर हमारी बातें सुन रहा था। उसके गले में काफ़ी बड़ा एक लॉकेट था, जिसमें किसी की तस्वीर थी। हमारे देश में जैसे साईंबाबा या किसी और गुरु का लॉकेट लोग गले में डालते हैं, शायद वैसा ही कोई होगा। वह आदमी अपना लॉकेट एक हाथ से, हिला-डुला रहा था।

उस महिला ने कहा, "मेरे पति के संग आपका परिचय तो पहले ही हो चुका होगा, मैं सारा दिन घर में नहीं रहती, पर फ़िलिप रहता है। आपको जिस चीज़ की भी ज़रूरत हो इससे माँग लेना।"

तो यह गूँगा इस महिला का पति है, मैंने तो इसे मिस्त्री समझा था। जल्दी से मैंने दाहिने हाथ से उसके साथ हाथ मिलाया। उसकी हँसी में एक तरह की सरलता थी।

गृह-स्वामिनी ने अपना नाम बताया, जिसे बोलना काफ़ी कठिन था। पर उन्होंने यह भी बतलाया कि इस नाम से उन्हें कोई नहीं बुलाता। सब उन्हें नोरा कहकर बुलाते हैं। उन्होंने बताया कि, "पहले भी यहाँ भारतीय अतिथि रह चुके हैं। उन्हें यहाँ किसी तरह की असुविधा नहीं हुई। आपको भी किसी तरह की असुविधा नहीं होगी।" मैंने जवाब दिया, "नहीं-नहीं काफ़ी ख़ासी जगह है। स्टेशन भी पास है। मुझे काफ़ी पसन्द है। यहाँ से 'बुक-फेयर' आने-जाने की भी काफ़ी सुविधा है।"

नोरा ने कहा, "हम भी एक दिन 'बुक-फेयर' देखने जाएँगे। तुम क्या हमारे लिए टिकट ला दोगे? मेरे पति को किताबों से लगाव है, वे स्वयं भी एक कवि हैं।"

मुझे फिर से अजीब लगा, क्योंकि मूक व्यक्ति कभी कविता रचना कर सकता है यह कभी नहीं सुना। हालाँकि इस संसार में कुछ भी हो सकता है—जैसे संगीत स्रष्टा बिथोवेन बहरे हो गये थे, मिल्टन अन्धे हो गये थे, पर ये सब कितने महान रचनाकार होकर संसार को चौंका गये थे।

नोरा ने बताया, "ये जर्मन भाषा में नहीं लिखते, ये मैसिडोनियन भाषा में लिखते हैं।"

मैंने कहा, "मैसिडोनियन ?"

अब नोरा के चौंकने की बारी थी। उसने कौतूहल जताया, "तुम उस भाषा के विषय में जानते हो ? हम जर्मन नहीं हैं, मैसिडोनियन हैं।"

मैंने अपना ज्ञान प्रदर्शित करने के लिए पूछा, "तब तुम लोग कहाँ के हो? मैसिडोनिया नाम का तो कोई देश नहीं है। वह देश टुकड़ों में बँटकर बुलगारिया यूगोस्लाविया, ग्रीस में और कुछ भाग शायद अलवेनिया में भी चला गया है, तुम लोग क्या यूगोस्लाविया से आये हो, मैं एक बार...।"

मैं अपनी पूरी बात ख़त्म कर पाता, इससे पहले ही एक अप्रत्याशित घटना का मुझे सामना करना पड़ गया।

अब तक मैं जिसे गूँगा समझ रहा था, वह बात करने लगा। काफ़ी गुस्से वाले लहज़े में उसने नोरा से कुछ पूछताछ की। वह जिस भाषा में बोल रहा था उसे समझना मेरे लिए असम्भव था।

अब तो नोरा और फ़िलिप उसी भाषा में न जाने क्या बातें करने लगे। लग रहा था जैसे झगड़ रहे हों। मैं बुद्धू की तरह खड़ा देखता रहा।

थोड़ी देर बाद नोरा मेरी ओर मुख़ातिब होकर बताने लगी, "मेरे पति तुम्हें गुप्तचर समझ रहे हैं, मैं उन्हें कितना समझाने की कोशिश कर रही हूँ कि तुम एक भारतीय हो, तुम्हारा इसमें किसी प्रकार का उद्देश्य नहीं है; इण्डियन लोग इस तरह के झगड़ों में नहीं पड़ते...।"

"अच्छा तो ये मुझे गुप्तचर समझ रहे हैं! इसका मतलब यहाँ किसी प्रकार का षड्यन्त्र रचा जा रहा है। यह क्या बम, बन्दूक़ वग़ैरह तैयार करते हैं? यह मैं कहाँ फँस गया?"

नोरा ने मुझे आश्वस्त किया और पति का हाथ पकड़कर ले गयी। जाते वक़्त भी दोनों में वाद-विवाद जारी था।

ज़्यादा डरा तो नहीं, पर मुझे चिन्ता अवश्य होने लगी। यह अचानक गुप्तचरवाली बात कहाँ से पैदा हुई? विदेश में जाकर किसी तरह के झंझट में न पड़ जाऊँ! एक

आदमी बात कर सकता है तो भी गूँगा बना रहता है, मुझको यह भी काफ़ी सन्देहजनक ही लगा।

फ़िलिप का चेहरा देखकर तो उसे काफ़ी भोलाभाला समझा जा सकता है, पर वह अचानक उतना गुस्सा क्यों हो गया? मैंने ऐसा क्या बोल दिया?

कुछ बरस पहले मैं यूगोस्लाविया के एक छोटे से शहर में गया था—वहाँ एक अन्तर्राष्ट्रीय कवि-सम्मेलन में भाग लेने। वहाँ पर मैंने सुना था कि उस इलाक़े की भाषा मैसिडोनियन है और उस भाषा को प्रतिष्ठित करने के लिए आन्दोलन भी चल रहा था। मैंने जिस बांग्ला कविता का पाठ किया था उसी का अनुवाद मैसिडोनियन भाषा में करके सुनाया गया।

मैसिडोनिया। नाम सुनकर ही रोमांचक लगता है। ईसा के जनम से साढ़े तीन सौ बरस पहले इस छोटे से देश के राजा फ़िलिप के लड़के अलेक्ज़ेण्डर ने पूरी दुनिया को हिलाकर रख दिया था। हमारे देश के इतिहास में भी अलेक्ज़ेण्डर का विशेष स्थान है; और उसकी वजह है फारस, मिस्र, बैबीलोन को पैरों तले रौंद डाला था दिग्विजयी अलेक्ज़ेण्डर ने। परन्तु वह भारत पर अधिकार नहीं कर पाया। विश्वासघातक तक्षशिला के राजा की सहायता से उसने झेलम नदी के पार महाराजा पुरु को युद्ध में परास्त तो किया था, पर उनके पौरुष-पराक्रम को देख वे मुग्ध होकर उनके मित्र भी बन गये। भारतीय सेना की वीरता के कारण अलेक्ज़ेण्डर की सैन्य-वाहिनी भी आगे बढ़ने का साहस नहीं कर सकी। अलेक्ज़ेण्डर गंगा पार नहीं जा पाये थे।

मेरी यही धारणा थी कि हज़ारों वर्षों के इतिहास-भूगोल के नाना परिवर्तनों के कारण शायद मैसिडोनिया का नाम मानचित्र से पूरी तरह से मिट चुका है। अलेक्ज़ेण्डर की अकाल मृत्यु के पश्चात् उनके साम्राज्य के टुकड़े-टुकड़े हो गये और मैसिडोनिया नाम भी कहीं नहीं रहा।

परन्तु यूगोस्लाविया जाकर ही मुझे पता चला कि मैसिडोनिया नामक देश पूरी तरह से लुप्त नहीं हो पाया। यह तीन-चार देशों में फैल गया है। वही प्राचीन भाषा अभी भी ग्रीक के साथ टक्कर लेती है।

जर्मनी में अनेक जातियों के इनसान रहते हैं। मैं एक मैसिडोनियन परिवार में अकस्मात् आ पहुँचा। पर ये लोग गुप्तचर का डर क्यों पाले हैं? ये क्या यहाँ पर ग़ैरक़ानूनी तौर पर रहते हैं? पर मैं भी तो यहाँ ऐसे ही अचानक नहीं आया। पुस्तक-मेले के अधिकारियों के पास होटल या अतिथि-गृहों की तालिका रहती है, वहाँ से पता पूछकर मैंने यहाँ पहले खोज़-ख़बर की थी। पुस्तक-मेले के अफ़सर तो भली-भाँति ख़ोज-ख़बर लिए बिना किसी की सिफ़ारिश नहीं कर सकते। वे अतिथि-गृहों का दौरा भी करते रहते हैं। अगर किसी प्रकार की भी धाँधलेबाज़ी होती तो वे अवश्य पकड़ लेते।

ये अगर बम-बन्दूक़ के कारोबारी हैं तो कुछ पैसों के लिए अतिथि काहे को रखते?

सुबह नींद टूटी तो चाय की तलब होने लगी। अतिथि-गृहों में खाने की व्यवस्था नहीं रहती, खाना बाहर खाना पड़ता है। पर ये सामान्यतः नाश्ता ज़रूर देते हैं। पर होटल की भाँति ज़रूर चाय नहीं देंगे। नींद टूटने के बाद चाय की प्याली में मुँह दिये बिना हम लोगों का दिन ही शुरू नहीं हो पाता।

थोड़ी देर प्रतीक्षा करके लगा कि शर्म करने से कोई फ़ायदा नहीं, नीचे जाकर माँगना चाहिए।

तीसरी मंज़िल के दूसरेवाले कमरे में और कोई नहीं आया था। दो तले में पति-पत्नी के अतिरिक्त किसी और के अस्तित्व का पता ही नहीं चला।

सीढ़ी के सामने खड़े होकर देखा कि पहली मंज़िल के एक कमरे से नींद से भरी आँखों से नोरा का पति निकल रहा था। उसने हॉफ़ पैण्ट पहना था और नंगे बदन था। मुझे देखा तो वह भागकर कमरे के अन्दर घुस गया...। शायद यह व्यक्ति अभी भी मुझसे नाराज़ है। चाहे वो नाराज़ हो या न हो, मेरा तो बिना चाय के नहीं चलेगा। उस महिला को कैसे बुलाऊँ? नीचे उतरा तो देखा कि फ़िलिप कमरे से बाहर निकल रहा था और अब उसने पैण्ट-कमीज़ पहन लिया था। शायद नंगे बदन था, तभी दौड़ा था, अब काफ़ी तन्दुरुस्त और ठीक-ठाक लग रहा था।

सिर हिलाकर उसने दो बार 'मार्निंग, मार्निंग' कहा। इसके मायने फ़िलिप को अँग्रेज़ी भी आती है। कल मेरे सामने तो एक अक्षर भी नहीं बोला। यह भी रहस्यपूर्ण ही था मेरे लिए।

अब नोरा ड्रेसिंग गाउन पहनकर निकल आयी। सुप्रभात बोलकर मैंने उससे पूछा, क्या मुझे मेहरबानी करके एक प्याली चाय दे सकेंगी? नाश्ता बाद में करूँगा, पहले चाय चाहिए।

महिला थोड़ा घबरा गयी। ''नाश्ता, तुम्हारे संग जो बातें हुई थीं उसमें तो नाश्ता नहीं है। नाश्ते के लिए रोज़ाना पच्चीस मार्क और लगेंगे। तुमने पहले तो पत्र में यह सब नहीं जताया था।''

''सॉरी मैडम, ठीक है मैं नाश्ता बाहर ही खा लूँगा।''

ऊपर चढ़ते-चढ़ते मैंने हिसाब लगाया । पच्चीस मार्क में तो मेरा दोपहरी का खाना हो जाएगा। जैम, जैली इत्यादि लाकर कमरे में नाश्ता करूँ तो उसमें काफ़ी सस्ते में हो जाएगा, मुझे ज़रूरत नहीं है नाश्ते की।

मुश्किल तो यह है कि चाय पीने के लिए भी जूता-मोजा पहनकर बाहर जाना पड़ेगा। बैड-टी की मुझे पुरानी आदत है। स्नान आदि बिना करे ही बाहर जाकर चाय पीनी पड़ेगी। सुबह-सुबह पैसे की बात सुनकर मेरा मिज़ाज बिगड़ गया।

किसी तरह से मुँह-हाथ धोकर जैसे ही मोजा पहननेवाला ही था कि उसी समय नोरा खुले दरवाज़े के सामने आ खड़ी हुई। उसके हाथों में एक ट्रे थी, जिसमें चाय की केटली और एक क्रॉयेसाँ था।

मैंने थोड़ी विरक्ति दिखायी, "मैंने तो माँगा नहीं था, बाहर ही खा लूँगा।"

नोरा बोली, "यह फ्री—फ्री"

यह सुनकर कि मुफ़्त में चाय पीऊँगा, मुझे और भी बुरा लगा। मैं काहे को किसी की दया, अनुग्रह स्वीकार करूँ। ये लोग यदि एक प्याली चाय के दाम का हिसाब करते हैं तो मैं किसलिए बिना पैसे की चाय पीऊँ?

नोरा चाय बनाकर लायी थी, जिसे वापस तो नहीं किया जा सकता था। मैंने कहा, "ऐसा करिए, आज तो मैं पच्चीस मार्क दिये देता हूँ कल से आपको तकलीफ़ करने की ज़रूरत नहीं है।"

नोरा ने कहा, "तुम्हें पैसे देने की ज़रूरत नहीं है, मेरे पति ने तुम्हारे लिए बनाया है।"

नोरा की टूटी-फूटी अँग्रेज़ी से सारी बातें ठीक से समझ में भी नहीं आतीं। भाषा ज्ञान के अभाव में उसकी बातें रूढ़ लग रही थीं। नहीं तो इस देश में एक प्याली चाय की क़ीमत भला कौन माँगता है। उसने शायद यही सोचा था कि कमरे का किराया देकर मैं उससे नाश्ता भी माँगूँगा।

ट्रे रखकर नोरा ने कहा, "मुझे काफ़ी जल्दी दफ़्तर जाना पड़ता है, नाश्ता बनाने का समय ही नहीं मिलता। अगर तुम कहो तो मेरे पति बना देंगे। कल शायद तुम्हें फ़िलिप की बातें बुरी लगी हों?"

"मैं तो उसकी भाषा ही नहीं समझ पाया, गुस्से का तो सवाल ही पैदा नहीं होता। उसने क्या मुझ पर गुस्सा किया?"

"गुस्सा तो नहीं, हाँ दुःख ज़रूर किया; क्योंकि तुमने कहा था कि, 'मैसिडोनिया' नाम का कोई देश ही नहीं, वही सुनकर उसे बुरा लगा।"

थोड़ा हँसकर नोरा अपनी छाती पर हाथ रखकर बोली, "असल में वह देश अभी भी है यहाँ पर है, हमारे हृदय में।"

मैंने कहा, "अवश्य ही है, अच्छा—आपके पति तो अँग्रेज़ी जानते हैं, मगर दूसरे लोगों की तरह बोलते क्यों नहीं?"

"वह काफ़ी थोड़ी अँग्रेज़ी जानते हैं। मुझसे भी कम। असल में वे ना तो जर्मन और ना ही अँग्रेज़ी बोलने की इच्छा रखते हैं। मैसिडोनियन भाषा में फ़िलिप कविता लिखते हैं। विदेश में रहते-रहते वे उस भाषा को भूल न जाएँ इसीलिए हर समय उसी भाषा में ही बातें करते हैं। वे सोचते भी उसी भाषा में ही हैं।"

"परन्तु तुम्हारे पति यदि बाहर जाएँ या नौकरी करने जाते होंगे तो वहाँ तो

'मैसिडोनियन' भाषा नहीं चलेगी।"

"वे ज़्यादा बाहर भी नहीं जाते; और वे एक कवि हैं, वे काहे को नौकरी करेंगे? घर में उनके पास काफ़ी काम है। मैं तो करती हूँ नौकरी, वही काफ़ी है।"

"तुम्हारे पति की कविताओं का 'अनुवाद' नहीं हुआ?"

"नहीं! कौन करेगा?"

नोरा चली गयी तो मुझको याद आया फ़िलिप ने मुझे गुप्तचर क्यों समझा था, पूछना भूल ही गया। पति कविता रचता है और पत्नी उसे नौकरी नहीं करने देना चाहती, यह भी एक काफ़ी अभिनव है। ऐसा तो पहले कहीं भी न सुना, न देखा।

इसके बाद तो दो-तीन दिनों तक मैं काफ़ी व्यस्त रहा। उन लोगों से मिल ही न पाया। परन्तु आते-जाते यह देखा कि इस घर में शाम के समय कुछ लोग आते हैं, और वे सभी वृद्ध या वृद्धाएँ हैं, जो दूसरी मंज़िल वाले कमरे में घुस जाते हैं। उनके चेहरे पर दयनीयता झलकती है। फ़िलिप सीढ़ी की मरम्मत करता है, बिजली की तारें ठीक करता है; जब मेरा-उसका आमना-सामना होता है तो हँस पड़ता है।

मैंने कमरे में ही चाय की व्यवस्था कर ली है और नाश्ता-खाना बाहर खा लेता हूँ। रात को तो अकसर कहीं न कहीं डिनर रहता ही है। किसी प्रकार की असुविधा नहीं हो रही थी।

चार दिनों के बाद सुबह नोरा ने मुझसे नाश्ता करने का आग्रह किया।

मेरे यह कहने पर कि "मेरे कमरे में ही काफ़ी खाने-पीने का इन्तज़ाम है, आज किसी और चीज़ की ज़रूरत नहीं है; "नोरा ने कहा," आज मेरी छुट्टी है, फ़िलिप पैन-केक बना रहा है। अगर तुम हमारा साथ दो तो हमें ख़ुशी होगी।"

इसके बाद तो टाला नहीं जा सकता था। मैंने एक पैकेट बेकन बिस्कुट ख़रीद कर रखा था, उसे ले नीचे उतरा। किचन छोटी-सी थी, वहीं खाने की मेज़ भी थी। इस देश की रीति के अनुसार, रसोई में अगर किसी को बुलाया जाए तो वह घनिष्ठता का द्योतक माना जाता है।

फ़िलिप ऐप्रेन पहनकर कड़ाही में कुछ तल रहा था। मेरी ओर देखकर अभिवादन जैसा करते हुए कहने लगा, "मार्निंग, सिट। एग?"

सिर्फ़ कुछ शब्द अँग्रेज़ी के, जिनमें क्रिया की कोई ज़रूरत नहीं थी उसे। नोरा ने बताया ही था कि उसके पति मैसिडोनियन भाषा में लिखते हैं, इसीलिए दूसरी भाषा नहीं बोलते। वे उसी भाषा में हर समय सोचते भी हैं। मुझे देखकर शायद आज दो-चार अँग्रेज़ी के शब्द बोल दिये, इसी से मैं धन्य हो गया।

नोरा भारत के बारे में तरह-तरह की बातें पूछने लगी। सामान्य कौतूहल था उनके मन में 'इण्डिया' के विषय में जानने का, क्योंकि भारत तो उनके लिए भी सात समन्दरवाला देश ही था। फ़िलिप प्रश्न न करके केवल सुन रहा था। हम

तरह-तरह के भोज्य पदार्थों के साथ कॉफ़ी पर कॉफ़ी उड़ाए जा रहे थे।

थोड़ी देर बाद के फ़िलिप एक टूल पर चढ़कर कबर्ड से एक बोतल निकालने लगा। उसे मेरे सामने रखकर बोला, "उजो। लाइक।"

नोरा ने बताया, "यह उजो है, असल मैसिडोनियन—पीकर देखो।"

उजो मुझे पता था—एक तरह की ग्रीक शराब। कुछ-कुछ हमारे देशी शराब की तरह। सुबह-सुबह इसे पीने की मुझे ज़रा भी इच्छा नहीं थी।

मैंने कहा, "अभी यह रहने दो, बल्कि फ़िलिप अपनी कविता पढ़कर सुनायें।"

नोरा बोली, "तुम तो समझोगे नहीं, क्योंकि तुम हमारी भाषा नहीं जानते।"

"नहीं जानता, पर स्वर तो सुनूँगा। यूगोस्लाविया में मैंने कइयों की ज़बानी मैसिडोनियन भाषा सुनी थी। काफ़ी सुमधुर भाषा है।'

यह बात मैंने उन्हें खुश करने की ख़ातिर करने के लिए ही कही थी। वे भी बच्चों की भाँति खुश हो गये। नोरा भागकर कुछ किताबें, पत्रिकाएँ और पोस्टर, जो मोड़कर रखा था, ले आयी।

फ़िलिप ने नोरा से कुछ कहा तो उसने मुझे वह समझा दिया कि, "फ़िलिप अपनी कविता पाठ करने में शरमा रहा है। वह हमारी भाषा में ही कुछ बड़े कवियों की रचनाएँ सुनाने जा रहा है।"

कविता सुनते-सुनते मैं अपना सिर हिलाता जा रहा था। बुरा भी नहीं लग रहा था। बोलने की शैली और शब्दों के समन्वय से कविता का मर्मार्थ थोड़ा-थोड़ा समझ में भी आ रहा था।

कविता-पाठ करते-करते फ़िलिप इतना आवेग-प्रवण हो गया कि उसका स्वर काँपने लगा। काफ़ी उत्तेजित होने लगा तो नोरा ने उसे रोका और कॉफ़ी पीने को बुलाया।

मैंने पूछा, "मैसिडोनियन भाषा कितने लोग पढ़ते हैं?—कविता की किताबें बिकती हैं?"

नोरा ने बताया, "वैसी कुछ भी नहीं। आजकल मैसिडोनियन लोग कई देशों में फैल गये हैं तभी अपनी भाषा की वे क़द्र नहीं करते। हम इसके विरुद्ध एक आन्दोलन कर रहे हैं।"

उसके बाद फ़िलिप ने पोस्टरों को खोला तो देखा, उनमें ख़ूबसूरत तस्वीरों के साथ छोटी-छोटी कविताओं की पंक्तियाँ भी थीं। बड़े सुन्दर थे वे पोस्टर।

फ़िलिप ने अपनी भाषा में कुछ बताया, जिसे नोरा ने मुझे समझा दिया, "ये पोस्टर बना-बेचकर हम पार्टी के लिए चन्दा लेते हैं।"

मैंने पूछा, "तुम्हारी कौन-सी पार्टी है?"

नोरा बोली, "मैसिडोनियन पार्टी। मेरे पति फ़िलिप उसके नेता हैं।" फ़िलिप

ने उसे बीच में रोकते हुए कहा, "तो मदर... लीडर।"

नोरा ने कहा, "हाँ फ़िलिप यहाँ का नेता है, और हम सब लोगों की नेता हैं, माँ।"

मैंने पूछा, "किसकी माँ! तुम्हारी या फ़िलिप की?"

वे दोनों एक-दूसरे को देखने लगे। फिर उत्तर कैसे देंगे, यह सोचने के बजाय वे टुकड़ों में इतना ही बता पाये—"माँ, सभी की माँ, हमारी प्रेरणादात्री माँ। वे हमें शिक्षा देती हैं, सभी की माँ हैं वे।"

मामला मैं ठीक से नहीं समझ पाया तो प्रश्न किया, "तुम्हारी पार्टी किस विषय पर आन्दोलन चला रही है?"

उन्होंने उत्तर में जो बताया, उसे सुनकर तो मैं पूरी तरह सकते में आ गया।

फ़िलिप और नोरा दोनों ही तीस साल पहले जर्मनी में अपने माता-पिता के संग आये थे। अब वे जर्मन नागरिक हैं। यहाँ आने के बाद से वे मैसिडोनियन आन्दोलन चला रहे हैं। विभिन्न राष्ट्रों में फैले मैसिडोनियनों को एकत्रित करके वे अलग देश बसाएँगे। यही घर उस आन्दोलन का केन्द्र-स्थल है। जो मैसिडोनियन जीविका की खोज में जर्मनी में बस गये हैं उन्हें एकत्रित करने का कार्य ज़ोरों से चल रहा है। इस घर के ऊपरी तलेवाले दो कमरे किराये पर उठाए गये हैं। उसी आन्दोलन के वास्ते रुपया जुटाने के लिए। नोरा तथा दूसरे लोग नौकरी करके जो भी कमाते हैं, उसका कुछ अंश वे सभी इसी काम के लिए समर्पित कर देते हैं। फ़िलिप यहाँ चौबीस घण्टे काम करता है।

फ़िलिप के गले में लॉकेट की अब मुझे पहचान होने लगी। उसके अन्दरवाली तस्वीर और किसी की नहीं, वह थी घुँघराले बालों वाले अलेक्ज़ेण्डर की प्रतिकृति।

एकमात्र अलेक्ज़ेण्डर के कारण ही मैसिडोनिया का नाम पूरे संसार में फैला था। उन्हीं की वजह से इस देश की पहचान बनी। उनके बाद दूसरा परमवीर वहाँ नहीं जनमा। यूरोप, अफ्रीका के बीच के क्षेत्रवाले विशाल भूखण्ड में इस देश का शासन चला, परन्तु कुछ समय के अन्तराल में समाप्त भी हो गया। ग्रीकों के बाद रोमन साम्राज्य का बोलबाला हुआ। रोमन साम्राज्य का पतन होते ही मैसिडोनिया का घमण्ड हमेशा के लिए चूर-चूर हो गया...।

एक लम्बे समय तक जो देश सामरिक शक्ति से विच्युत और खण्ड-विखण्ड हो चुका है, उसी देश को जर्मनी में बसे कुछ नागरिक स्वाधीन कराने का सपना लिये कार्य करते चले आ रहे हैं। हाय रे सपनों में विचरण करने वाले लोग!...

नोरा ने पूछा, "तुम हमारा मन्दिर देखना चाहोगे?"

मैंने आश्चर्य से पूछा, "मन्दिर कहाँ है?"

"यहीं इसी घर में ही है," नोरा ने कहा।

उसी समय मैंने एक सिगरेट सुलगायी ही थी, उसे दिखाकर पूछा, ''यह लेकर वहाँ जाया जा सकता है?''

फ़िलिप ने इशारे से बताया कि वहाँ तो सिगरेट पीने के बाद ही जाया जा सकता है।

दूसरी मंज़िल के कमरे का दरवाज़ा खुलने पर वहाँ जूता खोलकर जाना पड़ा। दीवार पर कुछ तस्वीरें थीं। एक तस्वीर की ओर इशारा कर नोरा ने पूछा ''यह किसकी है पता है?'' मैं पहचान नहीं पाया।

नोरा गर्वित होकर बोली, ''यह अरस्तू की है।'' मैंने तिलमात्र श्रद्धा-भक्ति ज़ाहिर किये बिना शुष्क स्वर में केवल सिर हिलाकर कहा, ''ओ!''

ग्रीक दार्शनिकों में सुकरात ही मेरे पूज्य हैं। अरस्तू को मैं पसन्द नहीं करता। वे कहते थे—जो ग्रीक नहीं हैं उन्हें क्रीतदासों की तरह समझना चाहिए।

एक विशाल कक्ष, जो किसी संग्रहालय की तरह था। उसकी दीवारों पर तस्वीरें, इधर-उधर मूर्तियाँ, पुराने ज़माने के बर्तन, चारों ओर बड़ी ख़ूबसूरती से सजाकर रखे थे। सुन्दर-सुन्दर पोशाकें भी लटक रहीं थीं।

कुछ औरत, मर्द एक ओर बैठे कपड़े सिल रहे थे। कोई ज़मीन पर काग़ज़ फैलाकर पोस्टर बना रहा था।

दीवार की तस्वीरों में अलेक्ज़ेण्डर की ही तीन-चार तस्वीरें थीं। यह भी मेरी श्रद्धा के पात्र नहीं थे। इतिहास में इन दिग्विजयी शूरवीरों को लेकर काफ़ी रोमहर्षक, रूमानी कहानियाँ हैं, पर असल में ये ख़ूनी, निष्ठुर, ख़ून के प्यासे भेड़िये थे—'विनाश के सौदागर'! बीस बरस की आयु में सम्राट बनकर अलेक्ज़ेण्डर द ग्रेट ने एक शक्तिशाली सैन्यवाहिनी बनायी थी। यह लड़का असीम साहसी, पराक्रमी तो था ही; इसमें और भी ऐसे कई गुण थे जिनके बिना नेतृत्व नहीं किया जा सकता।

उनकी तुलना में किसी वीर का नाम भी नहीं लिया जा सकता! व्यक्तिगत जीवन में ये ग़ुस्सैल, निष्ठुर और शराबी थे। शराब के नशे में ही इन्होंने अपने प्रिय मित्र की हत्या नहीं की थी?... कई राज्यों पर विजय प्राप्त करके उसके मन में यही धारणा जम बद्धमूल हो गयी थी कि सच में वह अजेय है, सारी दुनिया उसके क़दमों को चूमती है।

शक्ति का नशा इस युवक पर इतना चढ़ा कि वह स्वयं को अतिमानव समझने लगा था। वह अपने-आप को देवता मानने लगा था। परन्तु इस देवता की मौत नशे की हालत में कम उम्र में ही हो गयी थी!

नोरा और फ़िलिप दूसरी तस्वीरों के बारे में बता रहे थे। वे सब मैसिडोनियन वीर पुरुषों, कवियों, नाटककारों की तस्वीरें थीं, जिनका मैंने कभी नाम तक नहीं सुना था।

मेरे मन में यह एक प्रश्न काँटे की तरह चुभा हुआ था कि यूगोस्लाविया, बुलगारिया, यूनान में फैले टुकड़ों को मैसिडोनिया के साथ कैसे जोड़ेंगे? वे क्या युद्ध या आतंक फैलाकर मैसिडोनिया को स्वाधीन करवाना चाहते हैं।

पर अगर मैं यह प्रश्न करूँ, तो ये मुझे गुप्तचर समझ बैठेंगे। जहाँ तरह-तरह की पोशाकें टँगी थी, उन्हें दिखाकर नोरा ने कहा, ''ये हमारी जातीय पोशाकें हैं। इन्हें पुरानी तस्वीरों को देखकर बनाया जाता है।''

मैंने पूछा, ''ये सब क्या बिकती हैं।'' नोरा ने बताया, ''हाँ ! इन्हें बेचकर पैसा इकट्ठा किया जाता है।'' ये पोशाकें काफ़ी रंगीन और चमकीली थीं। लड़कियों के कपड़े तो काफ़ी सुन्दर थे। मैंने सोचा—एक-आध ख़रीदकर ले जाया जाए तो घरवाले भी पसन्द करेंगे और इन लोगों की मदद भी हो जाएगी।

मैंने पूछा, ''कितनी क़ीमत है?''

नोरा बोली, ''सॉरी! ये हम केवल मैसिडोनियन को ही बेचते हैं। हमारे युवा लड़के, लड़कियाँ पुरानी परम्परा को न अपनाकर आधुनिक भड़कीले कपड़े पहनना पसन्द करते हैं। और भाषा भी यहीं की बोलते हैं। हम उन्हें पुरानी परम्परा से जोड़कर उन्हें मैसिडोनियन बना रहे हैं।''

आधुनिक जीवन के संग जो युवा घुल-मिल गए हैं, वे कैसे दो हज़ार बरस पुरानी पोशाक पहनेंगे, यहाँ के लिए बेकार भाषा भी सीखेंगे? जिस देश का कोई अस्तित्व ही नहीं है, वही देश क्या जातीयवाद से फूल-फल सकेगा? शायद समय का पहिया ही ऐसा कर सके?...

मुझे लगा—नोरा-फ़िलिप अलौकिक सपना देख रहे हैं। पर यह सपना बड़ा मधुर है, जिसे लेकर वे मस्त हैं। शायद यह भी एक तरह का नशा या जुनून ही है!

एक और परदा उठाकर उन्होंने दरवाज़ा खोला। वहाँ एक छोटे-से कमरे में, जहाँ अँधेरा और धुआँ-सा था, किसी की मूर्ति थी। एक ओर कुर्सी पर खिड़की के पास एक वृद्धा बैठी थी। हमें देखकर भी उन्होंने अपना चेहरा नहीं घुमाया।

मैं समझ गया कि यही मन्दिर है। नोरा धीमे स्वर में बोली, ''यही हमारी सबकी माँ है। वे इस जगत् के बारे में सब जानती हैं। हम इन्हीं के निर्देश से कार्य करते हैं।''

फ़िलिप ने अपनी भाषा में उनसे कुछ कहा। उन्होंने चेहरा घुमाये बिना उसी भाषा में उत्तर दिया।

नोरा बोली, ''माँ तुम्हें आशीर्वाद दे रही हैं!'' फ़िलिप ने कहा, ''मेरा प्रणाम उन्हें दीजिए।''

फ़िलिप ने बटन दबाया तो कमरे में रोशनी फैलने से मेरा हृदय काँप गया।

सामने अलेक्ज़ेण्डर द ग्रेट की एक बड़ी मूर्ति रखी थी, वे घोड़े पर बैठे, तलवार हाथ में लिये दृढ़ तेजस्वी मुद्रा में थे। माथे के पीछे से ज्योतिर्मय आभा प्रकाशित हो रही थी। अत्यन्त सुदर्शन युवा, पर थे तो हिटलर ही।

अलेक्ज़ेण्डर के आदर्श को सामने रख क्या मैसिडोनिया फिर से विश्व-विजय का सपना देख रहा है?

मेरे मुँह से अचानक यह वाक्य निकला, ''तुम लोगों ने अलेक्ज़ेण्डर को सच में देवता बना डाला है?''

वृद्धा ने अपना चेहरा घुमाकर शुद्ध अँग्रेज़ी में जवाब दिया–

''ये तो सच में देवता ही हैं! उन्हीं की अनुप्रेरणा से हम स्वाधीन 'मैसिडोनिया' को वापस पाएँगे। इसमें अब देर भी नहीं है।''

वृद्धा का चेहरा झुर्रियों से भरा था। उनके बाल पाउडर के पफ़ की तरह सफ़ेद, पर आँखें बड़ी ही उज्ज्वल थीं। मुझे लगा इनकी उम्र दो हज़ार चार सौ बरस है; यही क्या वह नारी-पुरोहित थीं, जिन्होंने मन्दिर में अलेक्ज़ेण्डर को दिग्विजयी होने का आशीर्वाद दिया था।

सेतु

बाहर बच्चों के शोरगुल को सुन जहांनारा इमाम बेगम बाहर के बरामदे में आकर खड़ी हो गयी। उनकी उम्र सत्तर के क़रीब होगी, पर चेहरे पर अभी भी उम्र की छाप नहीं पड़ी थी। उनके बदन का रंग श्वेत कमल की तरह गोरा था और मुखमण्डल पर शाम के सूरज की लालिमा थी। ऊपर से सफ़ेद साड़ी ने उनके रूप की गरिमा को दुगना कर दिया था! आज कोई ख़ास क़िस्म का परब था, तभी उन्होंने सफ़ेद रेशमी साड़ी पहनी थी।

अचानक बारिश आने की वजह से उनके नाती, पोते, पोतियाँ और पड़ोस के बच्चे, जो आँगन में पटाख़े छुड़ा रहे थे, वहीं अब बरामदे में आ गये। आँगन में एक टोकरी में काफ़ी सारे पटाख़े रखे थे। अचानक बारिश से पटाख़े भीग जाने से बच्चों को बहुत गुस्सा आ रहा था।

सबसे छोटी पोती, जिसका नाम मिली था, वह जहांनारा बेगम से लिपटकर होठों को फुलाकर बोली, "दादी माँ, बारिश बड़ी गन्दी है। रंगमशाल नहीं जल रहा, मुझे बड़ा गुस्सा आ रहा है।"

जहांनारा बेगम को हँसी आ गयी, क्योंकि बारिश से उसको राहत मिली थी। सारे दिन की गर्मी के बाद बारिश ने उनके दिल को सुकून पहुँचाया था। इसके अलावा शबे-बरात वाले दिन बारिश ना आने का मतलब होता है किसी प्रकार की बदशकुनी। आज रात को बहिस्त से फ़रिश्ते उतरकर आएँगे, उसके पहले बारिश के पानी से इस दुनिया का पाक़ होना ज़रूरी था। जहांनारा बेगम को जितना याद है, हर शबे-बरात वाले दिन उन्होंने बारिश होते देखा है।

उन्होंने मिली के बालों को सहलाकर प्यार करते-करते समझाया, "काफ़ी पटाख़े तो छुड़ा लिये बेटी, अब चल अन्दर, मिठाई खा, भूख नहीं लगी है?"

मिली ने कहा, "नहीं, रेहाना ने तीन रंगमशाल जलाये हैं और मैंने सिर्फ़ एक छोड़ा।"

जहांनारा बेग़म ने अपने एक नाती को बुलाकर मिली को पटाख़े देने के लिए कहा। वह नाती, जिसका नाम था फ़िरोज़, बोला, "दादी माँ पैसे दो, दूकान से ख़रीदकर ला दूँगा। क्योंकि पटाख़े तो ख़त्म हो चुके हैं।"

"इस तेज़ बारिश में दूकान जाएगा ?"

"छाता लेकर जाऊँगा, तुम पैसे दे दो।"

आज के दिन बच्चे तो खुशी मनाएँगे ही। बारिश में भीगकर थोड़ा-बहुत नियम से बाहर तो जाएँगे ही। इस उम्र में सब चलता है। आज अगर कोई कुछ माँगे तो उसे ना नहीं किया जाता। उन्होंने मिली को ज़बरदस्ती गोदी में लिया, वह भी ज़िद करने लगी कि फ़िरोज़ के साथ पटाख़े लेने वह भी जाएगी। जहांनारा बेगम ने उसे अपने पास बिठाकर साथ न जाने के लिए मना लिया। फिर फ़िरोज़ को हुक्म दिया, "तू कमरुद्दीन से मेरा नाम लेकर बीस रुपया ले ले, मिली को ढेर सारे देने होंगे।"

हवा में अज़ान की आवाज़ की सुनाई देने लगी। नये मुअज़्ज़िन के गले का स्वर काफ़ी मीठा था। जहांनारा बेगम ने थोड़ी देर अज़ान सुनी, लगा आज का दिन कितना ख़ूबसूरत है।

मिली को लेकर वह दूसरी मंज़िल पर आ गयी। उनका घर काफ़ी आलीशान था। घर का रंग सफ़ेद था। कभी यह इलाक़ा काफ़ी ख़ाली था। इस घर के पीछे धान के खेत, दाहिनी ओर चौधुरियों का आम का बग़ीचा था। पर आजकल कलकत्ता नगरी अपनी बड़ी जिह्वा से अपने चारों ओर के क़स्बों को ग्रास बनाती हुई आगे की ओर बढ़ती चली जा रही है। बारासात तक मैट्रो रेल आ पहुँची है। चौधुरियों का आम का बग़ीचा अब उन कर्मचारियों का निवास बनने लगा है।

पाँच साल पहले जहांनारा बेगम के ख़ाविन्द का इन्तक़ाल हुआ था। क़ाज़ी हसन बंगाल पुलिस के डी. आई. जी. के रुतबे से रिटायर हुए थे। उसके बाद भी उनके लिए कई प्राइवेट कम्पनियों से नौकरी के प्रस्ताव आये थे, पर उन्होंने स्वीकार नहीं किया था। सारी ज़िन्दगी पुलिस की नौकरी करने के बाद उन्हें बाग़वानी का शौक़ चर्राया था। घर के सामने तरह-तरह के कई क़िस्मों के फूल लगाकर वे उन्हीं में मशगूल रहते थे। उनकी सेहत भी माशाअल्ला काफ़ी उम्दा थी, सुबह उठकर एक फावड़ा और पानी की बाल्टी लेकर वह बग़ीचे में चले आते थे।...एक दिन सुबह अपने अज़ीज़ फूलों के पास अचानक हृदय का दौरा पड़ने से वे चल बसे!...

उसके बाद से जहांनारा बेगम ने ही इतने बड़े कुनबे की ज़िम्मेदारी अकेले सँभाल रखी है। उनके चार बेटे और तीन बेटियाँ हैं, सबकी शादी हो चुकी है। बड़ा बेटा लाहौर में नौकरी करता है। कुछ दिन पहले उसने वहाँ घर भी ख़रीदा है। उसकी बड़ी ख़्वाहिश है अपनी वालिदा को वहाँ ले जाने की। इस घर से हवाई अड्डा ज़्यादा दूर भी नहीं है, विमान से दो घण्टों में लाहौर जाया जा सकता है।

पर जहांनारा बेगम तो एक बार ही विमान पर चढ़ी थीं, जब वह अपने शौहर के संग अजमेर शरीफ़ गयी थीं। वह विमान यात्रा उन्हें अच्छी नहीं लगी थी, क्योंकि कान में काफ़ी तकलीफ़ पहुँची थी, इसी वजह से वो प्लेन की सवारी पसन्द नहीं करतीं। रेल से लाहौर जाने में डेढ़ दिन लग जाता है।

...असल बात तो यह है कि जहांनारा बेगम को अपने शौहर द्वारा छोड़े घर-बार, परिवार छोड़कर अब कहीं भी जाने की इच्छा नहीं होती।

बीचवाली बेटी लन्दन में रहती है, उसने वहीं एक डॉक्टर से सिलेट में शादी की है। बच्चों के साथ वह परसों आनेवाली है। छोटी बेटी नोलोफ़र पिछले साल विधवा होने के बाद दो बच्चों को लेकर माँ के पास वापस लौट आयी है। बड़ी बेटी हामिदा बनारस में रहती है, वह इस साल आ नहीं सकेगी। उसकी तबीयत नासाज़ है। दूसरे बेटे-बहुएँ सभी आये हैं, अब घर लोगों से काफ़ी भरापूरा है।

छोटे बेटे सिराज़ ने एक हिन्दू लड़की से शादी की है। इस बेटे को लेकर जहांनारा बेगम को काफ़ी परेशानी उठानी पड़ी थी। सिराज़ जब स्कूल में पढ़ता था, तब वह घर से भाग गया था। उसे पाया गया था हरिद्वार में, जहाँ वह अकेला हिमालय की किसी चोटी पर चढ़ने की तैयारी में था। कॉलेज-जीवन में भी उसने राजनीति में भाग लिया था। वह उग्रपन्थी दल में शामिल था। जिसका बाप पुलिस महकमे में बड़ा अफ़सर था उसका बेटा सड़कों पर जुलूस निकालता फिरता! क़ाज़ी हसन ने अपनी बीवी से एक दिन कहा था, "जहांनारा बेगम! शायद एक दिन मुझको ही अपने बेटे को गिरफ़्तार करना पड़ेगा। पिता के हाथों सिराज़ गिरफ़्तार नहीं हुआ, पर बिहार कृषक आन्दोलन में गुण्डों के हाथों ज़ोरों की मार खाने पर वह तीन महीने अस्पताल में काटकर किसी तरह जान से बच पाया।

पर शादी के बाद सिराज़ काफ़ी बदल गया। अब वह राजनीति में भाग तो लेता है, पर साथ में नौकरी भी करता है। उसकी पत्नी दीपा बारासात के एक कॉलेज में पढ़ाती है। शादी के बाद दोनों की अलग घर बसाने की ख़्वाहिश थी, पर जहांनारा बेगम ने डाँट पिलाकर उन्हें कहा था, "इस घर में इतने कमरे ख़ाली पड़े हैं, फिर भी तुम्हें दूसरे अलग घर में रहने की क्या ज़रूरत है? यहाँ यह सब नहीं चलेगा।"

मिली ही सिराज़ और दीपा की इकलौती औलाद है। मिलीता उसका बाहरी नाम है। यही पोती जहांनारा बेगम की बड़ी लाडली है। काफ़ी शैतान है, पर डाँट पड़ने पर जब वह खिलखिलाकर हँसती है तो मन को मोह लेती है। कुछ दिनों से उसे सर्दी, खाँसी हो गयी है, इसलिए अब अगर बारिश में भीगती तो यह लड़की ज़रूर बीमार पड़ जाती, तभी जहांनारा बेगम उसे अपने संग रखना चाहती है। मिली की वालिदा एक कॉन्फ्रेन्स में हिस्सा लेने के लिए ढाका गयी हुई है। दो दिनों के बाद उसकी वापसी है।

अपने कमरे में जाकर जहांनारा बेगम ने मिली को नारियल के दो सन्देश दिये। यह लड़की वैसे तो रसगुल्ला या सन्देश ज़्यादा पसन्द नहीं करती, पर उसे नारियल वाली मिठाई काफ़ी पसन्द है।

इसके बाद जहांनारा बेगम एक छोटी चौकी के सामने क़ुरान-शरीफ़ खोलकर बैठ गयीं। शबे-बरात वाले दिन बार-बार क़ुरान-शरीफ़ का पाठ करके मन को शुद्ध रखना चाहिए। बाहर बारिश तेज़ होने से बच्चों का पटाखे छुड़ाने का मज़ा ही चला गया था।

एक पेज़ पढ़ने के बाद जहांनारा बेगम का मन उसी में रमने लगा। बचपन से ही वो बाप-दादाओं की ज़बानी क़ुरान-शरीफ़ सुनती आयी हैं और अब वह स्वयं भी पढ़ती रहती हैं; तभी क़ुरान-शरीफ़ उन्हें पूरी तौर से याद है। फिर भी जितनी बार वह पढ़ती हैं, उतना ही उन्हें अच्छा लगता है।

यह क़ुरान-शरीफ़ उनके पिता का उपहार है। यह छपी किताब नहीं है, बल्कि हाथ से लिखी गयी पाण्डुलिपि है। जिसके हर पन्ने पर सोने के पानी का हाशिया लगा है। नारियल की मिठाई खाने के बाद मिली उनकी पीठ पर चढ़कर पूछने लगी, "दादी मां! तुम क्या पढ़ रही हो?" जहांनारा बेगम ने जवाब दिया, "मैं क़ुरान-शरीफ़ पढ़ रही हूँ बेटी! तुम तब तक अपने खिलौनों से खेलो, मैं थोड़ा-सा और पढ़ लूँ।"

मिली अपनी प्यारी आवाज़ में ज़िद करने लगी, "वे अभी तक पटाखे तो नहीं लाए, तुम मुझे कहानी सुनाओ ना!"

"अच्छा कहानी सुनाती हूँ, चुप करके सुनना।"

"यह कौन-सी किताब है, इसमें क्या राजा-रानी की कहानी है?"

"हाँ, वह भी है। पहले मेरी पीठ से उतरकर मेरे पास बैठो!...हाँ अब अच्छी लड़की बन गयी। एक देश में नोमरूद नाम का राजा था जो काफ़ी घमण्डी और अल्ला को न माननेवाला—'ईश्वरद्रोही' था।"

"अल्ला को न माननेवाला क्या दादी माँ?"

"अल्ला यानी भगवान। जो ईश्वर या अल्ला से दुश्मनी करता है, वही ईश्वरद्रोही कहलाता है। यह राजा नोमरूद सर्वशक्तिमान ईश्वर को न मानकर अपने-आप को ईश्वर समझा करता था। उसकी प्रजा उसे भगवान की तरह पूजा करती थी। उसकी मूर्ति बनाकर उसे पूजती, यह अच्छी बात नहीं थी।"

"क्यों, अच्छी बात क्यों नहीं थी?"

"राजा तो भगवान नहीं हो सकता! फिर सुन, उसके राज्य में इब्राहिम नाम का एक आदमी था। वह राजा को ईश्वर मानकर नहीं पूजता था। राजा ने एक दिन उसे बुलाकर पूछा कि, तुम मुझे क्यों नहीं पूजते? इस पर इब्राहिम ने कहा कि, मैं अल्ला के अलावा किसी को नहीं मानता। राजा ने घमण्ड से कहा, मैं ही अल्ला,

भगवान हूँ! तब इब्राहिम...''

तभी दरवाज़े के पास जूतों की आवाज़ सुनाई दी। जहांनारा बेगम ने देखा उनका छोटा बेटा सिराज़ और एक दम्पत्ति उसी ओर आ रहे हैं। किताब पढ़ते वक़्त वे चश्मा लगाती हैं, जिससे दूर के इनसान उन्हें साफ़ नज़र नहीं आते।

चश्मा खोलकर जहांनारा बेगम ने देखा तो पहचाना कि सिराज़ के संग दीपा के भाई और भाभी थे, जिनका नाम जय और भास्वती था।

जहांनारा बेगम जैसे ही उठीं, जय और भास्वती ने उनके पैरों को छूकर क़दमबोसी की और उनकी तबीयत का हाल पूछा।

जहांनारा बेगम ने दोनों के सिर पर हाथ रख उन्हें आशीर्वाद दिया। सिराज़ ने माँ को प्रणाम नहीं किया, वह दूर खड़ा रहा। उसे यह सब पसन्द नहीं है। दीपा का भाई एक नामी 'न्यूक्लियर साइण्टिस्ट' है। पिछले साल ही चीन से 'माओत्से तुंग' पुरस्कार प्राप्त करने के बावजूद उनमें किसी प्रकार का दर्प का आभास नहीं होता। जब भी वे इस घर में आते हैं, जहांनारा बेगम को प्रणाम अवश्य करते हैं।

जहांनारा बेगम ने उन्हें स्वयं अपने हाथों से मिठाई खिलायी, फिर घर में सबका कुशल-क्षेम भी लिया। भास्वती ने कहा, ''मौसीजी आप क्या पढ़ रही थीं? हाय हम लोगों ने आपको परेशान कर दिया!...चलो हम दूसरे कमरे में चलकर बैठें।''

जय ने कहा, ''मौसीजी, आपको तो मालूम ही है, हर साल इस समय हमारे घर में लक्ष्मी-पूजा होती है, काफ़ी पुरानी पारिवारिक परम्परा है, जो अभी तक चली आ रही है। दीपा तो यहाँ है नहीं, मिली और दूसरे बच्चों और आप सभी को माँ ने न्यौता दिया है। पर आपको तो मैं आने को कह नहीं सकता?...''

जहांनारा बेगम बोली, ''तुम लोग रात तो खाना खाकर जाना, शबे-बरात वाले दिन मेहमान बिना खाये नहीं जा सकते।''

जय ने कहा, ''खाकर तो ज़रूर जाऊँगा, एक तल्ले पर खाने की बढ़िया महक मुझे पहले ही मिल चुकी है।''

भास्वती ने भी कहा, ''आपके घर में चावल के आटे से इतनी बढ़िया रोटी बनती है...।''

सिराज़ मिली को दूसरे कमरे में लेकर चला गया। मिली नहीं जाना चाह रही थी, क्योंकि उसे दादी माँ की कहानी में रस मिल रहा था। वह वापस आ गयी और जहांनारा बेगम से पूछा, ''फिर क्या हुआ?'' पोती के आग्रह को भाँप जहांनारा बेगम ने फिर से नोमरूद राजा की कहानी शुरू की—''इब्राहिम ने जब कहा कि राजा को मैं ईश्वर का दर्जा नहीं देता, वे जब ईश्वर हैं तो मैं मनुष्य को कैसे राजा मान सकता हूँ। ईश्वर प्राण ले भी सकते हैं और दे भी सकते हैं। राजा ने कहा, यह तो मैं भी कर सकता हूँ, देखोगे ? और उन्होंने क़ैदख़ाने से बन्दी लोगों को बुलवाया और

इब्राहिम से यह कहकर कि, मैं प्राण दे सकता हूँ उस बन्दी को मुक्त कर दिया, जिसको अगले दिन फाँसी होनेवाली थी। और जिस क़ैदी की रिहाई अगले दिन होनेवाली थी, उसका मस्तक धड़ से एक वार में अलग कर दिया और दिखाया कि वो जान ले भी सकते हैं।''

''तब उस प्रजा का क्या कहना था?'' मिली ने पूछा।

''इब्राहिम ने असल बात बतायी—राजा! मेरे ईश्वर रोज़ सूर्य को पूर्व की ओर ले आते हैं। तुम क्या सूरज को सुबह पश्चिम दिशा में ले जा सकोगे? उस बात से राजा ने हार मानकर सिर नीचा कर लिया। समझी बेटी? अल्ला की ताक़त के बारे में जो शक करते हैं...।''

फिर दरवाज़े के पास आवाज़ सुनाई दी। दीपा के भैया-भाभी को अपने कमरे में बिठाकर सिराज़ वापस लौट आया था। पैण्ट के ऊपर टी-शर्ट डाले इस क़द्दावर सुदर्शन युवक सिराज़ का मुखमण्डल काफ़ी गम्भीर लग रहा था।

कमरे में आकर मिली को हुक्म दिया, ''तेरे मामाजी बुला रहे हैं, एक बार जाकर सुन ले।''

कहानी सुनना ख़त्म। पिता की ऐसी वाणी से उसे डर लगता है, इसीलिए मिली भागकर चली गयी।

माँ के बिल्कुल सामने खड़ा होकर सिराज़ ने कठोर स्वर में पूछा, ''अम्मा! तुम मिली को क़ुरान-शरीफ़ सुना रही थीं?''

जहांनारा बेगम आश्चर्य में भरकर बोलीं, ''नहीं! मिली बारिश के पानी से भीग गयी थी, वह काफ़ी मनुहार कर रही थी तभी मैं उसे कहानी सुनाकर बहला रही थी।...क्यों बात क्या है?''

सिराज़ ने माँ को धमकाया, ''क्या हुआ है? दीपा के भैया-भाभी आकर देख गये कि तुम मिली को क़ुरान सिखा रही हो। दीपा घर में नहीं है, इसका फ़ायदा उठाकर तुम उसे इस्लाम की तालीम दे रही हो। छीः-छीः...अम्मा, तुम्हें कितनी बार कहा है, वह सब नहीं चलेगा।''

जहांनारा बेगम अब सरल विस्मय-विह्वल स्वर में बोलीं, ''तू क्या कह रहा था सिजू-मिली भी तो इसी ख़ानदान की लड़की है! बाप-दादाओं के धर्म के विषय में क्या वह ज़रा भी नहीं जानेगी? वह ख़ुद ही मुझे कहानी सुनाने की ज़िद कर रही थी।''

''अम्मा! दीपा के साथ शादी की पहली शर्त यही थी कि किसी के धर्म या मज़हब के विश्वास को कोई एक-दूसरे पर नहीं थोपेगा। दीपा से शादी करके जैसे मैं हिन्दू नहीं बना, उसी तरह से दीपा भी मुसलमान नहीं बनेगी। और बच्चे भी जब तक नाबालिग हैं....।''

"मैंने क्या कभी दीपा को मुसलमान बनने पर मजबूर किया?"

"दीपा को नहीं किया, पर मिली को...अम्मा, तुम्हें क्यों याद नहीं रहता कि धर्मान्तरण करना अब पूरे देश में ग़ैरक़ानूनी है।"

"पागल की तरह क्यों चिल्ला रहा है, सिजू! मैंने तो कुछ भी नहीं किया है।"

"तुम जानती हो कि तुमने क्या किया है। तुम चुपचाप इतनी छोटी बच्ची को क़ुरान की तालीम दे रही हो! यह जो तुमने दीवार पर जिन्ना की तस्वीर टाँगकर रखी है...जिन्ना जब स्वाधीन भारत के पहले प्रधानमन्त्री बने तो उस दिन उन्होंने क्या कहा था, तुम्हें याद नहीं है? लालक़िले के सामने जिन्ना, गाँधी, नेहरू, मौलाना आज़ाद खड़े थे। गाँधी ने जब जिन्ना को भारत का पहला प्रधानमन्त्री घोषित किया था तो तब जिन्ना साहब ने कितना अभूतपूर्व भाषण दिया था। उन्होंने कहा था—आज से हिन्दू सिर्फ़ हिन्दू नहीं, मुसलमान सिर्फ़ मुसलमान नहीं, सभी स्वाधीन भारत के अधिकार-प्राप्त नागरिक हैं। अब से जो अपने धर्म के अनुसार, धार्मिक आचार, विचार या अनुष्ठान का अपने घर में पालन करेगा, अगर कोई दूसरे धर्म पर दख़लअन्दाज़ी करेगा...।"

सिराज़ अपने भाषण के प्रवाह में बहा जा रहा था। सहसा उसे रोककर जहांनारा बेगम कठोर स्वर में बोलीं, "तू चुप कर। जब तू इतना जानकार बन गया है, मैदान या भीड़ में चिल्लाता है, तो इसके ये मायने तो नहीं हैं कि तू मुझे भी बातें सुनाएगा। दीपा बहू को मैंने किसी मामले में क्या कभी ज़बरदस्ती की है इस घर में। अगर वह हिन्दू धर्म के अनुसार पूजा आदि करना चाहती..."

"दीपा किसी पूजा-वूजा में विश्वास नहीं करती, यह तुम्हें अच्छी तरह पता है।"

"दीपा के मैके में लक्ष्मी-पूजा, सरस्वती-पूजा होती है, उन सबके बारे में वह नहीं जानती क्या? वह क्या मिली को रामायण-महाभारत की कहानी नहीं सुनाती? मुझे भी तो रामायण-महाभारत की कथा पता है। अब मिली भला क़ुरान-शरीफ़ या विषाद सिन्धू की कहानी क्यों नहीं सुने? धर्म बदले बिना क्या किसी और धर्म के बारे में जानना अपराध है? सिजू! हिन्दू की लड़की से शादी करके क्या तू जोरू का गुलाम बन गया ?"

"अम्मा, तुमने मुझसे यह बात कैसे कही?"

जहांनारा बेगम को अचानक गुस्सा आ गया था। वह सिराज़ के तमतमाते मुख को देख सकते में आ गयीं।...नहीं—सिराज़ के विषय में उपरोक्त प्रवाद लागू नहीं हो सकता। वह अपनी ससुराल में बिल्कुल नहीं जाता। वह हिन्दू धर्म में विश्वास नहीं करता। छात्र-जीवन से वह नास्तिक था। वह रोज़ा नहीं रखता, नमाज़ नहीं पढ़ता, और दीपा के घर में जब पूजा होती है, तब भी वहाँ नहीं जाता। जहांनारा बेगम ने बेटे के माथे पर हाथ रखा।

"सिजू बेटे! काहे को अपना दिमाग़ गरम कर रहा है? शबे-बरात वाले दिन ऐसा नहीं करते तेरी बेटी को मैं राजा-रजवाड़े की कहानी सुना रही थी।"

"लेकिन जय और भास्वती जो देख गये कि तुम मिली को क़ुरान-शरीफ़ का पाठ सुना रही हो?"

"उन्होंने ऐसा कहा।"

"नहीं, कहा नहीं, पर अपनी आँखों से देखा तो है।"

"देखने से क्या? मिली अगर क़ुरान-शरीफ़ पढ़ना सीखे तो इसमें कोई गुनाह तो नहीं है। उसे सब-कुछ सीखना चाहिए।"

"अम्मा तुमने उन्हें शबे-बरात के दिन दावत दी। वे खाने को भी तैयार हो गये हैं। आज घर में गोश्त पका है वे खाएँगे। पर तुम क्या उनके घर में जाकर लक्ष्मी-पूजा का प्रसाद लोगी? वहाँ मूर्ति-पूजा होती है। वहाँ तो तुम ग़लती से भी नहीं जाओगी। तब तुमने उनको हमारे धार्मिक पर्व में खाने के लिए क्यों कहा?"

"मैंने क्या कोई ग़लती की है? आज के दिन मेहमान को बिना खिलाये घर से नहीं भेजना चाहिए।"

"वे भी अपने पूजावाले दिन शायद ऐसा ही विश्वास रखते हों।"

"ठीक है, तू जय-भास्वती को कह दे कि मैं उनके घर लक्ष्मी-पूजा वाले दिन जाऊँगी। दीपा तो यहाँ नहीं है, मैं मिली को ही साथ लेकर जाऊँगी।"

नौ दिन के बाद लक्ष्मी-पूजा थी। घर के सात बच्चों को लेकर जहांनारा बेगम घर से रवाना हुईं। वे काफ़ी दिनों बाद घर से बाहर जा रही थीं। उन्हें काफ़ी दूर जाना नहीं पड़ा। दीपा का मैका जैशोर के सातशिक्षा शहर में था। सिराजुल ने एक स्टेशन-वैगन का इन्तज़ाम कर दिया था। बारासात से सातशिक्षा दो घण्टे का रास्ता था।

बीच में इच्छामती नदी पड़ती है। अभी कुछ दिन पहले काफ़ी आधुनिक तरीक़े का पुल भी उस पर बना है। पुल के दोनों तरफ़ देशी-विदेशी नाना प्रकार के कैक्टस के पेड़ हैं। बीच में है पैदल यात्रियों के लिए कनवेयर वेल्ट, जिस पर से होकर पैदल जल्दी जाया जा सकता है। उन्नीस सौ सत्तावन में जब इस सेतु का काम शुरू हुआ था, तब कई सालों तक वह अधूरा ही पड़ा रहा। उसका कारण था—चीन तथा भारत दोनों ही उस समय विभिन्न समाज-तन्त्र चलाने के लिए एक प्रकार के विरोध में थे। दोनों में संघर्ष चल रहा था। दोनों प्रतिवेशी देश ही विशाल थे, दोनों की जनसंख्या भी लगभग एक-सी ही थी। इन दोनों की लड़ाई या संघात की एक और भी बड़ी वजह थी, और वह थी—कुछ दूसरे शक्तिशाली देशों का उसमें सहयोग देना। यानी वे दोनों के बीच की प्रतिस्पर्धा में ईंधन का काम कर रहे थे। इस तरह से भारत-चीन में युद्ध भी हो गया। चार बरस पहले दोनों देशों के राष्ट्र-नेताओं ने कश्मीर की

बैठक में एक ऐसा सिद्धान्त बनाया है, जो सभी को समझ में आनेवाला है। ये दोनो देश यदि अगले पचास वर्षों के लिए सन्धि पर हस्ताक्षर करें—सीमा से सैनिक हटा लिये जाएँ, जिससे प्रतिरक्षा बजट में हज़ारों करोड़ रुपयों का नुक़सान होने से बचाया जा सकता है। अगर चीन और भारत आपस में एक हो जाएँ तो रूस, अमेरिका भी उनसे डर जाएँ। उसी सिद्धान्त के तहत भारत में रास्ते तथा पुल आदि का निर्माण-कार्य ज़ोरों से चालू होने लग गया है...

जिस वक़्त इच्छामती सेतु पर से स्टेशन-वैगन गुजर रही थी, उसी समय फ़ज़ल बोला, ''देखो दादी माँ, यहाँ लोग नहीं चल रहे, बल्कि सड़क ख़ुद-ब-ख़ुद लोगों को ले जा रही है।''

जहांनारा बेगम को भी इस गतिमान सड़क को देख काफ़ी अचम्भा हुआ। उन्होंने अपनी सत्तर बरस की ज़िन्दगी में कितने सारे परिवर्तन देख लिये थे। उनका अपना बड़ा भाई छियालीस के दंगे में फ़ौत हो गया था। उसी समय उन्हें पता लग चुका था कि भारत का विभाजन होना ही है। कलकत्ता या बारासात में रहना नामुमकिन है। उन्हें कहीं जाना पड़ेगा। स्टेडफ़ोर्ड कमीशन नाकामयाब रहा। उसके बाद लॉर्ड माउण्टबेटन आये। जहांनारा बेगम संयुक्त परिवार की बहू होने के बावजूद पढ़ी-लिखी थीं, वह अख़बार पढ़ती थीं। एक ओर काँग्रेस-हिन्दू महासभा, दूसरी तरफ़ मुस्लिम लीग का झगड़ा—यह सब देख वे मन-ही-मन हिन्दुओं को नापसन्द करने लगी थीं।

परन्तु अचानक गाँधी-जिन्ना का समझौता होने पर दोनों ने एक साथ घोषणा की थी कि ब्रिटिश का शासन नहीं चलेगा। देश से उनके जाने के बाद भी देश का विभाजन नहीं होने देंगे, क्योंकि अँग्रेज़ यही चाहते थे। कुछ साल तो काफ़ी दंगे हुए पर धीरे-धीरे सब-कुछ ठीक होने लगा। गाँधी और जिन्ना दोनों ने एक साथ क़सम खायी थी कि किसी राजनीतिक भाषण में चुनाव के दौरान कोई धर्म का किसी प्रकार का नाम तक उच्चारण नहीं कर पाएगा। संविधान में भी इसी प्रकार की धारा क़ायम की गयी थी। अब तो मन्दिर, मस्जिद, गिरजे ख़ाली पड़े रहते हैं, वहाँ ज़्यादा लोग जाते नहीं। सरकार से यही घोषणा सुनने में आती है कि वे राष्ट्रीय स्मृति-सौध बना दिए जाएँगे।

जहांनारा बेगम का ध्यान कहीं और चला गया था, अचानक उन्हें फ़ज़ल की बात सुनाई दी तो वे बोलीं, ''तुम लोग अपने जीवन में और कितना कुछ देखोगे! अभी तो यही दिख रहा कि इनसान रुका है और रास्ता चल रहा है; शायद एक दिन वो भी आएगा जब इनसान जादुई क़ालीन में बैठा उड़ा जा रहा होगा—जैसे अरब की कहानियों में हुआ करता था...''

थोड़ी देर बाद वो बच्चों से मुख़ातिब होकर कहने लगीं, ''बच्चो सुनो, हम तो मिली के मामा के घर लक्ष्मी-पूजा की दावत पर जा रहे हैं। लक्ष्मी-पूजा क्या है, पता

है? मिली, तू ही बता देना बेटी!''

मिली उनकी गोद में सिर रखकर बोली, ''तुम्हीं कहानी कहो न दादी माँ।''

जहांनारा बेगम ने कहा, ''हिन्दू धर्म में शिव ठाकुर नामक देवता हैं। उनके चार बेटा-बेटी—गणेश, कार्तिक, लक्ष्मी, सरस्वती हैं।''

फ़ज़ल बोला, ''दादी माँ, एक सूँड़वाले हाथी जैसे आदमी को हिन्दू भगवान कहते हैं—ही...ही... ।''

जहांनारा बेगम की आँखों में गुस्सा था, ''फ़ज़ल चुप कर बुद्धू की तरह बातें मत कर। वहाँ ऐसी बदतमीज़ी मत करना।'' सिराज़ ड्राइवर के पासवाली सीट पर बैठा था। वह भी सुन रहा था। उनकी सारी बातों में उसे मज़ा आ रहा था। फ़ज़ल की बातों में उसे कुछ बुराई नज़र नहीं आयी। प्रकृत धार्मिक स्वाधीनता तभी आ सकती है जब एक धर्म का व्यक्ति दूसरे व्यक्ति के धर्म की आलोचना खुले तौर पर कर सके। एक सूँड़वाले देवता को देख यदि फ़ज़ल को हँसी आती है, तो ज़बर्दस्ती उसकी हँसी रोकी नहीं जा सकती, जैसे शबे-बरात की उस कहानी को सुनकर मिली बोली थी—पिताजी एक कुटिल राजा ने जब आदमी का माथा काटा तो ईश्वर ने आकर उसको बचा क्यों नहीं लिया? सिराज़ ने समझाया था कि जब इनसान, इनसान को मारता है तब उसमें दख़लन्दाज़ी करने की हिम्मत अल्ला की या भगवान की है ही नहीं। इनसान को खुद ही यह सीखना-समझना है कि दूसरे इनसानों को बिना किसी वजह के मारना अनुचित है, अपराध है।

सिराज़ सोच रहा था कि दीपा के मैके में जाकर अगर फ़ज़ल या और बच्चे लक्ष्मी-पूजा की धूमधाम में हँसी मज़ाक़ करें तो काफ़ी मज़ा आएगा। देखना है कि उनकी उससे क्या प्रतिक्रिया होती है? अगर वे गुस्सा करें या विरक्ति दिखाएँ तो सिराज़ खुद ही कहेगा, ''आप लोगों ने मुसलमान ख़ानदान के बच्चों को बुलाया क्यों था? किसने आप लोगों को क़सम दी थी? दीपा तो कभी भी इन सब चीज़ों में अपना माथा नहीं खपाती।''

ढाका में सेमिनार ख़त्म होते ही दीपा सीधी सातशिक्षा चली जाएगी, यह जहांनारा बेगम को भी मालूम नहीं है। सास के आने की ख़बर सुनकर दीपा राँगामाटी तथा कक्सबाज़ार भ्रमण अधूरा रखकर जल्दी लौट आनेवाली थी, यह किसी को भी पता नहीं था। सातशिक्षा में दीपा का मैकेवाला घर काफ़ी आलीशान था। वह पुरखों से चला आ रहा काफ़ी प्राचीन, भव्य और ख़ूबसूरत था, जिसे मकान न कहकर बहुत-बड़े महल की संज्ञा दी जा सकती थी। उस महल के फ़ाटक पर नौबतख़ाने में शहनाई का सुरीला स्वर सुनाई दे रहा था।

जहांनारा बेगम का दिल ज़ोरों से धड़कने लगा। मूर्ति-पूजा से उन्हें सख़्त नापसन्दगी थी। बेटे से तर्क में न हारें, इसी वजह से उन्होंने यहाँ आने का न्यौता

स्वीकारा था। काफ़ी कम उम्र में वह हिन्दू मोहल्लों में पूजा में जाती थीं, स्कूल में हिन्दू घर की लड़कियों से कहानियाँ भी सुनती थीं, पर सत्रह साल की उम्र से—जब से परिपक्वता आने लगी थी तब से, उन्होंने वहाँ जाना छोड़ा था! उनके आचार-विचार क्या हैं, कौन जाने? एक मिट्टी की मूरत के सामने सिर नवाकर प्रणाम करना पड़ेगा। चाहे जान चली जाए, उनसे यह नहीं होगा। इस उम्र में वो अपने विश्वास को नहीं त्याग सकतीं। इसी उधेड़बुन में उनके दिल में कुछ होने लगा।

घर के सामने गाड़ी रुकते ही जय आगे आकर बोला, "आइए, मौसीजी! आप आ रही हैं, यह सुनकर हमें काफ़ी आश्चर्य हुआ था।"

जय दुनिया-भर में जब घूमता है, तब वो विलायती पोशाक में सजा रहता है, पर आज उसने रेशमी कुर्ता और धोती पहनी थी, जिसे काफ़ी क़ायदे से बाँधा गया था। उसके माथे पर था चन्दन का तिलक। इतना बड़ा वैज्ञानिक, पर अपनी पारिवारिक परम्परा का पालन वो क़ायदे से करता है। वह सिराज़ की तरह गरम-मिज़ाजवाला नहीं है, जो किसी बात पर भी विश्वास नहीं करता।

सफ़ेद साड़ी का आँचल अच्छी प्रकार से ओढ़कर वह बच्चों को लेकर आगे बढ़ीं। हिन्दुओं के यहाँ पूजा का एक मण्डप रहता है, उसमें मिट्टी के भगवान रहते हैं, पर वह मण्डप कहाँ है?

जहांनारा बेगम के चेहरे को देख जय ने उनकी आँखों की भाषा पढ़ ली। वह बोला, "मौसीजी, इस बरस हमने प्रतिमा नहीं बनवायी है। हम भाई लोग बाहर-बाहर रहते हैं, घर आने का समय नहीं मिलता, अगले साल से पूजा हो कि न हो, यह तय नहीं। इसीलिए इस साल हम सिर्फ़ मिट्टी के घड़े या बड़ी कलसी की पूजा करके किसी प्रकार से पूजा का समापन कर रहे हैं।"

अचानक क्या हुआ पता नहीं, कि जहांनारा बेगम जाने क्यों वहाँ बैठ गयीं, फिर ज़मीन पर लेटकर बेहोश हो गयीं। अचानक दर्द बढ़ गया था...वहाँ अफरातफरी, चिल्ला-चिल्ली हो गयी। डॉक्टर बुलाया गया। जहांनारा बेगम को अन्दरवाले कमरे में ले जाया गया। सिराज़ ही सबसे ज़्यादा चिन्तित हो गया। उसकी माँ पहली बार उसकी ससुराल आयी थीं। आज अगर उनको कुछ हो जाए...।

आधे घण्टे में जहांनारा बेगम को होश आ गया। वे शर्म से बेहाल हो गयीं। समधी के घर आकर,...वह भी उत्सव वाले दिन—उनकी यह हालत हुई। दर्द के आने का समय भी ख़ूब था। उनके कारण अगर अनुष्ठान में विघ्न हो...छिः-छिः ऐसी नाटकीय घटना उनकी ज़िन्दगी में पहली बार घटी थी।

अच्छी प्रकार से जब उन्हें होश आया तो उन्होंने अपनी छोटी पुत्रवधू दीपा को देखा। एक लाल किनारीवाली रेशमी साड़ी, घुँघराले बाल, माथे पर लाल बिन्दी...। जहांनारा बेगम को याद आ गया—बचपन में हिन्दू मोहल्लों में जैसी उन्होंने

लक्ष्मी-सरस्वती की मूर्ति देखी थी, जो बंगाली लड़कियों की तरह ही होती थीं, ज़री की किनारीवाली साड़ी, बाल भी दीपा की तरह होते थे। माथे पर आधा घूँघट जो देवी-देवता की तरह नहीं लगता था, बल्कि बंगाली लड़कियों की ही तरह का होता था! देखने में बड़ी सुन्दर लगती थीं...। दीपा ने चिन्तित लहज़े में पूछा, ''माँ अब कैसी है आपकी तबीयत? काफ़ी तकलीफ़ हो रही है?''

जहांनारा बेगम ने ना में सिर हिलाया।

दीपा उनके पैर के तलवे सहलाते हुए बोली, ''आपको कुछ भी नहीं हुआ है। डरिए मत, डॉक्टर देखकर गये हैं।''

जहांनारा बेगम ने धीमे स्वर में पूछा, ''मिली कहाँ है?''

दीपा बोली, ''मिली अभी तक आपके सिरहाने थी, अभी गयी है। मैं मिली को बुलाती हूँ। माँ आप कुछ खाएँगी? थोड़ा दूध गरम करके लाऊँ, दूध आपको अच्छा लगेगा।''

जहांनारा बेगम आहिस्ते से उठकर बैठ गयीं। यह किसका बिस्तरा है, पता नहीं? वे एकटक दीपा को देखती रह गयीं। उनके होठों पर मुस्कान की महीन रेखा फूट पड़ी। वे धीमे-से शर्मीले स्वर में बोलीं, ''तुम लोगों की पूजा ठीक से हो गयी है। तुम्हारा एक प्रकार का प्रसाद होता है ना—जिसे चावल, केला, बताशे से बनाया जाता है, बचपन में मैं वही अपनी हिन्दू सहेलियों के यहाँ खाया करती थी। मुझे बड़ा अच्छा लगता था। वही प्रसाद मेरे लिए ला सकती हो?''

माँ

खिड़की से पर्दा हटाने से दीप को सामने की सड़क के उस पारवाले पार्क का नज़ारा साफ़-साफ़ दिखाई पड़ा। वाशिंगटन स्कॉयर का पार्क सुबह से ही बर्फ़ गिरने से बिल्कुल सफ़ेद दिखाई दे रहा था। अब वह ओस पड़-पड़कर बर्फ़ीले मैदान में तब्दील हो चुका था। कठोर, लम्बा सर्दी का मौसम चालू हो गया था और अब तो हर समय ही कई-कई पोशाकों से लदे-फदे रहना पड़ेगा!...

शुक्रवार की शाम से सोमवार तक लम्बी छुट्टी को, जिसे वहाँ 'लाँग वीक-एण्ड' कहा जाता है, कल्पना से परे की बात या आश्चर्यतम तोहफ़ा भी कह सकते हैं। पर सोमवार की शाम से लगने लगता है कि अब तो छुट्टी ख़त्म होनेवाली है, कल से फिर बँधे-बँधाये समय से काम शुरू करने का वक़्त आ गया। यह सोच-सोचकर कलेजे पर टीस-सी होने लग जाती है।

थोड़ी देर तो दीप चाय का प्याला हाथ में लिये खिड़की के पास खड़ा रहा, फिर खिड़की का एक पल्ला खोल दिया, जिसे खोलते ही ठण्डी हवा का झोंका झटपट घुस पड़ा। उसने अपना हाथ बाहर किया, जिससे तुषार को स्पर्श कर सके। हर साल ही जब बर्फ़ गिरनी शुरू होती है, उत्तेजना का अनुभव होता है। उसने यहाँ बारह बरस देखते-देखते बिता दिये, फिर भी यह दिन उसके लिए अब भी एक ख़ास मक़सद रखता है। अभी साढ़े चार बजे हैं। वैसे तो शाम ही है, पर रोशनी बिल्कुल मद्धिम हो चली है। जाड़े की शाम का पता ही नहीं चलता, दोपहरी में ही शाम का आभास होने लग जाता है।

अभी भी उसकी प्याली में चाय बाक़ी थी जिसे पूरा-का-पूरा सड़क पर फेंकने की इच्छा ने उसके मन में ज़बर्दस्त ज़ोर मारा, पर फेंकते-फेंकते ही वह सिहर उठा। यह क्या करने जा रहा है वह! उसका अपार्टमेण्ट सातवीं मंज़िल पर था, जिस जगह से एक प्याला फेंकने की बात तो दूर उसकी कल्पना भी नहीं की जा सकती थी। वह ब्रुकलिन की एक व्यस्त सड़क थी। यहाँ के लोग गाड़ी से ही आते-जाते हैं,

पैदल कम ही चलते हैं। पर कुछ दूकानें आसपास थीं, जहाँ लोग थोड़ी-थोड़ी दूर पर गाड़ी पार्क करके पैदल बरसाती पहनकर या छतरी माथे पर लिये आते हैं। अभी भी लोगों का आना-जाना बरक़रार था। फिर भी प्याले को सड़क पर फेंकने की ख़्वाहिश उसके मन में अठखेलियाँ कर रही थी, और उसे ज़बर्दस्ती रोककर वह खिड़की से परे हट गया। प्याली को किचन में रख उसने एक सिगरेट सुलगायी। उसके हाथ अभी भी काँप रहे थे।...

स्नान-घर के दरवाज़े के पीछे एक आदमक़द शीशा लगा था, जो इस अपार्टमेण्ट में पहले से लगा था। उसने यह अपार्टमेण्ट डेढ़ बरस पहले एक इटैलियन महिला से ख़रीदा था। उसके दोस्त बल्लू ने उस समय सावधान किया था कि जिस महिला से वह मकान ख़रीद रहा था, उसके सम्बन्ध माफ़िया गैंग से थे; और उसने बेचा क्यों, कोई गड़बड़ मामला तो नहीं है?...

जो भी हो, उसी महिला ने यह शीशा लगवाया था। स्नान करते समय या तो वह अपना नग्न शरीर देखती थी या और दूसरा कोई मक़सद रहा होगा?

आईने के सामने खड़े होकर दीप ने पूछा—"क्या मामला है, क्या हुआ है? अचानक प्याला सड़क पर फेंकने की इच्छा क्यों कर उठी।" आईने के भीतरवाला थोड़ा हँसकर तिरछे स्वर में बोला—"आजकल अकसर ही ग़ौर करता हूँ कि तुम्हारे मन में अजीबोग़रीब इच्छाएँ पनपती हैं! परसों शनिवार को क्या किया था तुमने?" दीप अपने नज़दीक वाले सुपर मार्केट से ख़रीदारी करने गया था। ट्रॉली लिये वह घूम रहा था कि एक पैकेट मक्खन उठाते वक़्त ज़मीन पर गिर पड़ा। उसे ट्रॉली में उठाकर रखने की जगह उसने उसे जूते से मसलकर रैक के नीचे डाल दिया।

उसने तो कोई चोरी नहीं की थी। एक मक्खन के पैकेट पर पैर पड़ जाना कोई अपराध में शामिल नहीं होता। कोई देखकर भी कुछ नहीं कह सकता था। फिर उसने जान-बूझकर काहे को एक मक्खन का पैकेट बर्बाद किया, इसका उसके पास कोई भी युक्तिपूर्ण जवाब नहीं था।

आईने के अन्दरवाला दीप और भी कुछ बताने जा रहा था, पर उसे बाथ-रूम का दरवाज़ा बन्द करके दौड़कर खिड़की के पास जाना पड़ा, क्योंकि खुली खिड़की से बर्फ़ीली हवा अन्दर आ रही थी, साथ में कमरे का हीटिंग भी चालू था, जिससे सर्द हवा और गर्म हवा मिल-जुलकर कमरे में ताण्डव मचा रहे थे। खिड़की बन्द करते वक़्त उसने बाहर झाँका तो पता चला कि प्याला गिरकर सड़क तक पहुँच ही नहीं पाता। वह तो अपार्टमेण्ट बिल्डिंग के सामनेवाले चबूतरे पर, जहाँ छोटा-सा बगीचा है, वहीं गिरकर रह जाता।

वहाँ गिरने से क्या नुक़सान होता? वहाँ तो वह बीच-बीच में बिअर की बोतलें, सिगरेट के पैकेट, काग़ज़ के गिलास पड़े हुए देखा करता है। बाहर सामने सामान

फेंकना ऐसी कोई अजीब बात तो नहीं। हाँ, इस देश के लोगों पर सफ़ाई का भूत सवार रहता है, पर कोई-कोई जान-बूझकर भी ग़न्दगी फैलाते हैं—जैसे गाड़ी की खिड़की से बोतल फेंका करते हैं।

नीचे कोई न था। प्याला फेंकने से क्या होगा? कोई देख ही न पाएगा! वह प्याला लाते-लाते रुक गया। वह क्या पागल होने लग गया है। पूरा साबुत प्याला, जो सैट में से एक था, काहे को तोड़ने जा रहा है! ऐसी उत्कट चिन्ता उसके मन में आ ही क्यों रही है?

हफ़्तेवार लम्बी छुट्टी में ज़्यादातर लोग बाहर जाते हैं। वीरेन भाई साहब, सुरूपा भाभी सभी उसे वाशिंगटन डी.सी. जाने का आमन्त्रण दे रहे थे। चयन, बल्लू हॉरवर्ड गये हैं। उनकी गाड़ी में जगह भी थी। जूडी कनैटिकट गयी है अपनी दीदी के पास। दीप को ले जाने के लिए काफ़ी ख़ुशामद भी की थी, पर वह टस-से-मस नहीं हुआ। सभी को उसने यही बहाना बताकर मना कर दिया कि उसे कमरे की दीवारों के काग़ज़ बदलने हैं, पर्दे भी बदलने हैं, आदि, आदि।

पर इन छुट्टियों में उसने कुछ भी नहीं किया। शुक्रवार शाम से उसने छुट्टियाँ सिर्फ़ लेटे-लेटे ही बिता दीं। किसी से वह मिला नहीं। इस देश में ऐसा एकाकीपन काफ़ी भयंकर है।

कल से दफ़्तर शुरू। आज शाम तक सभी वापस लौट आएँगे। आज रात को कोई भी किसी के साथ गपशप में समय बर्बाद नहीं करेगा, यह समझते हुए भी दीप ने बल्लू को फ़ोन किया। नम्बर मिला तो गम्भीर आवाज़ में पूछा, "बल्लू, आज रात मुझे घर पर खाना बनाने की इच्छा नहीं हो रही। चलो ना डाउन-टाउन में मेरे साथ खाने या मैं तेरे यहाँ आ जाऊँ तो क्या मुझे खाने को देगा?"

बल्लू बोला, "मेरे यहाँ ही आ जा!" दीप बिल्कुल अकेला रहता है, इससे सभी को आश्चर्य होता है। उसने इतना बढ़िया अपार्टमेण्ट काहे ख़रीदा? शादी करने की मर्ज़ी ना भी हो, तब भी उसे एक संगिनी तो मिल ही सकती है! जूडी नाम की लड़की के संग काफ़ी समय से उसके सम्बन्ध हैं। जूडी का स्वभाव भी काफ़ी नरम है, सभी उसे पसन्द भी करते हैं।

दीप के मन में शादी के ख़याल बिल्कुल नहीं आते। जूडी को वह काफ़ी पसन्द करता है। जूडी उसके मन को भाती है। उससे शारीरिक सम्बन्ध में भी कोई कमी नहीं। उसके व्यवहार में किसी प्रकार की कोई बुराई नहीं है। पर दीप उसके साथ नहीं रहना चाहता। जूडी मन-ही-मन उसके संग प्रेमिका के तौर पर रहना चाहती है, पर उसने कभी यह बात ज़ाहिर नहीं की। उसे क्वीन्स में एक लड़की के साथ एक कमरे में रहना पड़ता है, दीप अगर एक बार कहे तो वह संग-संग चली आये।

पर दीप को तो हर पल जूडी की मौजूदगी नहीं चाहिए। हालाँकि जूडी उसके

साथ रहे तो उसके अन्य दोस्त या बंगाली समाज के लोग क्या कहेंगे, इसकी उसे ज़रा भी परवाह नहीं है। जब उसकी मर्ज़ी होगी, तब वह जूडी को बुलाएगा अभी तो उसे बीच-बीच में अकेले रहना बड़ा अच्छा लगता है।...

अगले दिन तैयार होकर निकलते वक़्त एक बार तो उसने सोचा कि गाड़ी न लेकर जाए, बल्कि रेल से ही दफ़्तर जाए। बर्फ़ के ऊपर से गाड़ी चलाना भी एक तरह से सिरदर्दी है। स्टेशन उसके घर से पैदल तीन मिनट के फ़ासले पर है, क्यों न रेल से जाए।

फिर उसे याद आया कि जूडी गाड़ी लेकर नहीं आती, उसके दफ़्तर के पास पार्किंग की सुविधा नहीं है। जूडी से तीन दिनों के बाद मिलेगा तो उसके साथ कहीं बाहर खाना, फिर थोड़ी देर के लिए घर लाना या उसे घर पहुँचाना ज़रूरी है। तभी उसने गाड़ी की चाभी साथ में ले ली।

आज ही ब्रुकलिन सेतु पूरी तरह न्यूयार्क से जाम के दबाव में था। यहाँ से न्यूयार्क शहर बड़ा ही ख़ूबसूरत नज़र आता है। इतने सालों से दीप इस अनोखे शहर को देखता चला आ रहा है। हर बार उसे इसमें नयापन ही दिखता है, जिसे देख वह मुग्ध हो जाता है। पर आज इस शहर के नज़ारे को देख उसका पूरा बदन जलने लगा। वह क्यों गाड़ी लेकर आया? दफ़्तर को देरी हो रही थी। उसने रेडियो खोल भीड़ की परिस्थिति का जायज़ा लिया।

ख़बर अच्छी न थी, सामने की तरफ़, कई जगहों पर गाड़ियाँ अटकी पड़ी थीं। कब यह ठीक होगा, इसका पता नहीं। पाँच मिनट में उसे घबराहट-सी होने लगी। दफ़्तर को देरी हो रही थी, यह उसे पसन्द नहीं था। हालाँकि ट्रैफ़िक-जाम होना कोई नयी बात तो न थी। ब्रुकलिन पुल की ख़बर ऑफ़िस में भी ज़रूर पहुँच जाएगी। दीप को गाड़ी का दरवाज़ा खोलकर चाभी को पानी में फेंकने की इच्छा हो रही थी, ताकि वह गाड़ी छोड़कर पैदल चला जाए, चाहे पीछेवाले चिल्लाते रह जाएँ। पुलिस आये और गाड़ी को ढोकर ले जाए, जितना चाहे जुर्माना ले ले, पर दीप यहाँ किसी भी तरह से देर तक बैठा नहीं रह पाएगा।

गाड़ी से उतरकर उसे थोड़ी-सी तसल्ली मिली। यह उसका पागलपन का एक लक्षण था, गाड़ी इस तरह छोड़कर जाया नहीं जा सकता।

पैंतालीस मिनट देरी से दीप दफ़्तर पहुँचा। अपने मित्रों को वह हाय लॉरी, वार्ट...हाय लिण्डा सम्बोधन करता हुआ आगे बढ़ गया। उसकी देरी के बारे में किसी ने भी कौतूहल व्यक्त नहीं किया। यह तो पता ही था कि वह पैंतालीस मिनट देर से आया है तो छुट्टी के बाद पैंतालीस मिनट और काम करके ही जाएगा। अपने कमरे में जाकर उसने ओवरकोट, जैकेट, स्वेटर सब उतार दिये। अन्दर काफ़ी गर्मी थी। कौन कह सकता है कि बाहर का तापमान शून्य से सात डिग्री नीचे था।

अचानक जाड़ा पड़ गया है, पर जाड़े में ही दीप को दफ़्तर के भीतर ज़्यादा गर्मी लगती है, हीटिंग की वजह से शायद!

वह तीन घण्टे काम में व्यस्त रहा। इस बीच उसे दो बार बॉस के केबिन में जाना पड़ा, ग्यारह बार टेलीफ़ोन से बात की, दो कप कॉफ़ी पी, एक महिला सहित तीन सहकर्मियों को अपनी छुट्टियों का ब्यौरा सुनाया। उन्होंने क्या-क्या मज़े किये आदि। उसने यह जानकारी भी हासिल की। दीप ने कैसे छुट्टी मनायी, जब औरों ने जानना चाहा तो उसने अनायास ही जवाब दिया–तीनों कमरों की दीवारों के रंगीन काग़ज़ों को बदलकर नये रंग का लगाया, सफ़ाई की जिससे उसे काफ़ी परिश्रम करना पड़ा।...

इसके बाद एक साधारण-सी घटना घटी। उसकी मेज़ से एक पेपरवेट नीचे गिर पड़ा। उसको उठाने के बजाय उसने अनजाने ही ज़ोर से उसको उछाला और इतनी ज़ोर से फेंका कि फाइबर ग्लास की दीवार पर लगकर इतनी तेज़ आवाज़ हुई कि लगा–जैसे कहीं बम फूटा हो!

पासवाले कमरे से उसके सहकर्मी लॉरी ने झाँककर पूछा, "क्या हुआ?" दीप कन्धे उचकाकर बोला, "नथिंग!" लॉरी भी बिना कुछ बोले कन्धे उचकाकर चलता बना।

दीप पेपरवेट की ओर देख, दाँत पीसकर बड़ी बुरी-सी गाली देने की हरकत करते-करते रुक गया। लेकिन फिर भी बोला, "काफ़ी हो चुका है!" अगले पल ही उसके कमरे में वार्ट और लिण्डा अन्दर आये।

वार्ट दीप का ही हमउम्र था और लिण्डा उससे दो-एक साल छोटी होगी, पर लिण्डा का पद-स्तर उससे ऊँचा था। उसने शादी भी नहीं की थी, उसका तन-मन-धन सभी इस दफ़्तर को समर्पित था!

लिण्डा लम्बी नहीं थी। उसके शरीर का गठन भी थोड़ा भारी था, पर चेहरे पर एक प्रकार की स्निग्धता छायी रहती थी। उसके शादी न करने का भी कोई राज़ हो शायद! कोई पुरुष मित्र नहीं, पर उसके रहस्यमय व्यक्तिगत जीवन के सम्बन्ध में कोई प्रश्न नहीं कर सकता था। करने पर वह टाल भी जाया करती थी। पर वार्ट काफ़ी मिलनसार, हँसमुख था। वह दीप का सिर्फ़ सहकर्मी ही नहीं, दोस्त भी था। वह विवाहित था। लिण्डा के साथ दोस्ती के अलावा उसका किसी भी तरह का प्रणय-सम्बन्ध नहीं था।

लिण्डा एक कुर्सी लेकर उसके पास बैठ गयी। और वार्ट उसकी मेज़ के एक कोने में बैठा। दीप का सिगरेट का पैकेट उठाकर उलाहना दिया, "फिर से सिगरेट चालू कर दिया? कहा था न कि दफ़्तर में तो एक भी सिगरेट नहीं पीयोगे!" दीप ने शान्त स्वर में उत्तर दिया, "छोड़ नहीं पा रहा, क्या करूँ?"

लिण्डा ने सुझाव दिया, "सिगरेट छोड़ने का पहला क़दम है आसपास सिगरेट न रखना। आँखों के सामने सिगरेट नहीं होगी तो पीयोगे क्या? हाँ आज तुम खाना खाने कहाँ जा रहे हो? अगर कोई दूसरा कार्यक्रम न हो तो हमारे साथ चलो, तुम्हें मिनियापॉलिस दौरे के बारे में सब बता देंगे।" दीप आश्चर्य से भरकर पूछने लगा, "मिनियापॉलिस दौरा?" वार्ट ने सुझाया, "तुम्हें क्या याद नहीं है कि तुमको मिनियापॉलिस मुआयना करने जाना है, पिछले हफ़्ते बात हो गयी थी—श्रीमान जैक्सन तुम्हें ही भेजना चाहते हैं। शायद तीन-चार दिन लग जाएँ, वहाँ पर कुछ मशीनें बनानी हैं।"

दीप फिर से दूर पड़े पेपरवेट की ओर देखने लगा। जिस तरह से पेपरवेट अप्रत्याशित रूप से ज़मीन पर गिर गया था, उसी तरह से दीप बोला, "मैं मिनियापॉलिस नहीं जा सकता, मैं अपने घर भारत जाऊँगा।"

वार्ट ने कहा, "होम—स्वीट होम! घर जाने की किसे चाह नहीं होती, पर तुम तो जनवरी से पहले छुट्टी नहीं ले सकते। जॉर्ज, फ़िलिप दोनों ही छुट्टी पर हैं।" तुम जनवरी में चार-पाँच हफ़्ते की छुट्टी ले सकते हो? तब भारत में कैसा मौसम रहेगा?"

दीप बोला, "वार्षिक छुट्टी नहीं, मैं तो अपने देश में वापस लौटना चाहता हूँ। यहाँ का बोरिया-बिस्तर समेट हमेशा के लिए चला जाऊँगा।"

वार्ट ने भौंहें सिकोड़ीं, "तुम क्या मज़ाक़ कर रहे हो?"

दीप ने गर्दन हिला दी।

नहीं, वह मज़ाक़ नहीं कर रहा। जब ज़बान से बात निकल ही चुकी है तो अब वह नहीं मुकरेगा। काफ़ी हो चुका, अब उसे कुछ भी अच्छा नहीं लग रहा। वह सब-कुछ छोड़-छाड़कर देश वापस लौटना चाहता है।

पूरे दफ़्तर में यह बात फैल गयी कि दीप रे मिनियापॉलिस जाने के डर से नौकरी छोड़ रहा है। वहाँ की एक फ़ैक्टरी में मशीनें लगाने के बारे में काफ़ी समय से समस्या उठ खड़ी हुई है। एक वॉयलर फटने से दो लोग घायल भी हो चुके हैं।

दीप का नाम असल में दीपक राय चौधरी था। इस नाम का उच्चारण यहाँ के लोगों के लिए टेढ़ी खीर थी। दीपक से वह 'डीप' बन गया और रे पदवी तो सबको पता थी।

थोड़ी देर के बाद लिण्डा हँसती हुई आकर कहने लगी, "तुमको मिनियापॉलिस जाने की ज़रूरत नहीं! मैंने श्रीमान जैक्सन से कहकर लॉरी को जाने का आदेश दिलवा दिया है।"

दीप थोड़ा गुस्सा होकर उसी लहज़े में बोला, "क्या? तुम्हें किसने कहा कि मैं वहाँ जाने के भय से नौकरी छोड़ रहा हूँ। मुझे नहीं लगता कि वहाँ का काम कुछ ज़्यादा मुश्किल है। मुझे वहाँ जाने में कोई आपत्ति नहीं है। मेरे नौकरी छोड़ने की

वजह यह है कि मैं दो-एक दिन के अन्दर ही अपने देश वापस लौटना चाहता हूँ।''

लिण्डा ने बड़ी ही विनम्रता से जिज्ञासा प्रकट की, ''मैं क्या जान सकती हूँ कि अपने देश लौटने की इतनी जल्दी क्या है? इस कम्पनी के किसी बन्दे ने तुमसे बुरा बर्ताव किया या तुम इस कम्पनी से और ज़्यादा कुछ प्रत्याशा कर रहे थे?''

लिण्डा अपने बारे में किसी को कुछ नहीं बताती, पर दीप के व्यक्तिगत कारणों को जानना चाहती है! वैसे तो दीप जैसा देशी इंजीनियर नौकरी छोड़े तो कम्पनी को और मिल जाएँगे। कोई भी फ़र्क़ नहीं पड़ेगा। पर लिण्डा जैसी लड़की के ऐसा प्रश्न करने पर दीप को जवाब देना पड़ा।

दीप लिण्डा की आँखों की तरफ़ कुछ पल देखकर बोला, ''कारण सुनकर शायद तुम लोग हँसोगे। इस देश में कोई ऐसी बात नहीं करता। लेकिन हमारे देश में अब भी पुरानी परम्पराएँ, संस्कार मौजूद हैं, तभी तो मैं अपनी माँ के लिए वापस लौट जाना चाहता हूँ।''

''अपनी माँ के लिए!''

''हाँ! कुछ दिनों से माँ की बहुत याद आ रही है। माँ को मुझे छोड़कर रहने में काफ़ी तकलीफ़ होती है। वे अकसर रोती रहती हैं। उन्हें आँखों से दिखता भी नहीं। इसीलिए मैं उनके आख़िरी दिनों में उनके पास रहना चाहता हूँ।''

लिण्डा ने इस तरह की बात कभी नहीं सुनी थी। इसलिए जब उसने यह सुना भौचक्की होकर उसे देर तक देखती रह गयी। फिर धीमे-से बोली, ''नौकरी छोड़कर अपनी माँ के पास रहोगे? कहाँ रहती हैं तुम्हारी माँ?''

''कलकत्ता शहर से थोड़ी दूर, पास के गाँव में अकेली रहती हैं।''

''वह कोई काम नहीं करतीं?''

''नहीं लिण्डा, मेरी माँ कोई काम नहीं कर पातीं। पर उन्होंने सारी ज़िन्दगी स्कूल में पढ़ाया। अब आँखों से अच्छी तरह देख नहीं सकतीं, इसीलिए रिटायर हो गयी हैं।''

''अपनी माँ के बारे में कुछ बताओ ना दीप! तुम्हारे पिता ज़िन्दा नहीं हैं?''

''नहीं! मेरी उम्र जब पाँच साल की थी, तब उनकी मौत हो गयी। उस वक़्त मेरी माँ सिर्फ़ चौबीस बरस की थीं।''

''उन्होंने पुनः शादी नहीं की?''

''नहीं लिण्डा। हमारे देश में विधवाएँ आसानी से शादी नहीं कर सकतीं। हालाँकि किसी तरह का बन्धन नहीं है, फिर भी माँ का मन नहीं माना। मेरे नाना आधुनिक ख़यालों के थे। मेरी माँ सुन्दर भी थीं। उम्र भी इतनी कम थी, पर उन्होंने मेरी ख़ातिर सब क़ुर्बान कर दिया। माँ ने रंगीन कपड़े पहनना छोड़ दिया, सिनेमा-नाटक भी देखने नहीं जाती थीं।...उनका एक ही उद्देश्य था, मुझे बड़ा करना। वह दोपहर

में स्कूल में पढ़ातीं और सुबह-शाम मुझे पढ़ाने बैठतीं। माँ के कारण ही मुझे हमेशा अच्छे नम्बर मिलते थे। माँ की बदौलत ही मैं इंजीनियर बन सका।''

''और बताओ माँ के बारे में।'' लिण्डा ने आग्रह किया।

''मैं जब अमेरिका पढ़ाई करने आ रहा था, तब टिकट का ख़र्चा जुगाड़ करना ही समस्या बन गयी थी। मैं अपने दोस्तों से उधार लेने के बारे में सोच-विचार कर ही रहा था कि माँ ने सारे ज़ेवर बेच डाले। गहने कुछ ज़्यादा तो नहीं थे पर, उन्होंने रत्ती-भर सोना भी अपने पास नहीं रखा। वह मेरे लिए सब-कुछ कर सकती थीं।...बाद में मुझे यह भी पता चला था कि किसी वक़्त हमारी हालत काफ़ी बिगड़ गयी थी। लेकिन माँ ने मुझे ज़रा भी भनक नहीं पड़ने दी। ख़ुद तकलीफ़ सहकर मेरे लिए वे सब-कुछ ठीक-ठाक बन्दोबस्त कर देती थीं।''

''फिर तो अपनी माँ को अमेरिका ले आओ। तुम नौकरी क्यों छोड़ोगे?''

''अब यह नहीं हो सकता। काफ़ी देर हो चुकी है। माँ को आँखों से ठीक से दिखाई भी नहीं देता। इतनी दूर का सफ़र वह नहीं कर सकतीं। मुझे ही जाना पड़ेगा।''

लिण्डा चुपचाप दीप को देखती रही। उसका चेहरा काफ़ी दुःख से भरा लग रहा था। दीप के बारे में इतने कौतूहल का यही कारण था कि दीप के अलावा इस दफ़्तर में कोई भी अश्वेत नहीं है। वह यही जानना चाहती है कि किसी ने दीप को अपमानित तो नहीं किया या दीप पर किसी तरह की नाइन्साफ़ी तो नहीं हुई।

दीप को पहलेवाले कुछ दफ़्तरों से ऐसा अपमान मिला था, पर यहाँ के बारे में उसे कोई शिकायत नहीं थी। पैसा भी अच्छा मिलता है।

लिण्डा खड़ी होकर बोली, ''तब तो मैं तुम्हें रोकना नहीं चाहती दीप। तुमने जब ठान लिया है तो मैं तुम्हें दफ़्तरी कार्यवाही जल्दी करवाने में मदद करूँगी, जिससे तुम जल्दी जा सको।''

दीप ने छुट्टी के बाद जूडी को उसके दफ़्तर से ले लिया। दोनों पार्क एवेन्यू के महँगे होटल में खाना खाने गये। जूडी ने आज गाढ़े लाल रंग की स्कर्ट पहनी थी, जो उसके बालों से काफ़ी मेल खा रही थी। वह और ख़ूबसूरत लग रही थी।

जब जूडी कॉण्टिनेण्ट के बारे में बता रही थी तो दीप अचानक बोल पड़ा, ''मैं नौकरी छोड़कर अपने देश वापस लौटकर जा रहा हूँ।'' दफ़्तर के लोगों को उसने जो-जो बताया था, जूडी को भी वही सब बता दिया।

जूडी ठण्डी पड़ गयी और मन्द स्वर में बोली, ''कुछ दिनों से मुझे भी यही लग रहा था कि हम दोनों बिछड़ जाएँगे! फिर भी मैं अभी से मन को तैयार नहीं कर पायी। दीप, तुम्हें क्या और कोई पसन्द आ गयी है?''

''अरे नहीं, मैं तो नौकरी, यह देश—सब छोड़-छाड़कर जा रहा हूँ।''

"क्यों?"

"बताया ना माँ के लिए। माँ के पास जाकर रहूँगा।"

"अपनी माँ के बारे में तो कभी तुमने ज़िक्र नहीं किया।"

"प्रेयसी के सामने माँ की बातें करना मूर्खता है। इसके अलावा माँ इतनी याद कभी नहीं आयीं, जितनी अब आ रही हैं।"

"तुम्हारी माँ के साथ तो मेरी कोई प्रतिद्वन्द्विता नहीं है, इसीलिए मैं तुम्हें रोक नहीं सकती। और कोई बात होती तो मैं तुम्हें रोक लेती।"

"जूडी, मैंने अपना इरादा पक्का कर लिया है। मेरा मन यहाँ नहीं लग रहा है। ज़्यादा दिन यहाँ रहा तो मेरा दिमाग़ ख़राब हो जाएगा। मुझे जाना ही है।"

"आज रात को मैं तुम्हारे पास रह सकती हूँ। तुम्हारा सामान ठीक-ठाक कर दूँगी।"

दो दिनों के अन्दर मैनहैटन, ब्रुकलिन, न्यू जर्सी के सभी दोस्त जान गये कि दीप अचानक यहाँ से सारा रिश्ता तोड़ देश वापस लौटकर जा रहा है। वह बूढ़ी माँ के पास जाकर रहेगा, कुछ तो उसका मज़ाक़ बनाने लगे और बोले—आह! माँ का नन्हा बच्चा... माँ के आँचल तले सोएगा! किसी ने यह भी टिप्पणी की कि सारा प्यार दो दिनों में ख़त्म हो जाएगा। जब कलकत्ते की भीड़, लोड शैडिंग का सामना करना पड़ेगा, तब सब फीका-फीका लगेगा।...

वहाँ नौकरी भी नहीं मिलेगी। सब बुरा बर्ताव करेंगे, और जब सारा पैसा ख़त्म हो जाएगा तो माँ ही कहेगी कि बेटा अमेरिका जाकर कुछ पैसा कमा ला।

बल्लू सिन्हा दीप का बिहारी दोस्त था, पर दूसरे बंगाली मित्रों के मुक़ाबले वही दीप के ज़्यादा नज़दीक था। दोनों ने काफ़ी समय तक देश में और अमेरिका में भी एक-साथ पढ़ाई की थी।

दो दिनों के बाद बल्लू आया, "बदमाश, तूने जो बात सबसे कही, मुझे ही नहीं बताई?"

दीप थोड़ा मज़ाक़ के लहज़े में बोला, "पहले टिकट कटाकर फिर तुझे बताता, नहीं तो तू मुझे रोकने की कोशिश करता। आज ही बुकिंग हुई है, अगले शनिवार की उड़ान है।"

"तेरा दिमाग़ क्या पूरी तरह से ख़राब हो गया है?"

"हाँ रे, ख़राब होने लगा था, पर अब ठीक हो गया है। जिस पल मैंने पक्का इरादा कर लिया, उसी पल से मेरा दिमाग़ ठीक होने लगा!"

"क्यों लौटकर जाना चाहता है, मुझे भी नहीं बताएगा?"

"मुझे कुछ भी नहीं अच्छा लग रहा।"

"जो लिण्डा नाम की लड़की तेरे ऑफ़िस में काम करती है, उसके साथ आज़

मेरी ट्रेन में मुलाक़ात हुई। उसकी ज़बानी एक अजीब बात सुनी कि तू माँ के लिए वापस लौट रहा है, माँ के पास जाकर रहेगा।''

दीप बिना कुछ कहे मन्द-मन्द मुस्कराता रहा। बल्लू उठकर स्कॉच की बोतल निकाल लाया और दो गिलासों में डाल पहले एक ही घूँट में पी गया और बोला, ''तू, दीपू, कब से ऐसी झूठी बातें बोलने लगा? तेरी माँ, ठहर मुझे याद करने दे—चार साल पहले चार दिसम्बर को ही तेरी माँ के देहान्त का टेलीग्राम आया था न? तू क्या सोचता है, मैं भूल गया कि तेरी माँ की मौत चार साल पहले हो चुकी है!—और तू उनके पास लौटने का कार्यक्रम बना रहा है?''

दीप चुप रहा। वीरेन दा, सुरूप भाभी, संजय सपन और भी काफ़ी लोगों को इस ख़बर का पता है। वह सबको एक-साथ धोखा दे रहा था।

बल्लू ने फिर से गिलास हाथ में ले स्कॉच डाली और एक साँस में पूरी की पूरी अन्दर डालकर पूछने लगा, ''यह क्या दफ़्तर के लोगों को प्रभावित करने के लिए है? क्या वे ऐसी झूठी बात न कहने पर तुझे नहीं छोड़ते? तुझे वे छोड़ते—हाँ तीन महीने का नोटिस देना पड़ता। शायद तूने जूडी को ख़ुश करने के लिए यह रास्ता अपनाया? पर वह तो एक अच्छी लड़की है। वह तो बिना झूठे बहाने के ही तुझे छोड़ देती।''

''माँ ज़िन्दा न रहें, तब भी क्या माँ के पास वापंस लौटा नहीं जा सकता?'' दीप ने कहा।

''मतलब?''

दीप बोला, ''अच्छी तरह से सोचकर देख—दो बार—क्यों बताना पड़ेगा! प्रतीक माँ—भावमूलक माँ! देशमातृका! मातृभूमि!''

बल्लू ने कहा, ''तू स्वदेश लौटना चाहता है, ऐसी देशभक्ति की भावना कब से जाग्रत हुई?''

''वह सब-कुछ नहीं रे।'' दीप ने कहा, ''मैं एक साधारण इनसान हूँ, देश को लेकर कभी दिमाग़ नहीं खपाया। इतना बड़ा देश मेरे जैसे लोगों के बिना भी चल सकता है। अब भी तो चल ही रहा है। मैं केवल अपनी माँ के बारे में ही सोच रहा था। मेरी माँ अन्तर्मुखी थीं। ऊपर से तो कुछ नहीं कहती थीं, पर मन-ही-मन मेरा वापस लौटना चाहती थीं। हालाँकि कभी किसी चिट्ठी में ऐसा उन्होंने नहीं लिखा। माँ ने मुझे काफ़ी तकलीफ़ सहकर पढ़ाया था। उनकी यह भी आकांक्षा थी कि मैं विलायत, अमेरिका से अच्छी शिक्षा लेकर उनके पास लौट जाऊँ। देश जाकर नौकरी तो मिल ही जाती!''

बल्लू बोला, ''बुद्धू! फिर माँ के जीवित रहते क्यों नहीं वापस गया? तब क्या यह चेतना नहीं हुई थी? तब तो उन्हें कुछ समय तक सुखी कर सकता था।''

दीप ने कहा, "उस वक़्त एक ख़ुमारी में था।"

बल्लू ने पूछा, "चार साल पहले तो जूडी से नहीं मिला था।"

दीप बोला, "मैं उस तरह की ख़ुमारी की बात नहीं कर रहा। याद कर—तू और मैं दोनों एक साथ एम. ए. पढ़ने आये थे। पहले साल में हमने कितनी कठिनाइयाँ झेली थीं। पैसा-पैसा गिनकर ख़र्च करना पड़ता था। अच्छी तरह खा भी नहीं सकते थे। तूने ही पी-एच. डी. करने की सलाह दी। इसमें तीन साल और लग गये। फिर नौकरी मिली। एक छोड़कर दूसरी नौकरी, जिसमें पैसा ज़्यादा आने लगा। नयी गाड़ी, घर, औरत—यह सब एक तरह का नशा ही तो था!"

"क्यों—हम हर महीने दो सौ डालर नहीं भेजते थे?"

"हाँ मैं भी यही सोचता था कि पैसा भेजने से सारे कर्तव्यों का निर्वाह हो गया! यह भी एक तरह का नशा ही था।"

"देख दीपू, देश वापस लौटकर तू बेकारों की संख्या बढ़ाएगा। तू या मैं नौकरी तो पा सकते हैं, पर दो लड़के बेकार हो जाएँगे। नौकरी की संख्या तो नहीं बढ़ेगी। मुझे तो यही लगता है कि वहाँ भीड़ न बढ़ाकर, देश में विदेशी मुद्रा भेजकर हम देश का भला कर सकते हैं।"

"बल्लू, तेरी बात अलग है। तेरे माँ-बाप, भाई-बहन हैं। तूने यहाँ शादी भी की है। तेरा बच्चा स्कूल जाता है। तेरे लिए अभी लौटना ज़रूरी नहीं। नहीं लौटे, फिर भी कोई बात नहीं। पर यहाँ अभी भी मेरी जड़ें नहीं जमी हैं।"

"मेरा भी कुछ लगाव नहीं है। मैं भी जब चाहूँ, जा सकता हूँ। तेरी युक्ति मैं नहीं समझ पा रहा। तेरे माता-पिता नहीं, कोई नज़दीकी रिश्तेदार नहीं, फिर भी तू किसकी ख़ातिर लौटेगा? यहीं आनन्द लेते हुए रह ना।"

"मुझे कुछ भी अच्छा नहीं लग रहा।"

"यह एक सामयिक निराशा है। तू छुट्टी लेकर देश घूम आ। काफ़ी दिनों से गया भी तो नहीं। देश की हालत देख तेरा पागलपन दूर हो जाएगा। वहाँ इनसान रह सकता है? जो लोग मजबूरी से वहाँ पड़े हैं, उनकी बात अलग है। स्वार्थी राजनीतिज्ञों ने देश को अन्दर से खोखला बना डाला है। देखना—देश जाकर परिमल ने कारख़ाना खोला, वह चल भी रहा था; पर हड़ताल से बन्द हो गया। सरकार ने उसकी मदद नहीं की। परिमल वापस लौट आया है। अब देश का नाम सुनते ही वह जल-भुनकर राख हो जाता है।"

दीप ने कहा, "मेरी माँ को अचानक दिल का दौरा पड़ा तो ख़बर मिलने तक सब-कुछ ख़त्म हो गया था। अन्तिम दर्शन भी नहीं कर सका। जब पहुँचा, तब तक अन्तिम क्रिया भी हो चुकी थी।"

"दीपू, भावुक मत बन! चार साल पहले जो होना था, वह हो चुका; अब उसे

लेकर अफ़सोस करने से क्या होगा?"

"माँ तो अब इस दुनिया में है नहीं, पर उनकी इच्छा तो मर नहीं सकती। माँ चाहती थीं कि मैं उनके पास लौट जाऊँ। और भी तो माँएँ हैं। कोई बूढ़ी जिसकी आँखों में मोतियाबिन्द उतर आया है, भली प्रकार देख नहीं सकती, जिसका बेटा उससे दूर चला गया है—वैसी किसी वृद्धा के पास बैठ उसके बदन को सहलाकर कहूँगा—देखो माँ मैं वापस लौट आया!"

"दीपू तेरा दिमाग़ ख़राब हो गया है। तू फ़ालतू सपने देख रहा है!"

"शायद तू ही ठीक कह रहा है।"

देर रात तक दोनों में विवाद चला, पर दीप तो अड़ियल घोड़े की तरह अपनी ज़िद पर अड़ा था।

शनिवार शाम को दीप की उड़ान थी। सुबह नौ बजे लिण्डा ने टेलीफ़ोन किया, "दीप, क्या मैं तुम्हारे पास आ सकती हूँ? मैं जानती हूँ कि तुम्हारे पास समय नहीं है, पर मैं तुम्हारा ज़्यादा वक़्त बर्बाद नहीं करूँगी।"

दीप बोला, "हाँ-हाँ, मैं बिल्कुल भी बिज़ी नहीं हूँ तुम्हें खुला आमन्त्रण है।"

टेलीफ़ोन रखकर दीप गाल पर हाथ रखे यही सोचता रहा कि लिण्डा आख़िर क्यों आना चाहती है? लिण्डा के साथ तो उसका किसी तरह का नज़दीकी रिश्ता न था। उसके साथ तो दफ़्तरी रिश्ता ही था। हाँ, लिण्डा ने उसकी काफ़ी मदद की थी।

आधे घण्टे बाद लिण्डा आयी तो दीप ने उसे अन्दर बुलाया। शयन-कक्ष तथा दूसरे कमरे के चारों ओर नज़र घुमाकर उसने पूछा, "तुम्हारे यहाँ और कोई नहीं है?"

दीप ने कहा, "सभी दोस्त दोपहर में आएँगे।" लिण्डा ने काफ़ी राहत का अनुभव किया। दीप ने भी उसे तनाव रहित करने में मदद की। उसका ओवरकोट खोला। उसकी हल्की नीली पोशाक और हाथों में सफ़ेद दस्ताने, चेहरे पर शर्म की लाली!

दस्ताने खोलते-खोलते लिण्डा बोली, "तुम्हें अवश्य ताज्जुब होगा क्योंकि मैं तुम्हें एक बात बताने आयी थी। शायद तुम विश्वास न करो, पर मैं ज़रूर कहूँगी।"

"हाँ—क्यों नहीं।"

"कहाँ से शुरू करूँ, कुछ समझ में नहीं आता। शुरू से ही बताती हूँ। उस दिन तुम्हारी सारी बातें सुनकर मैं घर जाकर बहुत रोयी थी।"

"क्यों? मैंने क्या तुम्हें चोट पहुँचायी लिण्डा?"

"हाँ काफ़ी गहरी चोट, जो अन्दर तक पहुँची अनजाने में!..."

"मुझे अभी भी कुछ समझ में नहीं आ रहा।"

"उस दिन तुमने अपनी माँ के बारे में बतलाया था। मुझे पता है कि इण्डिया एक ग़रीब देश है। यहाँ तुम अच्छी नौकरी करते थे, देश वापस लौटकर आराम से नहीं रह पाओगे। तुम्हें काफ़ी तकलीफ़ होगी। पर आराम, विलासिता को छोड़कर तुम अपनी माँ के पास जा रहे हो; इससे मेरी दुखती रग पर आघात पहुँचा है।"

"क्यों?"

"माँ और बच्चे के रिश्ते के बारे में मुझे कुछ पता ही नहीं। सुना भी नहीं था। मेरी माँ नहीं है, थी भी नहीं!"

"मतलब?"

"व्यक्तिगत विषय पर चर्चा से तुम बुरा तो नहीं मानोगे?"

"बिल्कुल नहीं। बताओ?"

"मेरे जन्म के छः महीने बाद मेरी माँ मुझे छोड़कर चली गयी थीं। मैं एक अनचाही औलाद थी। वह तो गर्भपात करवाना चाहती थीं, पर करवा न सकीं। मैं उनके पति की सन्तान नहीं थी, मैं तो किसी दूसरे की सन्तान थी। इसे लेकर दोनों में झगड़ा हुआ, तो माँ मुझे छोड़कर भाग गयी। दोनों में तलाक़ भी हो गया। माँ ने मेरी कभी खोज-ख़बर नहीं की।"

"लिण्डा यह सुनकर मुझे बड़ा सदमा पहुँचा। मैं तुम्हारी भावनाओं की क़द्र करता हूँ!"

"मुझे जिस औरत ने जन्म दिया था, वह मुझे इस पृथ्वी पर नहीं लाना चाहती थी! उसके मन में मेरे प्रति किसी प्रकार का प्यार ही नहीं था! उसकी तस्वीर मैंने कभी नहीं देखी। जिसके द्वारा मेरा जन्म हुआ था, उसकी सूरत भी कभी नहीं देखी। क़ानूनी पिता काफ़ी दयावान थे। उन्होंने मुझे बचाया, मेरे लिए धाय माँ का बन्दोबस्त भी किया। बड़ी होने पर मुझे उन्होंने हॉस्टल भेज दिया और कुछ दिनों तक पढ़ाई का ख़र्चा भी दिया। भाग्य से मैं पढ़ने में अच्छी थी, तभी यहाँ तक पहुँच सकी; नहीं तो समाज के निम्न स्तर पर मेरा स्थान होता! पूरी मातृजाति पर मेरी घृणा है! शादी के बारे में भी मैं कभी नहीं सोचती।"

"पर तुम्हारे बर्ताव से तिक्तता नहीं झलकती।"

"इस दुनिया में मैं पूरी तरह से अकेली हूँ। इसीलिए सबके साथ मिलकर रहने की कोशिश करती हूँ। पर मेरी माँ मुझे जन्म देने के बाद फेंककर चली गयी, वह मुझे देखने तक नहीं आयी, यह मैं कैसे भूलूँ? जिस दिन तुमने बताया कि तुम अपनी माँ के पास लौट रहे हो, तुम्हारी माँ तुम्हारे लिए प्रतीक्षा कर रही हैं–ये सब जैसे मुझे दूसरी दुनिया की बातें लगीं। ऐसा आपसी प्रेम, व्याकुलता, स्नेह–मेरा मन हाहाकार कर उठा! दीप मुझे यह सब कभी नहीं मिला। इसी कारण मेरे अन्दर एक खोखलापन था!"

लिण्डा इतना सब कहकर चुप हो गयी और दीप भी सिर नीचा करके बैठा रहा।

थोड़ी देर बाद लिण्डा रूमाल से आँखें पोंछकर बोली, ''मैं तुम्हारा और ज़्यादा वक़्त बर्बाद नहीं करूँगी, तुमसे एक निवेदन कर सकती हूँ?''

''हाँ, कहो?''

''मैं तुम्हारी माँ को कुछ देना चाहती हूँ।'' लिण्डा ने कहा, ''क्या दूँ सोच नहीं पा रही थी। फूल दे सकती थी, पर इण्डिया तक तो फूल सूख जाएँगे। खाने की चीज़ भेजने का मतलब ही नहीं। तुम्हारी माँ इस देश की पोशाक भी नहीं पहनती होंगी!'' कहते-कहते लिण्डा ने बैग से एक ख़ूबसूरत बक्सा निकाला और उसे खोलकर एक महँगी मोतियों की माला निकाली।

दीप चौंक गया, ''यह क्या—इतनी महँगी माला, नहीं!''

लिण्डा कुण्ठित स्वर में बोली, ''उस दिन तुमने बताया था कि अमेरिका आते वक़्त तुम्हारे टिकट के पैसे तुम्हारी माँ ने गहने बेचकर दिये थे। मेरी तो माँ नहीं है, मैं क्या अपने देश की तरफ़ से तुम्हारी माँ को यह गहना नहीं दे सकती? इसे वापस मत करो!...मेरे मन को शान्ति मिलेगी। माँ को बताना कि अमेरिका की एक यतीम लड़की ने आदर्श मातृत्व को एक उपहार भेजा है!...''

दीप को चुप देख लिण्डा ने कहा, ''मेरी जल्दी इण्डिया जाने की बात है, तब तुम्हारे घर आकर तुम्हारी माँ से मिलूँगी। तुम्हारी माँ के हाथ का पका खाना खाऊँगी। वह क्या मुझे खिलाएँगी?'' दीप मन-ही-मन दोहरा रहा था—नहीं मैंने झूठ नहीं बोला, लिण्डा को भी धोखा नहीं दिया! मेरी माँ सच में कभी मेरे लिए मरी नहीं! हाँ—देर हो चुकी है, पर माँ की इच्छा तो मिथ्या साबित नहीं हुई!...

थोड़ी देर बाद लिण्डा की आँखों में आँखें डालकर दीप ने कहा, ''हाँ—तुम आना इण्डिया, माँ को देखना। भारत की माँ गाँव की मिट्टी के घर में बैठी प्रतीक्षा कर रही है। आँखों से ठीक से देख भी नहीं सकती। अपनी सन्तान की प्रतीक्षा में उन धुँधली आँखों में भी रोशनी चमकती है।...तुम माला रख दो, जब जाओगी तभी अपने हाथों से माँ को देना।''

अख़बार की एक ख़बर

"राम-राम उस्ताद जी! कुछ खुशख़बरी सुनाएँ!" उस्ताद जी के बदन पर एक ढीली-ढाली अचकन, वह भी कई जगह से फटी और जिसे पैबन्द से पहनने लायक़ बनाया गया, माथे पर साफ़ा, गाल पर पाँच-सात दिनों की दाढ़ी। उम्र होगी क़रीब पचास के क़रीब। अगर उनसे कोई उनके घर-बार या बीवी-बच्चों के बारे में पूछता तो वे हँसकर टाल जाते थे।

उस्ताद जी थे भला कौन? ये कभी-कभी गाँव में धूमकेतु की भाँति प्रगट होकर लोगों की सुख-दुःख की कहानी के हिस्सेदार बन बैठते और सलाह-मशवरा देकर उन्हें खुश कर देते। वे गाँववालों की मदद करने की भरसक कोशिश करते।

किसी के घर रुककर सादा खाना जैसे सत्तू या रोटी और भिण्डी की सब्ज़ी बड़े स्वाद से खाते। वे जैसे रहस्यमय तरीक़े से आते, उसी तरह ग़ायब भी हो जाते।

पिछले बरस जब इस गाँव में सूखा पड़ा था, तब इस गाँव के ठेकेदार ने बड़ा ही क्रूर व्यवहार किया था। बड़े ही शर्म की बात थी। बाँध का काम रुकवाकर उसने सब पर कितना जुल्म किया। ज़मीन पर धान की बुआई नहीं हो रही थी। पैसा भी नहीं था। सरकारी मज़दूरी नहीं मिलने से वे कैसे गुजारा करते?

उस वक़्त उस्ताद जी ने आकर ठेकेदार को उसकी करनी की बढ़िया सज़ा दी थी। सबके साथ मिलकर खजूर के पेड़ के नीचे उसका घेराव किया। उसे चौबीस घण्टे कुछ खाने-पीने तक नहीं दिया।

जितने दिन उस्ताद जी यहाँ रहते हैं, उतने दिनों तक काफ़ी मौज-मस्ती का आलम रहता है। दिन-भर तो सब मेहनत मज़दूरी में फँसे रहते हैं, क्योंकि जब तक साँस चलेगी तब तक ज़िन्दा रहने की ख़ातिर सबको मेहनत करना है। यही विधि का विधान भी है! आँखें मुँदने पर भला कौन इस धरा पर मेहनत करेगा?

पर इस कठोर जीवन में लोग यह भूल जाते हैं कि जीवन में और कुछ भी है, जैसे—हँसना, गप करना, गाना आदि। उस्ताद जी उन्हें इन चीज़ों की याद दिलाने आते हैं। वे पीठ थपथपाकर कहते हैं, "काम तो करना ही है, पर क्या हँसना, गाना

सब भूल जाएगा? देखो ना—जंगल के जानवरों से लेकर आसमान के परिन्दे तक सभी नाचते हैं, गाते हैं—और तुम तो इनसानों की औलाद हो!"

उस्ताद जी शाम को सबको इकट्ठा कर महफ़िल सजाते हैं। ख़ुद ही गाना गाने लगते हैं। उनके गले में सुर तो नहीं, पर उनकी आवाज़ काफ़ी ज़ोरदार है। एक हाथ कान पर रख, दूसरा हाथ आगे की ओर बढ़ाकर गाते हैं तो बिल्कुल उस्ताद से नज़र आते हैं। तभी तो उनका नामकरण उस्ताद जी हुआ है!

उस्ताद जी के लबादे में एक-आध अख़बार रहता है। वे पढ़े-लिखे हैं, तभी तो उन्हें गाँव के बाहरी वातावरण की ख़बर है। यहाँ तक कि एक दिन आसमान की ओर इशारा करके उन्होंने यह भी बता दिया था—"इस आसमान के परे जहाँ इनसान की नज़र नहीं पहुँच पाती, वहाँ भी लोग लड़ाई के लिए स्वयं को तैयार करने में लगे हैं। वह जगह यहाँ से काफ़ी ऊँचाई पर है।" पता नहीं मज़ाक़ करते हैं या ऐसे ही मनगढ़न्त क़िस्सा कहते हैं—राम जाने!

आज भी जब उस्ताद जी ने तान छेड़ी तो वहाँ लोगों की भीड़ जमा हो गयी। बूढ़े रामखिलावन की खटिया को घेरकर वे ज़मीन पर उकड़ूँ होकर बैठ गये। सभी ने उस्ताद जी को राम-राम किया और मिन्नत करने लगे कि वे अख़बार की ख़ुशख़बरों से उन्हें आगाह करें।

उस्ताद जी खाट पर एक किनारे बैठ गये और कहने लगे, "अरे पगले, अख़बार में क्या तेरे-मेरे जैसे ग़रीबों की रामकहानी छपती है? उसमें तो बड़े-बड़े सेठों और मन्त्रियों की कहानियाँ छपती हैं। उन्हें सुनकर तू क्या करेगा?"

बूढ़ा रामखिलावन अपने-आप पर हँसा और बोला, "उस्ताद जी! ग़रीब की ज़िन्दगी में है ही क्या, जिसका बखान किया जाए। हम भी तो ग़रीबों की रामकथा सुनने के इच्छुक नहीं हैं, हमें तो आप सेठ और मन्त्रियों के ही क़िस्से सुनाओ।" रामखिलावन के आधे से ज़्यादा ग़ायब दाँतों के अन्दर से जैसे हँसी फूटकर बाहर निकलना चाह रही थी।...

फूलसरिया गाँव की बहू थी। वह बोली, "पिछली बार तुमने अमरीका नाम के किसी गाँव की मज़ेदार कहानी सुनाई थी। उसी तरह की कहानी सुनाओ ना।" उसके पति का नाम धनिया था। उसने कहा, "अच्छा उस्ताद जी, इन्दिरा जी का बेटा राजीव अब गद्दी सँभाल रहा है, राजीव जी के कितने बेटे हैं? कितने बड़े हैं? भगवान न करें राजीव जी अचानक ख़त्म हो जाएँ...।"

कुछ तो हँस पड़े और कुछ परेशानी से इधर-उधर देखने लगे क्योंकि यह तो मज़ाक़ की बात नहीं थी। यह एक गम्भीर मसला था। जिस पर उस्ताद जी की राय की उन्हें ज़रूरत थी। सभी आँखें बड़ी-बड़ी कर उस्ताद जी की ओर उनके जवाब की प्रतीक्षा कर रहे थे।

आज वे ख़ाली थे, क्योंकि आसमान सूखा था। बुआई का क़ाम भी अभी शुरू नहीं हुआ था। अभी बारिश का इन्तज़ार था। समय का पहिया धीमी लय में चल रहा था।

तरह-तरह के क़िस्सों के बीच उस्ताद जी ने अचानक चाय की फ़रमाइश की। सभी एक-दूसरे के चेहरे को देख-देखकर बग़लें झाँकने लगे। हाय, कितने शर्म की बात थी! इस इनसान ने एक प्याली चाय की फ़रमाइश अपनी ज़ुबान से की और वे इसे पूरा नहीं कर पा रहे। यहाँ किसी घर में चाय का रिवाज था कहाँ?

उनके चेहरे के भावों को पढ़ने में उस्ताद जी को ज़रा-सी भी देर नहीं लगी। शहर जा-जाकर उन्हें चाय का चश्का लग गया था। उन्होंने हाथ ऊपर की ओर करके कहा, "रहने दो, चाय की ज़रूरत नहीं है। एक गिलास पानी पिला दो, उसके बाद मैं एक सेठ का क़िस्सा सुनाऊँगा।"

एक नौजवान खड़ा होकर बोला, "पक्की में सरदार जी का होटल है, कोई मुझे बर्तन दे दो, मैं चाय ला देता हूँ।" पक्की का मतलब हाइवे से था, जो इस जगह से ढाई मील की दूरी पर था।

धनिया ने कहा, "तू इतनी दूर से चाय लाएगा! तुझे तो पसीना आ जाएगा, और चाय ज़रूर ठण्डी हो जाएगी। ठण्डी चाय पीकर क्या मज़ा आएगा?"

उसने मुँह तो ऐसा बनाया जैसे किसी कड़वी दवा का घूँट पी रहा हो। फूलसरिया उलाहना देते हुए बोली, "क्यों—हम क्या चाय गरम नहीं कर सकते? जा दौड़कर चाय ले आ।"

रामखिलावन ने भी उकसाया, "एक बड़ा-सा बर्तन ले जा, जिससे ज़्यादा चाय ला सके।" उस्ताद जी ने नौजवान को हाथ से इशारा करके रुकने को कहा। वह काफ़ी देर से चुप थे। उनके मन में ज़रूर कुछ खिचड़ी पक रही थी।

वह खटिया से उठकर बोले, "तू अकेला क्यों जाएगा; हम भी तेरे संग जाएँगे। यहाँ पर बैठकर क्या करेंगे? पक्की के ऊपर से कितने ट्रक, गाड़ियाँ, हज़ारों मील का सफ़र तय करती हैं। वह सब देख-देखकर ही मज़ा लूटेंगे।"

कई लोग उठकर खड़ हो गये और शोर मचाने लगे—चलो चलो। तीस-पैंतीस लोग तो वैसे ही थे, ख़बर पाकर और कुछ लोग आ मिले।

रामखिलावन बोले, "इतने सारे लालची लोगों को लेकर कहाँ जाओगे और चाय का पैसा भी भला कौन देगा?"

उस्ताद जी ने अनसुनी कर सबको आगे बढ़ने को कहा। उन्होंने खुली दावत देकर यह भी आश्वस्त कर दिया कि इसकी ज़िम्मेदारी उन्हीं पर ही है।

फूलसरिया बोली, "उस्ताद जी जब बोल रहे हैं तो तुम क्यों अड़ंगा डाल रहे हो? उस्ताद जी की ज़बान की कोई भी क़ीमत नहीं है क्या?"

एक तरह से खुशियों का वातावरण-सा छा गया। इस ग्रामीण-जीवन में, जहाँ नीरसता ही थी, खुशियों का ज्वार-सा आ गया। इतने सारे लोग पिकनिक मनाने चले! पक्की पर क़दम रखते ही पता लगा कि यह एक दूर की जगह है, जहाँ से कई दिशाएँ दिखती हैं। उसी में एक दिशा है—जहाँ इस देश की राजधानी है, मील के हिसाब से तो यहाँ से पच्चीस-तीस मील की दूरी पर है, पर असल में काफ़ी दूरी पर है। गाँव के लोगों के लिए सब-कुछ नया नज़ारा-सा लगने लगा।

पक्की में जाकर आधा मील चलकर दाहिने तरफ़ सरदार जी की दूकान थी, वह भी बन्द पड़ी थी। देखने से ही पता चल रहा था कि यह काफ़ी समय से बन्द पड़ी थी।

धनिया ने माथा पीटकर कहा, "हाय राम! यह तो मुझे याद ही नहीं रहा कि अमृतसर में किसी हंगामें की वजह से सरदार ख़पा होकर भाग गये हैं। इन्दिरा जी के देहान्त के बाद इस सरदार की शक्ल भी नहीं देखी गयी।" औरों ने भी उसकी बात का समर्थन किया।

सभी के चेहरे मुरझा गये। उनकी खुशी ग़ायब हो गयी, बेचारे उस्ताद जी ने खुद सबको चाय पिलाने का वादा किया था, पर सब-कुछ मिट्टी हो गया।

उस्ताद जी ने ढाढस बँधाया—"कोई फ़िक्र नहीं। यह दूकान बन्द है तो क्या, और भी तो दूकानें हैं। सामने की ओर चलो।"

रामखिलावन बोला, "अब और कहाँ जाएँगे उस्ताद जी, जितना आगे की ओर बढ़ोगे, शहर का रास्ता आ जाएगा, जहाँ पर चाय का दाम भी दुगुना, चौगुना हो जाएगा। इसके अलावा हमने न तो ठीक ठाक कपड़े पहने हैं, ना जूते ठीक हैं कौन हमें दूकान में घुसने देगा?"

उनकी बातें सुनकर बाक़ी लोग भी रुक गये। वे भी ऐसी ही बातें मन-ही-मन में सोच रहे थे। सड़क के किनारे किसी दूकान में तो चाय पी जा सकती है, पर कौन उन्हें अच्छी दूकानों में घुसने देगा, चाय पीने की बात तो काफ़ी दूर थी!

सबके मन में अँधेरा-सा छा गया।

उस्ताद जी ने उत्साहित किया, "जूता, कुर्ता चाय पीएँगे या इनसान?" उनके चेहरे पर एक तरह की हँसी थी जिसमें किसी नयी योजना की झलक दिख रही थी। वे किसी मतलब की ताक में थे।

पॉकेट से अख़बार निकाला और उसे चूमकर कहा, "चलो तुम लोगों को ताजमहल में चाय पिलाऊँगा।" उस्ताद जी भी बिना सिर-पैर की बातें कह डालते हैं।

'ताजमहल' क्या है। सब एक-दूसरे की ओर देखने लग गये। धनिया खुद को सबसे ज़्यादा अक़्लमन्द समझता था। वह बोला, "ताजमहल बादशाहों का एक बड़ा

घर है, मैंने ठेकेदार साहब के घर में एक तस्वीर में देखा था।''

उस्ताद जी ने कहा, ''बिल्कुल सही, तुम लोगों ने अकबर बादशाह का नाम सुना है कभी? उनके दादा जी ने अपनी बेगम के लिए एक बड़ी धूप की तरह सफ़ेद कोठी बनवायी थी। बड़ी ही शानदार कोठी है।''

एक ने मज़ाक़ किया, ''वहाँ हम काहे को जाएँ, बादशाह ने क्या हमें न्यौता दिया है?''

धनिया बोला, ''बादशाह-बेगम का ज़माना कब का ख़त्म हो गया, तुम लोगों को इतनी-सी बात भी नहीं मालूम।''

दूसरे ने अपनी समझदारी ज़ाहिर की, ''फिर तो मन्त्री लोग अपने बीवी-बच्चों के साथ वहाँ रहते होंगे?''

उस्ताद जी ने समझाया, ''वह कोठी अब सबके लिए है, जहाँ हम जैसे मामूली लोग भी जा सकते हैं।''

सबको यह शक था कि न जाने वह जगह कितनी दूर है और चाय पीने में भला पैसे कितने लगेंगे और फिर वापस भी कब लौटेंगे?

उस्ताद जी बिना किसी फ़िक्र के मुस्कराए जा रहे थे। उन्होंने फटाक से सौ रुपये का नोट सबके सामने लहराया।

''अरे बड़े ताज्जुब की बात है,'' उस नोट को देख सभी चकित थे। ''वो क्या कोई जादू जानते हैं?''

''उस्ताद जी, यह तुम्हें कैसे मिला?''

''तुम लोग क्या मुझको फ़ालतू, ऐरा-ग़ैरा समझते हो? मुझे गाना गाकर इनाम में यह नोट मिला।'' उस्ताद जी ने यह बताया। सब फिर से ख़ुश हो गये और माहौल में मस्ती छाने लगी। वैसे तो यह अविश्वसनीय बात थी कि उस्ताद जी का गाना सुनकर भी कोई पैसा दे सकता है, पर सौ का नोट भानुमती के पिटारे से तो निकला नहीं था! वह तो सच में एक सबूत था। धनिया ने कहा, ''तुम यह रुपया हम लोगों पर ख़र्च कर दोगे?''

''मुझे जमा करने की आदत नहीं है। जैसे अचानक पा गया, वैसे ही एक दिन में उसे ख़र्च भी कर दूँगा।''

''फिर एक काम करो। इतना रुपया चाय में न फूँककर मन्दिर में पूजा के लिए दे दो।''

''हट पगले! मैं तो केवल पेट-पूजा के बारे में ही जानता हूँ। किसी पूजा में विश्वास नहीं करता।''

''सुनो तो! देवता के चरणों में बकरा या भैंस की बलि दे दो! फिर सब मिलकर मांस खाकर दावत उड़ाएँगे।''

''सौ रुपये में बकरे का मीट! अरे उस पैसे से तो दो छछून्दरों का मांस मिलेगा!''

फूलसरिया ने अपनी राय ज़ाहिर की, ''मेरा मरद हमेशा फ़ालतू बातें करता है! मांस रहने दो, अगर ज़िन्दा रहे तो मांस भी खा लेंगे। उस्ताद जी ने हवामहल या किसी महल का ज़िक्र किया था, मैं तो वहीं जाकर चाय पीऊँगी।'' कइयों ने उसी का पक्ष लिया, क्योंकि कोई भी अभी घर लौटने के मूड में नहीं था। सभी राजधानी की ओर बढ़ने लगे।

पूरी गँवई टोली जब चल रही थी तो उन्हें एक आदमी दिखा, जो डुगडुगी बजाता चला जा रहा था और उसके संग थे—एक बिना बाल का भालू और दो बन्दर।

उस्ताद जी आगे बढ़कर उस आदमी के कन्धे पर हाथ रखकर बोले, ''क्या दोस्त—कहाँ चले?'' उसने जवाब दिया, ''मेरी क्या कोई दिशा तय रहती है? जिस तरफ़ मन हुआ, चल देता हूँ। पर तुम इतने सारे लोगों का दल बनाकर किधर चले?''

उस्ताद जी ने कहा, ''हम एक जगह चाय पीने जा रहे हैं। तुम भी हमारे साथ चलो। मुझे भी तुम्हें पाकर अच्छा लग रहा है।''

भालूवाला अचम्भे में पड़ गया, ''इतनी बड़ी टोली एक साथ चाय पीने चल पड़ी है!''

''चलो न बढ़िया चाय पिलाऊँगा वैसी चाय शायद तुमने कभी न पी होगी?''

एक जना चिल्लाया, ''हम चाय पीने 'ताजमहल' जा रहे हैं।''

वह आदमी स्तब्ध खड़ा उस्ताद जी को देखता रहा। वह दूरदर्शी था और अचानक किसी की बातों में नहीं आता था। उस्ताद जी का हाथ कन्धे से हटाकर वह बोला, ''वह किस ताजमहल का ज़िक्र कर रहा था?''

उस्ताद जी ने वैसी ही रहस्यमयी मुस्कान चेहरे पर भरकर कहा, ''ताजमहल में!''

वह भालूवाला कहने लगा, ''मुझे क्या बेवक़ूफ़ समझा है? मैं नहीं जानता कि ताजमहल कहाँ है? ताजमहल तो काफ़ी दूरी पर है। इस ओर तो राजधानी का रास्ता जाता है।''

उस्ताद जी बोले, ''अरे दोस्त, चलो ना! तुमने ही तो अभी बताया कि तुम्हारी दिशा निर्दिष्ट नहीं रहती, फिर राजधानी में जाओ या और कहीं—क्या आता-जाता है।''

''पर राजधानी तक क्या पैदल जाओगे? इनसान तो दूर, मेरे भालू, बन्दर तक थक जाएँगे।''

''फिर तो बन्दोबस्त करना ही पड़ेगा।'' उल्टी ओर से तीन ट्रकें आ रही थीं। उस्ताद जी दोनों हाथों को फैलाकर सड़क पर खड़े हो गये। उनकी देखा-देखी दूसरे भी वैसा ही करने लगे।

इन सड़कों पर एक-आध आदमी के सामने आने से ट्रक नहीं रुकती। कभी-कभी तो रौंदकर भी चली जाती है। पर यहाँ तो चालीस मर्द-औरतें रास्ता रोककर खड़े थे। तीनों ट्रकें एक अजीब-सी आवाज़ कर ब्रेक लगाने पर रुक गयीं।

तीनों में ही बकरे भरे थे। ट्रक-ड्राइवर उतरकर सोच में पड़ गया था—शायद किसी पार्टी-वार्टी का मामला है। फूलसरिया ने पूछा, "उस्ताद जी इतने सारे बकरे भरकर कहाँ ले जा रहे हैं?"

उस्ताद जी ने बताया, "राजधानी में। वहाँ के लोगों की भूख ज़्यादा है। वे गावों से चुन-चुनकर बकरे, गाय, मुर्गी, मछली, दूध—यहाँ तक कि औरतें भी वहाँ के आदमी खा जाते हैं!"

"औरतों को भी खा जाते हैं?"

"हा-हा-हा!...तुम्हें डरने की ज़रूरत नहीं है फूलसरिया। हम इतने सारे लोगों के रहते तुझे कोई नहीं खा सकेगा!"

उस्ताद जी आगे बढ़े और हाथ जोड़कर मिन्नतें करने लगे, "भाई साहब, मेहरबानी करके हमें राजधानी तक छोड़ दो।"

ऐसा अजीब प्रस्ताव सुन ट्रक ड्राइवर खुश हुए, क्योंकि ये साले अगर सड़क रोककर रखते तो आगे बढ़ पाने का सवाल ही नहीं था। पुलिस आकर जब तक इन्हें हटाती, उसमें कम-से-कम चौबीस घण्टे का समय तो लगता ही! ख़र्चा भी पड़ जाता! इसके अलाव इन लोगों ने चन्दा भी नहीं माँगा!

पहले तो उन्होंने मना कर दिया, फिर कुछ किराये का इशारा भी करने लगे। उस्ताद जी ने यही सुझाया कि वे बकरों को गोद में ले लेंगे, जिससे जगह बन जाएगी। किराये का सवाल नहीं, पर वे राजधानी पहुँचकर ड्राइवरों को चाय पिला देंगे। आख़िरकार वे तैयार तो हो गये पर भालू, बन्दर को चढ़ाने से इनकार कर दिया। उस्ताद जी ने समझाया, "बेचारा भालू!—उसका चेहरा देखा है? तुम्हारे बकरे भी इससे लम्बे-चौड़े होंगे! वे उन्हें देखकर डरेंगे नहीं। चलो, देर मत करो।"

फूलसरिया और साथ की कुछ युवतियाँ बहुत मज़ा ले रही थीं। उनके एकरस जीवन में उन्हें जैसे कोई नयापन नज़र आने लगा—जैसे कोई महोत्सव मना रहे हों। इसी ख़ुशी में वे सब बड़ी ही मस्ती में थे। कहाँ जा रहे हैं, इसकी उन्हें परवाह नहीं थी; पर कुछ मज़ेदार हो रहा है, यही सोचकर वे रस ले रही थीं। उस्ताद जी के प्रति भी ये बड़ी कृतज्ञ थीं, क्योंकि उनके अलावा यह सब बन्दोबस्त भला कौन कर सकता था।

कुछ ने गाना भी शुरू कर दिया, कुछ ताली बजाने लगे। कितना मज़ा, कितनी ख़ुशी! उस्ताद जी ने एक प्याली चाय पीने को क्या माँगा कि आज का दिन जैसे किसी त्यौहार में बदल गया! सब-कुछ जादुई करिश्मा लग रहा था।

दूर से राजधानी की ऊँची इमारतें देखकर सबकी साँसें रुक गयी। उन्हें लगा मानो किसी स्वर्ग में पहुँच गये हों! यहाँ का आसमान भी काफ़ी नीचा नज़र आ रहा था। इस भीड़ में से दो-एक पहले मजूरी करने के लिए राजधानी में आये थे। लेकिन वह तो और तरह का आना था। आज तो जैसे वे राजधानी पर विजय-पताका फहराने आये थे!

फूलसरिया ने प्रश्न किया, ''उस्ताद जी 'ताजमहल' की सबसे ऊँची मंज़िल यहाँ से नहीं दिखती?''

''देखोगी, ज़रूर देखोगी फूलसरिया! लेकिन समय तो आने दो, तब तुम्हारी आँखें चुँधिया जाएँगी।''

राजधानी के क़रीब ट्रक-ड्राइवरों ने उन्हें उतार दिया, क्योंकि आगे जाने की मनाही थी। चायवाला प्रस्ताव भी उन लोगों ने नकार दिया।

उस्ताद जी का क़ाफ़िला मायापुरी के अन्दर से चलने लगा। बाप रे! कितनी तरह की गाड़ियाँ, कितनी पुलिस?...उस्ताद जी ने ज़रा-सा भी बता दिया होता, तो वे अच्छी पोशाकें पहनकर आते। फूलसरिया के पास गुलाब के फूलोंवाली छपी एक साड़ी थी, पर वह तो मामूली पीली साड़ी पहनकर आयी थी, वह भी कहीं से फटी थी! इस सबकी क्या ज़रूरत थी?

उस्ताद जी राहगीरों या पुलिस से भी बीच-बीच में कुछ पूछ रहे थे। घूमते-घूमते उन्होंने एक बड़ी इमारत की ओर इशारा कर दिखाया और बोले, ''यही है ताजमहल!''

ज़्यादातर लोगों को ही निराशा हुई। उन लोगों की सोच में तो बादशाह-बेगमों का महल था। यह इमारत काफ़ी बड़ी तो थी, पर ऐसी इमारतें तो यहाँ और भी थीं। कुछ तो इससे भी बड़ी। और यह धूप की तरह उजली भी नहीं थी। भालूवाला बोला, ''काहे को दिल्लगी करते हो उस्ताद, यह ताजमहल है?—यह तो एक होटल है!''

''हाँ होटल ही तो है, होटल के अलावा चाय और कहाँ मिल सकती थी?''

''पहले काहे नहीं बताया?''

''पहले बताता तो मेरे साथी डर जाते। पर मैंने झूठ भी नहीं बोला, क्योंकि इस होटल का नाम 'ताजमहल' है। विश्वास न हो तो दरबान से पूछ सकते हो।''

होटल के बारे में जानकर सभी घबरा गये। इतने बड़े आलीशान होटल में जाने की हिम्मत वे कहाँ से जुटा पाते? उस्ताद जी ने सौ रुपया दिखाया तो था, पर उससे एक बकरा या भैंस भी नहीं मिल सकता। इतने बड़े होटल में इन पैसों में चाय? अगर मिलती भी हो तो उन्हें घुसने भला कौन देगा?

होटल के फ़ाटक पर खड़ा दरबान पहले ज़माने के नवाब-बादशाहों की पोशाक पहने हुए था। नाक के नीचे मूँछें, माथे पर पगड़ी, शनील की पोशाक, हाथ में लाठी

जिसकी मुण्डी पीतल की थी, पर वह चमक सोने-जैसी रही थी। इतने सारे गन्दे, फटे कपड़े पहने, नंगे पैरवाले लोगों को देख उसने खदेड़ दिया।

"भागो इधर से।"

कई लोगों के चेहरे तो उसकी भारी-भरकम गर्जना से सकते में आ गये। वे डर से काँपने लगे। वे एक-दूसरे के पीछे छिपने की कोशिश करने लगे, क्योंकि कोई आगे नहीं रहना चाह रहा था।

उस्ताद जी आगे बढ़कर उसके पास गये और बिना किसी दुविधा के उसके मखमल के कपड़ों पर हाथ रखकर, मीठी मुस्कान से बोले, "हम तो कस्टमर हैं—ख़रीदार, पैसा देकर खाना-पीना करने आये हैं। तुम हमें क्यों भगा रहे हो?"

हैड दरबान का जवाब था, "भागो, फ़ाटक को ख़ाली कर दो।"

उस्ताद जी बोले, "अरे दादा, तुम कस्टमरों को भगा रहे हो, तुम्हारे मालिक से बातचीत हो सकती है?"

होटल के अन्दर भी खलबली मच गयी। छोटा मैनेजर, बड़ा मैनेजर सभी चौकन्ने होकर आपस में चर्चा करने लग गये। वे परेशान होकर यही सोच रहे थे कि यह कैसा झमेला है? कैसे इसे रोका जाए? होटल के अपने गार्ड हैं, फिर भी पुलिस को फ़ोन किया। होटल में इतने साहब, मेम, सेठ साहूकार ठहरे हैं। सभी की सुरक्षा की ज़िम्मेदारी उन पर ही तो है।

इस होटल में ऐसा क्या गुनाह हुआ कि गाँव के इतने सारे लोगों ने होटल का घेराव कर डाला! वे उन्हें गुण्डे, बदमाश लग रहे थे। होटल का छोटा मैनेजर दो मंज़िल की बॉलकनी में खड़ा होकर गार्ड और पुलिस से अँग्रेज़ी में ज़ोरों से बोला, "रिमूव दैम, क्लीयर द गेट्स। (इन सबको यहाँ से दफ़ा कर फ़ाटक ख़ाली करवाओ)।"

उस्ताद जी ने कहा, "मैनेजर साहब अँग्रेज़ी में क्या गिटर-पिटर कर रहे हो? किसी अँग्रेज़ी साहब की औलाद हो क्या? आपका रंग तो मेरे जैसा ही है।"

छोटा मैनेजर चिल्लाया, "तुम लोग इढर से चले जाओ। हल्ला मट करो। नहीं तो पुलिस तुम लोगों को पुश करेगा।"

उस्ताद जी बोले, "यह कैसी अजीब बात कर रहे हैं? आप कस्टमरों को भगा रहे हैं? मैंने संविधान पढ़ा है। उसमें तो कहीं नहीं लिखा कि होटल में घुसने से पहले जूता पहनना ज़रूरी है। पैसा दूँगा, खाऊँगा बस।"

"इस होटल में तुम लोग नहीं खा सकते, दूसरे किसी होटल में चले जाओ!"

"क्यों नहीं खा सकते? सभी ख़रीदारों को क्या तुम यही कहते हो? संविधान में तो कहीं भी इस बात का ज़िक्र नहीं किया गया है।"

छोटा मैनेजर बड़े थाने में फ़ोन करने चला गया। देखते-ही-देखते गाड़ी भर-भरकर पुलिस वहाँ आ गयी। उनके अफ़सरों के चेहरे इतने भयानक थे कि देखते ही भय

पैदा हो जाए।

पुलिस की जमघट देख गाँववाले घबरा गये और इधर-उधर बिखरकर चिल्लाने लगे, "यह तुमने क्या कर डाला उस्ताद जी! तुम्हारी बातों पर भरोसा करके हम इतनी दूर चले आये! चाय पिलाने की बात कह करके क्या अब हमें पुलिस से पिटवाओगे? पुलिस हमें क़ैद कर लेगी तो हमारा सारा कामकाज बन्द हो जाएगा, हमारे बाल-बच्चे भूखों मरेंगे!"

भालूवाले के हाथ से डुगडुगी लेकर बजाते हुए एक हाथ ऊपर उठाकर उस्ताद जी कहने लगे, "सुनो भाइयो-बहनो!, मरद का बात हाथी का दाँत। मैंने जब वायदा किया है कि ताजमहल में चाय पिलाऊँगा, तो पिलाऊँगा। ऐसी बढ़िया चाय ज़िन्दगी में कभी नहीं पी होगी। जो डरपोक हैं, वे बेशक चले जाएँ और जिन्हें मुझ पर विश्वास है, वे मेरे साथ रहें।"

भीड़ में शोर उठा और थम भी गया। एक भी जना पीछे नहीं हटा। 'डरपोक' की बदनामी का ठीकरा कौन अपने सिर लेना चाहेगा? उस्ताद जी उन्हें प्यार करते हैं, वे उन्हें किसी मुसीबत में नहीं डालेंगे। यह भी ठेकेदार को घेराव करने जैसी कोई मज़ेदार वारदात-सी लगी।

उस्ताद जी से पुलिस के बड़े अफ़सर ने पूछा, "तुम क्या इनके नेता हो?... तुम इधर जाओ मुझे कुछ बातें करनी हैं।"

उस्ताद जी बोले, "तुम्हारे जैसे छोटे दारोगा के साथ भला मैं क्या बात करूँ? कमिश्नर साहब को बुलाओ नहीं तो प्रधानमन्त्री को! जिन्होंने संविधान के बारे में जानकारी हासिल की है, उन्हीं से बात करूँगा।"

पुलिस अफ़सर का चेहरा छोटे आदमी की हेकड़ी देख गुस्से से लाल पड़ गया। बाहर की तरफ़ यह मसला होता तो इन्हें पीटकर ठीक कर देते। दो-चार लाश ही गिरतीं, नुक़सान कुछ भी नहीं होता। यह तो राजधानी है, सौ-सौ विदेशी दूतावास हैं। कितने अख़बारों के रिपोर्टर हैं। पता नहीं कहाँ की बात कहाँ पहुँचे। गृहमन्त्री का 'बरख़ास्त' का परवाना ही आ जाए, कौन जाने।

पुलिस के अफ़सरों और होटल के मैनेजरों के बीच सलाह हुई। यह झमेला ख़त्म करने का एक ही उपाय है—इन्हें इनकी माँग पूरी करने दें। भिखारी जैसे लोग बगीचे की शोभा नष्ट कर रहे थे, इन्हें जितनी जल्दी हो सके भगाना ही अच्छा है।

बड़ा मैनेजर बॉलकनी से ही बोला, "ठीक है तुम लोग चाय पीना चाहते हो। इस होटल का मैनेजमेण्ट तुम्हें मुफ़्त में चाय पिलाना चाहता है, क्योंकि वे अच्छी नीयत के हैं और सबसे प्रेम करते हैं। तुम लोग फ़ाटक के बाहर खड़े रहो, चाय भेजी जा रही है।"

गाँववालों के चेहरों पर हँसी छा गयी। उस्ताद जी की जीत हुई। उस्ताद जी

ने हाथ ऊपर उठाया और व्यंग्य के लहज़े में कहा, ''छीं:, हम क्या भिखारी हैं कि सड़क पर चाय पीयें? पैसा देकर चाय पीने आये हैं, सो कुर्सी पर बैठकर आराम से कुहनी टिकाकर ही चाय पीएँगे।''

हारकर उन्होंने सबको अन्दर जाने दिया। उस्ताद जी ने सबको अन्दर चलने का निर्देश दिया। सब धड़-धड़ाकर अन्दर घुस गये।

अन्दर मेज़ों पर देश-देश के गोरे रंग के साहब, मेम बैठे थे। साथ में काले रंग के देशी साहब, जो विदेशियों की ही तरह सुसज्जित थे, बैठे थे। वे डर गये, क्योंकि भीड़भाड़, धक्कमधक्का से उन्हें डर लगता था। गाँववालों ने ज़्यादातर कुर्सियों पर कब्ज़ा कर लिया था।

उस्ताद जी बोले, ''चल धनिया बीड़ी दे। देखा मेरा कमाल।'' उनकी आवाज़ में मस्ती थी। सबने 'उस्ताद जी की जय' का नारा लगाया। एक बेयरा, जिसके गले में काले रंग का रिबन था, वह आया और बड़े कठोर स्वर में बोला, ''देखिए आप लोग चाय पीना चाहते हैं, चाय देता हूँ, पर बन्दर, भालू लेकर तो होटल में नहीं आया जा सकता; इसलिए मैं आपसे उन्हें बाहर रख आने की पेशकश करता हूँ।''

उस्ताद जी ने फटाक से अपने लबादे की जेब से अख़बार निकालकर उस होटल के कर्मचारी के सामने पहला पेज़ दिखाकर पूछा, ''यह किसकी तस्वीर है, अच्छी तरह पहचानते हो कि नहीं?''

उस अख़बार के पहले पेज पर भालू की तस्वीर छपी थी। उस्ताद जी ने उठकर भाषण शुरू कर दिया, ''सुनो भाइयो-बहनो! ये भालू जो आप देख रहे हैं, इसका मालिक है यही होटल। मैं बिल्कुल सही बात कहता हूँ। अख़बार में लिखा है कि इसी होटल ने इस भालू को साहबों के देश भेजा है, जो वहाँ 'भालू के खेल' दिखलाएगा। यह होटल अगर नये देशों में भालू भेज सकता है तो फिर हम अपने देश में अपने भालू को लेकर होटल में क्यों नहीं आ सकते?''

सभी हँसते हुए उस्ताद जी की ही बात का समर्थन कर रहे थे। साहबों के होटल में भालू जा सकता है, तो देशी होटल में क्या बुराई है?...

पुलिस ने गृहमन्त्री को फ़ोन करना चाहा, पर वे तो लापता थे। लाठी, आँसू-गैस या गोली चला सकते थे, पर निर्देश कोई नहीं दे पा रहा था। इससे तो उन्हें चाय पिला देना ही बेहतर लगा।

हर मेज़ पर क़ीमती ऐस्ट्रे और फूलदान थे। होटलवालों ने सोचा कि ये ज़रूर इन्हें चोरी करके ले जाएँगे। मैनेजर के आदेश से बेयरों ने उन्हें उठाना चाहा तो उस्ताद जी ने उन्हें रोकते हुए कहा, ''अरे तू बड़ा नौकर बन गया तो क्या अपनी जात भूल गया? तेरे बाप-दादों ने क्या कभी खेती या मजूरी नहीं की थी? तू हम

लोगों को क्यों नहीं पहचान पा रहा। संविधान में कहाँ लिखा है कि इस होटल में महँगी सिगरेटों की राख झाड़ सकते हैं पर बीड़ी की नहीं? छोड़ो यह सब।''

फिर चुटकी बजाकर बेयरे को बुलाकर कहा, ''वही किताब ले आओ, जिस पर सब चीज़ों के नाम-दाम लिखे रहते हैं।''

टेबलों पर मेनू-कार्ड पड़े थे, उनमें से एक उठाकर उसने उस्ताद जी को दे दिया। उन्होंने उसे ध्यान से पढ़ने का नाटक किया, फिर कहा, ''साला डाकू!—एक सूखा मुर्ग़ा डेढ़ सौ रुपया! हम तो सिर्फ़ चाय ही पीएँगे। ऐ चालीस कप चाय ले आओ!''

दो-तीन साहब, जिनके हाथों में कैमरा था, वे अन्दर के दरवाज़ों से ताक-झाँक कर रहे थे। उन्हीं को उस्ताद जी ने बुलाया और कहा, ''आओ हमारी तस्वीर लो ना।'' फिर दुबले-पतले दुखीराम को सामने खड़ा कर वे बोले, ''उसकी तस्वीर लो ना! राजीव जी विदेशों में जमकर समारोह करते हैं! 'जादूघर' से पत्थर की मूर्ति विदेश ले जाकर साहबों को 'भारत-दर्शन' कराते हैं! वह तो पुराने ज़माने का भारत है। यह देखो—दुखीराम नये ज़माने का है। इसी को देखिए।''

पुलिस आकर विदेशियों को वहाँ से ले गयी, क्योंकि विदेशी जब कभी तस्वीर नहीं खिंचवाना चाहते, यही नियम है। इसके अलावा न जाने कब हिंसा का माहौल बन जाए ? ये लोग मेज़ों पर हाथ पीटकर हँसी-मज़ाक़ किये जा रहे थे। पता नहीं चाय देने में इतनी देरी क्यों हो रही है?

बड़ी-बड़ी केतलियों में भरकर चाय आयी। बेयरा प्यालियों में चाय ढालने जा रहा था, पर उस्ताद जी ने उसे जाने को कहा। फिर वे फूलसरिया की ओर मुख़ातिब होकर बोले, ''फूलसरिया देवि! आज तुम्हीं इस ताजमहल की रानी हो! अपने हाथों से सबकी प्याली में चाय ढालकर सबको कृतार्थ कर दो!''

फूलसरिया से चाय लेकर सभी सुडुप-सुडुप कर पीने लगे। किसी के मुँह से वाह! मज़ा आ गया, या 'इतनी अच्छी सुगन्ध—इतनी अच्छी चाय कभी नहीं पी' या 'तुम धन्य हो!' जैसे वाक्य निकलने लगे।

सिर्फ़ फूलसरिया कुछ नहीं बोली। उसकी आँखों से आँसू टपकने लगे।

उस्ताद जी ने पूछा, ''यह क्या फूलसरिया, तुम काहे को रोती हो? तुम्हें किस बात से ठेस पहुँची है?''

फूलसरिया रुँधे गले से बोली, ''मुझे आज इतना आनन्द मिला। मेरी जैसी छोटी मज़दूरनी को इतनी इज़्ज़त पहले कभी नसीब नहीं हुई, इसी कारण आँखें भर आयीं।''

''तुमने अपने हाथों से चाय ढाली, तभी तो इसमें इतनी मिठास और सुवास है! ठीक है कि नहीं?''

सभी ने उनकी बात का समर्थन किया—''बिल्कुल सही कहा उस्ताद जी!''

भालूवाला बोला, ''तुम सबने चाय पी, पर मेरे भालू और बन्दरों को तो

नहीं दी!"

"वही तो—वही तो बड़ी ग़लती हो गयी!" सभी ने प्यालियों से चाय प्लेटों में ढालकर थोड़ी-थोड़ी दी, जो भालू-बन्दरों के लिए काफ़ी थी।

बेजान-सा भालू भी चाय पीकर चहकने लगा। उन्हें अच्छी चीज़ तो कभी नहीं मिली, तभी वे फिर से चंगे हो गये!

उस्ताद जी भालू के सामने खड़े होकर ताली बजाकर बोले, "नाच भालको नाच! नाच रे नाच!—मुन्ना नाच!"

सभी मिलकर ताली बजाते हुए भालू को घेरकर नाचने लगे।

आज का समय

प्रिय पुत्र अमिय,

तुम मुझे शायद नहीं जानते। मुझे तुम्हारे पिता के देहान्त की ख़बर मिली तो मुझे काफ़ी सदमा पहुँचा। इतने दिनों तक मुझे तुम लोगों की ख़बर न थी कि तुम लोग कहाँ हो, पर 'संवादपत्र' में जब तुम्हारे पिता श्रीमान् भक्तिपद का मृत्यु-संवाद छपा तो उससे तुम्हारा पता मिला। तुम लोगों का आदि निवास फ़रीदपुर ज़िले के मारजपाड़ा गाँव में था, यह मुझे भली प्रकार से याद है। इसमें कोई शक नहीं है। भक्तिपद और शक्तिपद को मैं उनके बचपन से काफ़ी स्नेह करता था। जो भी हो, अब असल मुद्दे पर आता हूँ, उत्तर मारजपाड़ा गाँव में मेरी एक दूकान थी, तुमने भी अपने पिता या चाचा से इस बारे में सुना होगा। तुम्हारे परिवार का हमारी दूकान में खाता चलता था।

हिसाब के खाते में देखने से पता चला है कि 23 अषाढ़ 1356 में मेरी दूकान से 232 रुपये के ताँबे के बर्तन और एक लिहाफ़ ख़रीदा और साथ में इक्यावन रुपये का उधार लिया था; जो आज तक नहीं चुकाया। तुम आज लायक़ हो, आशा करता हूँ अपने वंश के इस क़र्ज़ को तुम अवश्य ही चुकता कर दोगे। मैं इस शनिवार यानी चौथे श्रावण की सुबह तुम्हारे घर आऊँगा, पैसे का जुगाड़ कर रखना।

तुम्हारा ताया,
हरिनाथ पाइन

अमिय पत्र पढ़कर उसे फाड़फूड़ कर फेंकते-फेंकते भी रुक गया। उसका मन खट्टा हो गया, ऐसे समय अपने मन की बात किसी को ज़रूर बता देनी चाहिए, नहीं तो मन-ही-मन अगर इनसान उस बात को सोचता रह जाए तो मन में कड़वाहट भरते-भरते कमज़ोर मन विषैला हो जाता है।

उसने ज़ोर से बूला को पुकारा। उसे कोई उत्तर नहीं मिला। दो कमरों का छोटा-सा फ़्लैट था, इसीलिए उसे पता लग गया कि बूला इस वक़्त स्नान-घर में

है। शाम से ही अँधेरा छाने लगा था। दफ़्तर से लौटकर खाने की मेज़ पर अमिय चुपचाप बैठा था। सामने मिट्टी के तेल का लैम्प जलाकर बूला चाय देकर उनके साथ बात करके फिर शायद स्नान करने चली गयी है। गरमी लगने पर बूला बाथ-रूम में शावर के नीचे खड़ी हो जाती है, पर बाहर निकलते ही उसे पसीना आने लगता है।

अमिय के मन में गुस्से का उफान आने लगा था। उसने मेज़ से अख़बार खींचा। यह बांग्ला का कौन-सा साल था? घर में सिर्फ़ एक अँग्रेज़ी पेपर आता है जिसमें बांग्ला तारीख़ नहीं रहती। कैलेण्डर भी एक ही है, जो किसी विदेशी कम्पनी का है। तब अमिय मन-ही-मन हिसाब करने लगा। बांग्ला वर्ष के संग 593 को जोड़ने पर अँग्रेज़ी का साल...1950 होता है। अमिय ने दाँत पीसकर हल्के से गाली दी।

आधे घण्टे बाद जब बूला स्नान-घर से निकली, तब अमिय बरामदे में खड़ा आसमान को निहार रहा था। सामने सड़क पर इतना अँधेरा था कि कुछ भी दिखाई नहीं दे रहा था।

बूला ने पास में खड़ी होकर कहा, "आज अगर खाना न बनाऊँ...बाहर कहीं खा लें–किसी सस्ते होटल में...?"

महीने की तीसरी तारीख़ थी, अभी दो-एक दिन ऐसी विलासिता वे सोच सकते थे। अमिय ने पूछा, "कितने बजे चलोगी? साढ़े आठ बजे? अभी तुम मुझे दस मिनट का समय दे सकोगी, तुम्हारे साथ मैं बात करना चाहूँगा।"

बूला थोड़ा संकोच से बोली, "क्या बात है, अचानक तुम्हारे स्वर में इतनी मन्दी क्यों है?"

"सुनो! एक बात से मेरा दिमाग़ ख़राब हो गया है। शायद तुम्हारे साथ बात करने से मेरा मन हल्का हो? पर एक हिसाब से वह मेरी स्वार्थ-सिद्धि ही होगी, क्योंकि मेरे मन का तनाव तुम्हारे मन में भी स्वतः चला जाएगा।"

"क्या हुआ है, बताओ तो?"

"यह चिट्ठी पढ़ो।"

बूला को वह चिट्ठी खाने की मेज़ पर जल रहे लैम्प की रोशनी में जाकर पढ़नी पड़ी फिर वह वापस आकर बोली, "यह कैसी अजीब-सी चिट्ठी है?"

"लग रहा है इस शनिवार को दूसरा क़र्ज़ख़्वाह हमारे घर में आनेवाला है।"

"तुमसे पैसे माँग रहा है? माजरा क्या है? क्या बात है? यह क्या तुम्हारे ताया हैं?"

"मेरे कोई ताया हैं ही नहीं। यह आदमी कितना धुरन्धर है देखो, पेपर में मेरे पिता की मृत्यु का संवाद पढ़कर इसने मुझे पत्र लिखा है, पर असल में उसका उद्देश्य है मुझसे पैसा ऐंठना।"

"किस बात का पैसा? ताँबे के बर्तन, लिहाफ़ यह सारी चीज़ें तुम्हारे पिताजी ने उनसे ख़रीदी थीं?"

"यह सब मुझे क्या मालूम? कब की बात है पता है? 1949 की; तब तो मेरा जन्म भी नहीं हुआ था। मेरे जन्म से पहले मेरे पिता ने इससे क़र्ज़ लिया था। वही मुझसे चुकता करवाना चाहता है। इस आदमी की हिम्मत तो देखो!"

"इतने दिनों तक क्या सो रहा था?"

"इसका अर्थ तो यही है कि मेरे पिता ने उससे उधार नहीं लिया था। पिताजी भी चले गये और अब यह मेरे मन में भावना जगाकर मुझे मन से कमज़ोर बनाकर मुझसे पैसा ऐंठना चाह रहा है। वे जीवित रहते तो उसकी चालाकी ज़रूर पकड़ लेते।"

"इस तरह रुपया माँगते मैंने पहले किसी को नहीं देखा।"

"इनसान कितना नीच है। इनसान की इतनी नीचता मेरे लिए बर्दाश्त के बाहर है। जो औरों को ठगकर सुख की खोज करते हैं, वे मेरी नज़र में अत्यन्त निकृष्ट होते हैं।"

"तुम इतना क्रोध मत करो।"

"क्यों, वह क्या मुझे मूर्ख समझता है?"

"अपनी माँ से ही पूरी बात का पता करो न!"

"पेपर में इस ख़बर को पढ़कर ही उसने शायद यह योजना बना ली होगी? पर उसे मेरा पता कैसे मालूम हुआ?"

"उस संवाद में ही तो था!"

"उसमें हमारे घर का पता था?"

"नहीं था?"

अमिय के पिता कोई प्रख्यात व्यक्ति तो नहीं थे, फिर भी उनकी मृत्यु की ख़बर कई अख़बारों के पहले पृष्ठ पर मोटे अक्षरों में छपी थी। उन्होंने सड़सठ साल की उम्र में स्कूल की नौकरी से सेवानिवृत्ति ली थी, वे स्कूल में अध्यापक थे। उनकी आदत सड़कों पर इधर-उधर घूमने की थी। घूमते-घूमते पता नहीं क्यों एक दिन भोर में वे राजभवन चले गये थे। तब सड़क भी ख़ाली थी, पर उनकी मृत्यु गाड़ी के सामने आने पर हो गयी। कलकत्ते में रोज़ ही दो-तीन लोग गाड़ी के नीचे दबकर मरते हैं, अख़बार में सिर्फ़ दो या तीन लाइनों में उनकी ख़बर किसी प्रकार से छपती है। लेकिन भक्तिपद बाबू तो राज्यपाल की गाड़ी के नीचे आ गये। तब उस गाड़ी में राज्यपाल थे या नहीं, यह तो ठीक से मालूम नहीं, पर मृत भक्तिपद बाबू को राजभवन में ले जाया गया। वहीं उन्होंने अपनी अन्तिम साँस ली थी। उसी से संवाददाताओं में इस ख़बर को छापने की होड़ लग गयी। कुछ रिपोर्टर तो अमिय

के पास भी उसकी प्रतिक्रिया जानने के लिए आये थे।

भक्तिपद ने मौत से पहले अपने बड़े लड़के को याद किया था, पर वे इस घर में नहीं रहते थे। अमिय का छोटा भाई बेहाला में रहता है। वहीं माता-पिता भी रहते थे। बूला के साथ अमिय के ब्याह को उसकी माँ ने पूरी तरह से स्वीकारा नहीं था। पिताजी ने खुद ही अमिय से कहा था कि बेहालावाले घर में जगह की इतनी कमी है कि तू नयी बहू को लेकर कैसे रहेगा? इससे अच्छा कि तू एक फ़्लैट ले ले। आना-जाना तो रहेगा ही...

पिता की मृत्यु के छः महीने पहले से अमिय की उनसे मुलाक़ात ही नहीं हुई थी। श्राद्ध के इक्कीस दिनों के बाद अमिय को यह पछतावा भी हो रहा था कि वह अपने पिता से उनकी मृत्यु के पहले क्यों नहीं मिला?

बूला ने पूछा, "शनिवार को वह आदमी आएगा, तब तुम उससे क्या कहोगे?"

अमिय ने कड़े स्वर में जवाब दिया, "उसे दरवाज़े से ही बाहर भगा दूँगा, या मैं मिलूँगा ही नहीं, तुम्हीं उसके मुँह पर दरवाज़ा बन्द कर देना! ऐसे लालची लोगों को देखने से मेरा माथा गरम हो जाता है। शायद गुस्से में मैं उसे चाँटा न रसीद कर दूँ।"

थोड़ी देर बाद जब बूला बाहर निकलने के लिए श्रृंगार कर रही थी, तभी अमिय ने उत्तेजित स्वर में कहा, "एक बात और याद आयी—मेरे पिता गाँववाले घर में आख़िरी बार 1948 में गये थे, तब वे 1949 में कैसे उधार में सामान ख़रीदते? यह आदमी कैसा धोखेबाज़ है, देखो तो?"

बूला पहले तो स्थिर नयनों से अमिय को देखती रही, फिर बोली, "तुम एक काम करो—उसे यहाँ आने से मना कर एक चिट्ठी डाल दो। तुम्हारा मिज़ाज अभी से इतना गरम होने लग गया है, पता नहीं तब तुम क्या कर डालो।"

"सुनो, मैं अपने पिता की ख़ातिर दो-तीन सौ रुपये ख़र्च करने से कतरा नहीं रहा, पर मुझे कोई ठग ले, यह मेरी बर्दाश्त के ब्राहर की बात है।"

"पत्र तो लिखो!"

"अँधेरे में कैसे लिखूँ? शाम के वक़्त घर वापस लौटने पर कोई काम करने का माहौल रहता है भला?"

"मुझे क्यों इस तरह डाँट रहे हो? क्या इन सबके लिए मैं ज़िम्मेदार हूँ?"

रात को जब वे बाहर खाना खाकर वापस आये तो बिजली भी आ गयी थी। अमिय जूते, कपड़े बदले बिना ही पत्र लिखने बैठ गया।

मान्यवर महोदय,

मेरे पिता का कोई बड़ा भाई नहीं था। अनजाना व्यक्ति मुझे अपना ताया बताये, यह मुझे ज़रा भी पसन्द नहीं। पूर्वी बंगाल के गाँव में हमारा एक पुश्तैनी मकान

था, पर उस घर को मैंने कभी अपनी आँखों से देखा तक नहीं। मुझे इसकी ज़रूरत भी नहीं हुई। मेरे पिताजी इस गाँव में आख़िरी बार 1948 में गये थे, उसके अगले साल वे कैसे उस दूकान से सामान ख़रीदते? यह तो मुझे कुछ अटपटा लग रहा है। मेरे जन्म से पहले जो क़र्ज़ा लिया गया था, उसे मुझे क्यों चुकाना पड़ेगा? मेरे घर आप ना आयें।

नमस्कार

अमिय मजूमदार

पत्र को लिखकर उसने दो बार पढ़ा। पर कहने और लिखने में काफ़ी अन्तर आ जाता है। पत्र की भाषा और ज़बान की भाषा में पृथकता होती है।

बत्ती बुझाकर सोते वक़्त बूला ने कहा, "अब कुछ दिनों के लिए अपनी माँ को यहाँ ले आओ। बेहालावाले घर में स्मृतियों की क़ैद में...।"

अमिय बोला, "माँ से तो मैंने कई बार कहा, लेकिन वह तो आना ही नहीं चाहतीं। वहाँ उन्होंने कुछ पौधे लगाये हैं, अगर कोई पानी न दे...माँ अब इनसानों से ज़्यादा पेड़-पौधों को अधिक प्यार करती हैं।"

"मैं कुछ दिनों के लिए मायके जाकर रह लूँगी।"

"इसका मतलब?" अमिय ने कहा।

बूला ने स्वाभाविक तौर पर जवाब दिया, "मैं यहाँ न रहूँ, तभी शायद वे आएँ। तुम्हें तो बेहाला जाकर उनके साथ समय कटाने का वक़्त नहीं मिलता, उन्हें ही यहीं ले आओ। उनसे बातचीत करके तुम्हारा मन हल्का हो, जो इस समय बहुत ज़रूरी है।"

"तुम्हारे रहने से नहीं आएँगी और तुम्हारे चले जाने से आ जाएँगी, इसका मतलब क्या निकलता है?"

"मैं यहाँ न रहूँ तो तुम्हारी देखभाल के लिए तो वह आ ही सकती हैं।"

"मेरी माँ ने क्या तुम्हारे साथ कभी बुरा व्यवहार किया?"

"बुरा तो नहीं किया, पर कभी-कभी इतना ज़्यादा अच्छा करती हैं कि अजीब-सा लगता है। उन्होंने मुझे बहू के रूप में स्वीकारा न था। अभी भी नहीं करतीं। सबको सब अच्छे लगें, यह कोई ज़रूरी तो नहीं। मुझे भी तो उनसे ख़ास लगाव नहीं, तब भी क्या मैं उनसे बुरा बर्ताव करती हूँ?"

अमिय ने इस तर्क का कोई उत्तर नहीं दिया। उसे पिता की याद सताने लगी। पिता काफ़ी बुद्धिमान थे। माँ और बहू के बीच एक शीत-युद्ध चलता है, इसकी उन्हें ख़बर थी, फिर भी वे निरपेक्ष रहते थे।

अब अकसर उसे बचपन के बारे में सपना दिखता है, पर अजीब बात तो यह है कि पिता को सपने में भी उसने नहीं देखा।

कुछ दिनों बाद पत्र का जवाब मिला।

प्रिय अमिय,

इस शनिवार को तुम्हारे घर नहीं आ पाया, क्योंकि मुझे बुख़ार आ गया था। पूरे बदन में दर्द था। आँधी-पानी भी मेरे न आने का एक कारण बन गया। सोदपुर वाले घर से रिक्शे में स्टेशन जाना पड़ता है। सड़क भी ठीक नहीं है और रेल की भी असुविधा थी।

तुम्हारा पत्र मिला। तुमने मेरे पत्र का गूढ़ अर्थ नहीं समझा। पिता का ऋण जो पुत्र चुका देता है, उसे पुण्य-लाभ होता है। पितृ-ऋण कभी भी नहीं रखना चाहिए। मेरी दूकान से तुम्हारे पिता या चाचा ने जो सामान क़र्ज़ पर लिया था, वह तो तुम्हारे वंश का ही क़र्ज़ा है।

संवादपत्र से पता चला कि तुम अच्छी नौकरी करते हो। पिता के ऋण का बोझ भी ख़ुशी-ख़ुशी उठा सकते हो। यही मैं तुम्हें स्मरण कराना चाहता था। एक बात और, तीस बरस से भी अधिक बीत चुके हैं, पर मैंने किसी सूद का तो ज़िक्र किया नहीं। यह क़र्ज़ा बढ़कर कहाँ-से-कहाँ पहुँच जाता, तुम्हें यह भली प्रकार विदित होना चाहिए।

मैं तुमसे ऐसी माँग नहीं कर सकता, क्योंकि तुम लोग मेरे अपने हो। अगले रविवार को तुम्हारे घर आऊँगा। तुम पैसों का जुगाड़ कर रखना।

तुम्हारे पिता मुझे बड़े भाई का मान देते थे, इस नाते मैं तुम्हारा ताया हुआ। बहू, नाती, पोतों को आशीर्वाद

तुम्हारा ताया,
हरिनाथ पाइन

आज भी दफ़्तर से लौटकर यह पत्र अमिय ने लैम्प की रोशनी में पढ़ा। पढ़कर उसका पारा और बढ़ गया। यह आदमी किसी प्रकार से मेरे गाँव, पिता और चाचा का नाम मालूम कर मेरे साथ खेल खेल रहा है।

"तुम्हारी माँ शायद कुछ बता सके।"

"हाँ, माँ के पास तो मिलने जाना है। मैं बताना भूल गया कि आज दफ़्तर में छोटा भाई आया था।"

"क्यों आया था खोकन, कुछ बताया?"

"ऐसे ही आया था। बता रहा था कि माँ ने अब रोना-धोना कम कर दिया है। काफ़ी स्वाभाविक हो गयी हैं।"

"खोकन से कहो न कि कुछ दिनों के लिए माँ को यहाँ भेज दे।"

अमिय कपड़े बदलने चला गया। किचन में जाकर बूला खड़ी हो गयी। उसके

चेहरे पर हँसी फूटी पड़ रही थी। पति और पत्नी की गृहस्थी, दोनों नौकरी करने जाते हैं। बर्तन माँजने, कपड़े धोने और सफ़ाई के लिए एक नौकरानी रखी है, पर हर वक़्त के लिए नौकर नहीं मिला। दफ़्तर से लौटकर बूला को रोज़ खाना पकाना अच्छा नहीं लगता। किसी-किसी दिन बूला ज़्यादा ही आग्रह से खाना पकाने में जुट जाती है, तब अमिय उसे प्याज, आलू काटकर मदद कर देता है।

अमिय रसोई में आकर पूछने लगा, "मैं क्या उसे एक कड़ी-सी चिट्ठी लिख दूँ? रविवार को अगरं वह सच में आ गया तो मैं अपने क्रोध पर क़ाबू नहीं रख सकूँगा।"

बूला ने कहा, "उसे आने दो न! मैं उसे देखना चाहती हूँ।"

"कुटिल, नीच प्रवृत्ति के लोगों के सामने जाने में ही मुझे घृणा होती है।"

बूला ने पत्र पहले ही पढ़ा था। आज किसी कारण उसका मन काफ़ी प्रसन्न था, इसलिए दफ़्तर से लौटकर उसने नये-नये पकवानों की तैयारी की थी।

"बूढ़ा काफ़ी चालाक है। किस अन्दाज़ से पत्र लिखा है।"

अमिय चिल्लाया, "बूढ़ा सूअर। शनिवार को नहीं आने का कारण बताने के लिए लम्बी सूची भेजी है। हालाँकि मैंने उसे आने को मना किया था।"

"तुम्हें पुण्य का लोभ दिखाया है! वह तो तुम्हारा ही भला कर रहे हैं!"

"कितना बड़ा शैतान है! जो ऐसे पुण्य का लोभ दिखाते हैं, वे कितने बड़े पापी होते हैं!"

"जो भी हो, इन महाशय की हाथ की लिखाई बड़ी अच्छी है। पहले के ज़माने जैसी। साफ़ और सीधी। गाँव में रहने से ताया, चाचा का रिश्ता तो बन ही जाता है। तुम्हारे पिताजी ने उन्हें जब बड़े भाई का दर्जा दिया था, तो वे तुम्हारे ताया ही हुए न!"

"तुम्हें कैसे पता चला, तुम तो कभी गाँव में रही ही नहीं।"

"यह तो सभी को मालूम है।"

"उस बदमाश ने मुझे ब्याज का भय दिखाया है। मैं अच्छी तरह से समझ रहा हूँ कि पूरा-का-पूरा मामला ही बनाया-सजाया गया है! यह उसकी चाल है।"

"पर मुझे तो बुद्धिमान, बदमाश क़िस्म के लोगों को देखने में मज़ा आता है। आने दो न उस दिन दरवाज़े के सामने पहले से ही साबुन-पानी छिड़क दूँगी, ताकि वह फिसलकर गिर पड़े।" यह कहकर बूला ज़ोरों से हँसने लगी। अमिय ने कहा, "तुम्हें तो मज़ाक़ सूझ रहा है, पर मुझे यह सब बड़ा ही असहनीय लग रहा है।"

बूला ने हँसते हुए कहा, "नाती-पोतों को आशीर्वाद...।"

शादी से पहले ही दोनों ने तय कर लिया था कि पहले तीन सालों में बच्चा नहीं, फिर थोड़ा सोचकर उस विषय में फ़ैसला करेंगे। दो महीने पहले उनकी शादी

की तीसरी सालगिरह थी।

अमिय ने बूला की पीठ पर हाथ रखा तो बूला प्यार से बोली, "आज मैं तुम्हें एक अच्छी ख़बर देना चाहती हूँ।"

अमिय का दिल धड़कने लगा। कहानी, उपन्यास कि किसी अंश में ऐसे संवाद पढ़े थे। सिनेमा में भी ऐसी बातों का गूढ़ अर्थ निकला करता है।

कहानी के किरदार की तरह अमिय ने अतिरिक्त आवेग-प्रवण होकर बूला को अपनी बाँहों में भरते हुए कहा, "सच बूला!"

"जो तुम समझ रहे हो वह बात नहीं है" बूला बोली।

"तब कौन-सी अच्छी ख़बर है?"

"आज मैंने एक इनवर्टर का ऑर्डर दिया है। बैटरी समेत सिर्फ़ चौबीस सौ रुपये। वह भी क़िस्तों में। काफ़ी सस्ता है न? हमारे दफ़्तर के एक सहकर्मी ने इसकी एजेन्सी ली है। काफ़ी फ़ायदा हो गया। दो दिन के भीतर लग जाएगा।"

अमिय को लगा कि जैसे कहीं ज़ोरों की बिजली गिरी या जैसे किसी ने उसके गालों पर ज़ोरों का चाँटा रसीद कर दिया हो।

बूला को उसने आलिंगन-मुक्त करके प्राणहीन और धीमे स्वर में कहा, "तुमने मँगाया है—ओह!"

"हाँ, हालत तो देख ही रहे हो! हर दिन दस-बारह घण्टे बिजली चली जाती है। दिन-भर मेहनत करने के बाद घर आकर अँधेरे में बिना पंखे या बिजली के किसी भी काम का करना नामुमकिन है। तुम्हारा मिज़ाज भी गरम हो जाता है...तभी मैंने सोचा कि जब इतने कम पैसों में मिल रहा है...।"

"देखो—चाय का पानी उबल गया है।"

"इनवर्टर लगने से तीन पंखे और तीन बल्ब जल सकते हैं। समझे! हमें तो और ज़्यादा की ज़रूरत भी नहीं है। पंखे के बिना मुझे नींद ही नहीं आती। कुछ दिनों से इतनी गर्मी भी है। कल पता है, भोर चार बजे बिजली चले जाने से मेरी नींद टूट गयी, तुम्हें तो पता ही नहीं चला!"

"यह बात है?"

"तुम भी दफ़्तर से लौटकर कुछ पढ़ाई-लिखाई या अपना कुछ काम कर सकते हो।"

अचानक बोलते-बोलते बूला रुककर पति की ओर तीखी निगाह से देख रही थी कि अमिय रसोई-घर से बाहर जाने को है।

बूला बोली, "सुनो, क्या माजरा है? तुम अचानक इतने बुझ से क्यों गये? यह ख़बर क्या तुम्हें रास नहीं आ रही। पत्नी के पैसों से इनवर्टर का ख़रीदना तुम्हें बुरा लग रहा है?"

"अरे नहीं-नहीं।"

"मेरा पैसा या तुम्हारा पैसा क्या अलग-अलग़ है?"

"क्या बच्चों जैसी बातें कर रही हो? ऐसी ओछी बातें मेरे दिमाग़ में कभी आती ही नहीं हैं। सचमुच काफ़ी सस्ते में मिला है। मैं सोचता था, शायद पाँच हज़ार से कम रुपयों में नहीं मिल सकता। तभी तो मैं ख़रीदने में आनाकानी कर रहा था। इसके अलावा पिताजी के श्राद्ध आदि में भी काफ़ी पैसे ख़र्च हो गये।"

"जब क़िस्तों में मिल रहा है तो क्यों नहीं सुख उठायें?"

"यह तो बिल्कुल भी विलासिता की चीज़ नहीं है, बल्कि आवश्यकता है। शाम से ही अँधेरा! भला ऐसे में कोई ज़िन्दा रह सकता है कभी?"

अमिय यह कहते-कहते कमरे में जाकर खाट पर चित लेट गया। उसके मन में एक कष्ट हो रहा था, जिसे वह इस समय बूला के संग बात करके भी दूर नहीं कर सकता था। और अकेले सोकर कष्ट बढ़ेगा, इसलिए वह ट्रांज़िस्टर का बटन इधर-उधर घुमाने लगा।

एक बार उसके मन में एक प्रबल इच्छा हुई कि वह ट्रांज़िस्टर को ज़ोरों से फेंककर तोड़ डाले, पर उस इच्छा पर क़ाबू पाकर उसने गाने का मुखड़ा सीटी बजाकर शुरू कर दिया।

पति-पत्नी के बीच में एक ऐसा समझौता रहता है, जिसे समझना बड़ा कठिन है या कह लें कि एक परदा होता है। वे सारी बातें आपस में विनिमय करते हैं, पर कुछ बातें ऐसी भी होती हैं, जिन्हें दोनों इतने पास रहने के बावजूद नहीं कह पाते।

अगले दिन बूला ने कहा, "तुमसे एक बात पूछना चाहती हूँ। कल इनवर्टर का ज़िक्र छेड़ते ही तुम इतने उदासीन थे या तुम्हारा मन कहीं और चला गया, क्या बात है? तुम्हें क्या यह पसन्द नहीं है? अगर तुम कहो तो मैं मना कर दूँ?"

"अरे नहीं, नापसन्द क्यों होगा? किचन में खड़े-खड़े पसीने से नहा जाते हैं, एक इनवर्टर की तो हमें बहुत ही ज़रूरत है। जब इतने सस्ते में मिल रहा है तो क्यों नहीं लोगी?"

"बेकार की बातें मत करो। तुम्हें क्या हुआ है, सच बताओ न!"

थोड़ी देर चुप रहने के बाद अमिय बोला, "एब बात अचानक याद आ गयी, तभी बुरा लग रहा था।"

"कैसी बात है, जिसे तुम मुझे बता नहीं सकते?"

"हाँ-हाँ—क्यों नहीं!"

"तब कल क्यों नहीं बताया!"

"क्योंकि कल तुम्हारा मन काफ़ी प्रसन्न था, इसीलिए ख़राब नहीं करना चाहता

था।''

''अब जान सकती हूँ।''

''बात यह है कि एक साल पहले खोकन के बेटे के अन्नप्राशन में हम बेहालावाले घर में गये थे, याद है?''

''हाँ, मेरे दफ़्तर में तब ऑडिट का काम चल रहा था। मैं सुबह चली गयी थी, तुम दोपहरी में खाना खाने गये थे।''

''हाँ यही बात थी। उस दिन असहनीय गर्मी थी। हमारा बेहालावाला मकान एकमंज़िला है और वह तीन ओर से बिल्कुल बन्द है। हवा के अन्दर जाने की बिल्कुल भी जगह नहीं है। जिस दिन काफ़ी गर्मी रहती है, उस दिन कमरे में बैठना नामुमकिन-सा हो जाता है। पिताजी को दमे की बीमारी थी, उस गर्मी में उनकी साँस रुकने लगती थी...उस दिन एक इनवर्टर ख़रीदने की चर्चा छिड़ी थी। उससे माँ, पिताजी कम-से-कम रात को आराम से सो सकते थे।''

''ख़रीदकर दिया क्यों नहीं?''

''खोकन ने कहा था कि वह इनवर्टर का जुगाड़ करेगा और मैं बैटरी भेज दूँगा...फिर खोकन ने भी मुझे याद नहीं दिलाया।''

''यह बात तुमने मुझे क्यों नहीं बतायी, मैं याद दिला देती।''

''कहा न! भूल गया था...उस दिन माँ ने कहा था कि तुम्हारे पिताजी गर्मी के मारे रात को बीच में उठकर बैठ जाते हैं। दमे के मरीज़ को गर्मी में ज़्यादा तकलीफ़ होती है...मुझे क्या लगता है बूला, उस दिन पिताजी इतने भोर में टहलने निकले थे, शायद इसी गर्मी के कारण ही।''

''सिर्फ़ बैटरी क्यों, पूरा इनवर्टर ख़रीद देना उचित था। हम उधार करके भी ख़रीद सकते थे।''

''उचित तो काफ़ी कुछ होता है, पर बहुत-कुछ कर नहीं पाते। इन भूलों की वजह से हमें मनोव्यथा भी होती है। पर पत्नी से यह सुनना भी गवारा नहीं लगता कि क्या ठीक है, क्या बेठीक।''

''यह बात अगर तुमने एक बरस पहले बतायी होती तो, कुछ बन्दोबस्त किया जा सकता था शायद।''

''वह ठीक है, तुम मुझसे ज़्यादा योग्य हो।''

''तब क्या हमें अब इनवर्टर नहीं ख़रीदना चाहिए?''

''नहीं-नहीं, इन सब बातों का कोई मतलब नहीं निकलता। जो होना था, वह तो हो चुका है। हमें वर्तमान में ही जीना है।''

''अपनी माँ को कुछ दिनों के लिए यहाँ ले आओ। इस गर्मी में उन्हें कुछ तो आराम मिलेगा।''

अचानक अमिय को बूला के ऊपर गुस्सा आ गया। वह क्यों बार-बार एक ही बात दोहराती रहती है।

रविवार सुबह चाय पीने के बाद बूला ने कहा, "आज वह बूढ़ा उस्ताद आनेवाला है। अपनी माँ से तुमने कुछ पूछा क्यों नहीं?"

अमिय चौंक उठा। इन दिनों कई कामों में वह इतना उलझ गया था कि चिट्ठीवाला मसला उसके दिमाग़ से बिल्कुल निकल गया था। माँ से मुलाकात भी नहीं हो पायी थी। बेहालावाले घर में आना-जाना भी कम झमेले की बात नहीं है।"

अमिय ने कहा, "मैं अभी घर से निकल पड़ता हूँ, तुम्हीं उसे सँभालना।"

बूला बोली, "मैं क्या बात करूँगी? मैं तो तुम्हारे गाँव के बारे में कुछ भी नहीं जानती।"

"मुझे ही कौन-सा पता है। उसे कभी देखा नहीं, सिर्फ़ सुना है उसके बारे में। पर यह तो निश्चित है कि वह व्यक्ति मिथ्यावादी है। पिताजी ने तो कभी किसी क़र्ज़ का उल्लेख नहीं किया था। ऐसे स्वार्थी इनसान को देखने से मेरा दिमाग़ और भी गरम हो जाएगा, वह क्या उचित होगा।"

"पर मैं किस प्रकार उसे सँभालूँगी, बताओ न।"

"तुम कह देना अगले इतवार को आने के लिए, इस बीच मैं सारी जानकारी हासिल कर लूँगा।"

पर अमिय के निकलने से पहले ही दरवाज़े की घण्टी बजने लगी। बूला ने दरवाज़ा खोला। वह कुछ समझ पाती, उसके पहले ही एक वृद्ध व्यक्ति ने "बहू लो" कहकर मिठाई की हँड़िया बूला को थमा दी।

काफ़ी गोरे और छोटे क़द के अस्सी साल के वृद्ध थे। सफ़ेद कुर्ता और धोती पहने हुए थे। उनके हाथ में एक लाठी थी, जिसकी मूठ चाँदी की थी। देखने से गाँव के दूकानदार नहीं लग रहे थे। साथ में तेरह-चौदह बरस की एक बालिका थी, जिसके हाथों में एक कटहल था।

भीतर आकर वृद्ध ने कहा, "यह मेरी पोती है, साथ में ले आया! आजकल तो ज़्यादा इधर-उधर नहीं आ जा सकता।...ओ पुष्पा! कटहल को रखकर प्रणाम कर। अरे बेटे कहाँ हो?"

अमिय कमरे में जाकर पलायन की तैयारी करनेवाला ही था कि वृद्ध के आने से वह मूर्ति बनकर खड़ा रह गया! वृद्ध व्यक्ति लाठी पकड़े आ धमके और कहने लगे (उनकी बोली में पूर्वी बंगाल का लहज़ा शामिल था), "मेरी चिट्ठी मिली होगी। देखो मैं ठीक पहुँच गया।"

बूला ने भौंहें टेढ़ी कीं और पूछने लगी, "यह सब आप किसलिए लाये हैं?"

वृद्ध ने प्रसन्न स्वर में जवाब दिया, "अपने गाँव के किसी परिचित के घर क्या

मिठाई लिये बिना जा सकता हूँ, और कटहल घर में फरा था—सोदपुर में घर बनवाया है, तेरह कट्ठा ज़मीन पर दो आम के पेड़, दो कटहल और एक नीबू का पेड़ भी है—। तुम्हारे गाँववाले घर में भी क़ाफी अच्छा बग़ीचा हुआ करता था।''

''बालिका ने अमिय को प्रणाम किया तो वृद्ध पैर जोड़कर ऐसे खड़े रहे गये कि वे भी प्रणाम की आशा में थे। पर बूला या अमिय का तो इस तरफ़ ध्यान ही नहीं गया।

बूला ने लड़की से पूछा, ''तुम्हारा क्या नाम है? कौन-सी कक्षा में पढ़ती हो?''

वृद्ध ने आगे बढ़कर अमिय के कन्धे पर हाथ रखा और दुःख भरे लहज़े में बोले, ''तुम्हारे पिता के मृत्यु-संवाद से दुःख और ख़ुशी दोनों ही मिली। सभी को एक दिन मरना है, पर ऐसी मौत कितनों को नसीब होती है? कहाँ से यात्रा की और कहाँ जाकर इसकी समाप्ति हुई? पूर्वी बंगाल की धरती पर जन्म और कलकत्ते के लाट साहब के घर में मृत्यु! हर अख़बार में उनकी तस्वीर छपी थी।''

इस तरह की बातें सुनकर अमिय की भौंहें तन जाती हैं। लाट साहब! यह किस युग में रहनेवाले लोग हैं, जो गवर्नर को अब भी लाट साहब का दर्जा देते हैं।

पर अमिय तो एक सज्जन व्यक्ति हैं। उसे सज्जनता का जामा पहने रहना है। विशेषकर जब एक वृद्ध व्यक्ति मिठाई इत्यादि लिये आये हैं। साथ में बालिका भी है। उन्हें तो कड़े स्वर में अपमानित करके बाहर नहीं निकाल सकता। उसने धीर-गम्भीर स्वर में कहा, ''पहले हम काम की बातें कर लें।''

वृद्ध उदार स्वर में बोले, ''नहीं-नहीं, कोई काम की बात नहीं है। ऐसे ही तुमसे मिलने आया था। मेरे बड़े बेटे ने तुम्हारी चिट्ठी पढ़ी, उसने कहा पिताजी आप...।'' बीच में रोककर अमिय ने पूछा, ''आप बही-खाता लाये हैं ?''

''कैसा बही-खाता?''

''आपकी दूकान का जिसमें हिसाब रहा करता था। उसमें मेरे पिता या चाचा के दस्तख़त हैं क्या? उचित प्रमाण न मिले तो मैं आपकी बातों पर विश्वास कैसे करूँ? जो कोई भी आकर इस प्रकार पैसे माँग सकता है।''

वृद्ध ने आँखें मूँदकर कहा, ''मैं क्या तुमसे मिथ्या कहूँगा? मेरी वैसी आदत नहीं है। इसके अलावा हमारा क्या तुम लोगों से ऐसा सम्बन्ध है?''

''देखिए मैं आपको पहचानता नहीं। मैंने अपना गाँव कभी देखा तक नहीं। पिताजी से किसी क़र्ज़ के बारे में भी नहीं सुना। मेरी माँ को शायद कुछ मालूम हो। उनसे अभी तक मेरी बात नहीं हुई—।''

''तुम्हारी माँ कहाँ हैं? वे कैसी हैं ?''

''माँ दूसरी जगह रहती हैं। वे ठीक हैं। पर किसी प्रकार का ठोस प्रमाण न मिले तो मैं आपकी बातों पर किस प्रकार से विश्वास कर लूँ? आपकी माँग भी

जायज़ है या नहीं, यह भी अभी निश्चित नहीं है।''

''सुनो फिर तुम्हें समझाकर कहता हूँ ''—इतना कहकर वृद्ध ने विस्तारपूर्वक जो बातें कहीं उसका सार यही था। अमिय के पुरखों का और इन वृद्ध महाशय का घर पास-पास था। इनका एक बड़ा-सा चावल, चीनी और कई प्रकार के सामानों का कारोबार था, जो तीन-चार गाँव में एक ही था। अमिय के पिता कलकत्ता नौकरी करने आये, उस समय गाँव में परिवार की माली हालत ख़स्ता हो गयी थी। युद्ध के वक़्त सब चीज़ों के दाम में भी बढ़ोतरी हो गयी थी। उस समय अमिय के पुश्तैनी घर में उसके दादा, दादी, और विधवा बुआ रहते थे। तब उधारी में सामान लेना उनके लिए एक मजबूरी थी। उसके बाद देश के दो टुकड़े हो गये। और भी अनेक प्रकार की परेशानियों में बात वहीं दब गयी।

अमिय ने पूछा, ''मेरे पिताजी ने वह उधार अभी तक चुकता नहीं किया था।''

''सुनो बेटा, हम दोनों का परिवार काफ़ी मिलाजुला यानी दोनों परिवारों में काफ़ी मेलजोल था। उस समय ढाई सौ रुपये के मायने काफ़ी थे। आज के ज़माने के ढाई-तीन हज़ार की तरह ही था। उतने रुपयों का सामान कोई बिना पैसों के दे सकता है? मैं किसी को भी पन्द्रह-बीस रुपये ये ज़्यादा की उधारी नहीं देता था। तुम्हारे पिताजी को मैं छोटे भाई के समान समझा करता था। युद्ध के अन्तिम समय में उसे तनख़्वाह नहीं मिली थी, काफ़ी मुसीबत में दिन काट रहे थे। मुझे मालूम था वह सच्चा मानस है, ईश्वर में विश्वास रखनेवाला। मुझे कभी भी धोखा नहीं दे सकता। उसके साथ तो मेरा फिर मिलना नहीं हो पाया। सभी उनका खेल है जो दुनिया के मालिक हैं। उस लैप के बारे में लिखा था।''

बूला ने बालिका को नाश्ता देकर उनके लिए भी एक प्लेट लाकर पूछने लगी, ''लैप का क्या मतलब है?''

अमिय ने कहा, ''जिसे जाड़े में ओढ़ते हैं।''

वृद्ध ने कहा, ''तुम्हारे दादाजी को हम बड़े चाचा बुलाते थे। तुमने अपने दादाजी को देखा था? नहीं, वे तो तुम्हारे जन्म से पहले ही स्वर्ग सिधार गये थे। काफ़ी उच्च श्रेणी के मानस थे वे। जैसे सच्चे उतने ही गुस्सैल। उनके बारे में चर्चा आने से उनकी काफ़ी बातें बतानी पड़ेंगी। जब तुम्हारे पिताजी आख़िरी बार गाँव गये... ।''

''नाइनटीन फ़ोर्टी एट!''

''हाँ, उस समय तुम्हारे दादाजी की अन्तिम घड़ी क़रीब थी। निमोनिया हुआ था उन्हें। ख़बर मिलने पर तुम्हारे पिताजी उनको देखने गये थे। वैद्य ने जवाब दे दिया था, चिकित्सा भी बन्द हो चुकी थी। तब भी तुम्हारे पिताजी ने अपनी कोशिश में कोई कमी नहीं रखी थी। तब उसकी नौकरी भी नहीं थी, काफ़ी कष्ट करके

घर गया था। मरने से दो दिन पहले तुम्हारे दादाजी को काफ़ी जाड़ा लगने लगा था। उस साल बड़ी ठण्ड भी पड़ी थी। घर में जितने भी कम्बल, लिहाफ़ थे, उनसे ढँकने पर भी उनका ठण्ड लगना बन्द नहीं हो रहा था। थर-थर काँपते वे चिल्लाने लगते–अरे मर गया रे...बड़ी सर्दी है। बाद में बड़े चाचा ने नये लिहाफ़ की फ़र्माइश की। एक लाल लिहाफ़ से उन्हें बचाने को कहा। तब भक्तिपद भाग कर मेरी दूकान में आकर बोला–जैसे भी हो, मुझे एक लाल लिहाफ़ दे दो। मेरे पिता की यही अन्तिम इच्छा है। अपने पिता की यह इच्छा पूरी नहीं कर पाया, तो मुझे नरकवासी होना पड़ेगा। मेरे पास पैसे नहीं हैं। तुम मुझे लाल लिहाफ़ दो। जैसे भी होगा, मैं तुम्हारा पैसा चुकता कर दूँगा। मैंने कहा था–ओरे भक्ति, तेरा बाप जाड़े में कष्ट पा रहा है, वे मेरे भी बड़े चाचा हैं, उनके लिए मैं अवश्य ही दूँगा। लाल लिहाफ़ तो नहीं था, पर लाल कपड़े से एक घण्टे में लाल लिहाफ़ बनवाकर दे दिया। उस लिहाफ़ को तुम्हारे दादाजी ने ओढ़ा और कहा–आह! बड़ा आराम मिला! फिर उन्होंने अन्तिम साँस ली।''

थोड़ी देर सब चुप रहे। इतनी निस्तब्धता छा गयी कि कि पंखे की आवाज़ भी साफ़ सुनाई दे रही थी।

अमिय ने पूछा, ''यह तो बहुत दिन पहले की बातें हैं। इस बीच में पिताजी ने उधार चुकता करने की चेष्टा नहीं की? आपके साथ क्या उनका सम्पर्क नहीं था?''

वृद्ध बोले, ''उसकी कोई ग़लती नहीं थी। इसके अगले साल में पाकिस्तान में काफ़ी गोलमाल शुरू हो गया था। मेरी दूकान में भी किसी ने आग लगा दी और मेरा बड़ा बेटा मारा गया। हम देश छोड़कर भाग आये। कौन कहाँ गया, किसे पता? हम फुलिया में आये।

तुम्हारे पिताजी कहाँ गये, यह न तो हमें पता, न ही उनको पता होगा कि हम यहाँ है?''

बूला ने अमिय को इंगित किया। अमिय खड़ा होकर बोला, ''मैं आपको नक़द तो नहीं दे पा रहा, बल्कि एक चैक लिखकर दे रहा हूँ।''

वृद्ध ने अमिय का हाथ पकड़ा और कहने लगे–

''नहीं नहीं, वही बात तो मैं कहने आया था। मेरा मँझला बेटा कम्पनी में अच्छी नौकरी करता है, छोटा बेटा भी आजकल व्यवसाय कर रहा है। सोदपुर में हमने घर बनवाया है। ईश्वर की कृपा से अब हमें किसी प्रकार की आर्थिक तंगी का सामना नहीं करना पड़ता। तुम्हारी चिट्ठी मेरे मँझले बेटे ने पढ़ी थी। उसने मुझे डाँटा। बोला–पिताजी, इतने दिनों के बाद इन तुच्छ रुपयों के लिए इनसान को तंग कर रहे हैं। छीः-छीः, आप क्षमा माँगकर पत्र लिख दें।

मैंने बहुत कहा कि पैसों के लिए मैंने पत्र नहीं लिखा था, लेकिन वह कुछ सुनने के लिए तैयार ही नहीं था। उसकी पत्नी भी यही कहती जाती थी। तभी मैं तुम्हारे पास आया हूँ।''

अमिय ने कहा, ''आपने तो उचित ही किया था। पैसा आप क्यों नहीं लेंगे? विपदा के दौरान आपने हमारे परिवार की सहायता की थी, अब उस उधार को चुकता करना मेरे ही कर्तव्य में तो शामिल है।''

वृद्ध ने फिर मना किया, ''नहीं-नहीं, ये रुपये मैं किसी प्रकार से भी नहीं ले सकता। मेरे बेटे मेरा तो मुँह नहीं देखेंगे। तुम भी मुझे वह पैसा लेने को मत कहो।''

''आप मुझे ऋणी रखना चाहते हैं?''

''मैं तो कुछ समय बाद ही मर जाऊँगा। मेरे पास तुम्हारा कैसा ऋण? वह पैसा मैं अपने पोते-पोतियों को ही तो आशीर्वाद-स्वरूप या हिसाब से दे जा रहा हूँ! अरे कहाँ हो बच्चों? उन्हें नहीं देख पा रहा?

प्रेम और चूड़ामनी

रात के अन्तिम प्रहर में वे घोड़े की पीठ पर कहाँ से आते हैं और कहाँ चले जाते हैं, यह कोई नहीं जानता।

घोड़े तो छोटे हैं, पर इतने तेज़ दौड़ते हैं कि लगता है—मानों चैत्र के महीने की आँधी हों! उस वक़्त कुछ समेटने का समय नहीं मिल पाता। पर वे जैसे आते हैं, वैसे ही पल में ग़ायब भी हो जाते हैं।

वैसे तो छः से अधिक घोड़े नहीं हैं, पर जब वे मकान को चारों ओर से घेर लेते हैं तब लगता है कि एक घोड़े के कई घोड़े बन गये हैं। इसलिए संख्या भी अधिक लगती है। पर जिन्होंने प्रत्यक्ष दर्शन किया है, उनका कहना है कि घोड़े केवल छः ही होते हैं।

ऐसा नहीं कि वे सिर्फ़ अमावस्या की रात को ही घने अन्धकार में छिपकर आते हैं, वे तो पिछले आश्विन की कोजागरी (पूर्णिमा) वाली रात को भी आये थे। उस दिन पीताम्बर घड़ाई के घर लक्ष्मी-पूजा बड़ी धूमधाम से मनाई गयी थी। दिन-भर काफ़ी गहमागहमी और समारोह के बाद शाम को कीर्तन, जलसा था और रात को नाते-रिश्तेदारों का भोजन। सारे रिश्तेदार रात हो जाने से घर वापस नहीं लौट सके।

जब सारे काम निबट गये तो एक बजे रात को पैट्रोमेक्स की बत्ती बुझा दी गयी। उसी के दो घण्टे बाद उनका आगमन हुआ था।

अन्तिम प्रहर में नींद भी काफ़ी गाढ़ी आती है और आँखें खुलने से भी चैतन्य काफ़ी देर के बाद आता है। चेतना आने से पहले सारा मामला ही ख़त्म हो जाता है। मोंगला आँगन में खाट बिछाकर सोया था, उसने शुरू से आख़िर तक सारा माजरा देखा था। इस बार ठण्ड का मौसम शायद जल्दी शुरू होनेवाला था, तभी सर्दी लगने से वह कम्बल ओढ़कर सोया था।

टप-टप घोड़ों की टापों की आवाज़ सुनकर जब उसकी नींद टूटी तो वह यही सोचता रहा कि शायद उसने घुड़दौड़ का सपना देखा है, जो घुटियारी शरीफ़ में हुआ करता था। पर जब वह आवाज़ उसकी गर्दन पर रुकी तो उसे चारपाई से उतरने

के लिए समय न मिला। एक विकट काली मूरत उसके सीने पर पैर रखे थी। वह पैर तो पत्थर से भी भारी था और उस भयंकर आदमी ने उसकी नाक के नीचे तलवार रखी हुई थी।

यह सारी बातें झूठी कहकर उड़ाई भी तो नहीं जा सकतीं, क्योंकि माथे पर खरोंच के निशान के साथ ही उसकी बायीं आँख में भी ज़ख़्म था, डकैतों ने जाते समय उसकी आँख पर चाबुक से वार जो किया था। पीताम्बर घड़ाई का घर था तो मिट्टी का, पर था दो महला। डकैतों ने पहले से ही सारी जानकारी हासिल कर ली थी, इसी कारण किसी और कमरे की छानबीन न कर, दो लातों से उस कमरे के दरवाज़े को तोड़ डाला था। पीताम्बर के बाल पकड़कर, एक झटके से खाट के नीचे उतारकर उसे एक ही वार से ख़त्म कर डाला था। फिर गद्दा उठाया। उन्हें पता था कि पीताम्बर अपना धन उसी गद्दे में सिलाई करके रखता था।

पीताम्बर के कमरे में जब यह सारे काण्ड घट रहे थे, उसी समय मोंगला को पानी छिड़कने जैसी आवाज़ सुनाई दे रही थी। लग रहा था जैसे कोई गोबर से घर को साफ़ कर रहा हो। पर न तो पानी था, न ही गोबर। डकैतों में एक मिट्टी का तेल छिड़क रहा था। फटाफट काम ख़त्म करके आग लगाने से पूरा-का-पूरा घर जल उठा।

वे आग लगाकर जाते हैं, ताकि कोई उनका पीछा नहीं कर सके। उस समय सब अपनी जान बचाने में लग जाते हैं। उनकी शक्ल किसी ने नहीं देखी। मोंगला द्वारा दिये वर्णन के हिसाब से सभी के चेहरे काले कपड़े से ढँके रहते हैं, जिससे सभी एक-से नज़र आते हैं। उनकी उम्र का अन्दाज़ा लगाना भी मुश्किल है।

मोंगला के अनुसार वे 'शैतान के वंशधर' हैं। सबको ऐसा ही विश्वास है। क्योंकि एक बार रतु बाबू ने डकैतों पर बन्दूक़ चलायी थी, उनका निशाना पक्का है, क्योंकि उन्होंने शेर मारा था। उन्होंने धान की लूट के वक़्त दो आदमी भी मारे थे, पर उनकी गोली से न तो डकैतों को चोट पहुँची थी और न ही उनके घोड़े ज़ख़्मी हुए थे।

एक पूर्णमासी के कुछ समय बाद उन्होंने रतु बाबू का घर जलाकर, उनका गला काटकर, उन्हें ख़त्म कर दिया था।

वे सिर्फ़ अमीरों को नहीं लूटते! हारुन शेख़ काफ़ी मिज़ाजी रईसाना तबीयत का इनसान था, लेकिन उसके पास सम्पत्ति नहीं थी। उसी हारुन शेख़ के घर में भी एक दिन डकैतों का आक्रमण हुआ था। घुड़सवारों ने हारुन शेख़ का न सिर्फ़ ख़ून ही किया था, बल्कि उसका कलेजा निकालकर रख दिया था! ऐसी दिल दहलानेवाली घटना सुनने में कम ही आती है। किसी-किसी घर से युवती को लूटकर ले जाते थे। जैसे जीवन नायक के घर से वे उसकी नवयौवना रूपसी पत्नी का

अपहरण करके ले गये। हाँ, जाते वक़्त घर में आग लगाना नहीं भूले।

अश्वारोही डकैतों के ताण्डव से पूरा इलाक़ा थर-थर काँपने लगा है। हाट-बाज़ार—हर जगह इन्हीं डकैतों की ही चर्चा है। इसके संग कई प्रकार की और भी कहानियाँ प्रचारित होने लग गयी हैं। पर असल घटना इतनी भयंकर होती है कि उस पर लीपापोती करने लायक़ कल्पना-शक्ति कम-से-कम इस इलाक़े के लोगों में तो नहीं है।

रात में कहीं दूर आग लगने से पता चल जाता है कि डाकू उस जगह से टपाटप लूटमार कर चलते बने हैं। वे कहाँ जाते हैं—इस प्रश्न का न तो कोई जवाब है, न ही अनुमान। वे सब घोड़े समेत पानी में डूब जाते हैं।

बड़ी नौकाओं में भिन्न देशों से जो लोग व्यवसाय करने आते हैं, उनका यही प्रश्न होता है कि इस नदी-नालेवाले देश में घोड़े कहाँ हैं जो डकैत घोड़े पर चढ़ डकैती करने आये?

दिन में नमकीन हवा के झोंकों के संग भीनी धूप में पंछियों के झुण्ड फरफरा कर उड़ते हैं और जिन डोंगियों में मछुआरे मछली पकड़ने निकलते हैं, वही छोटी नौकाएँ पानी में रुपहली छाया की भाँति थिरकती दिखाई देती हैं; उस समय रात की भयंकर घटनाएँ अवास्तविक मालूम पड़ती हैं, जैसे उनका कोई अस्तित्व ही नहीं है।

हाँ, इस जलमय प्रदेश में भी घोड़े हैं। जंगल में शेर और पानी में मगरमच्छ भी हैं, पर घोड़ा ऐसा शक्तिशाली जानवर है, जो तैरकर नदी पार कर जाता है और घड़ियाल या मगरमच्छ उसका कुछ भी बिगाड़ नहीं सकते। इसीलिए लोग घोड़े पालते हैं। डॉक्टर वनमाली घोड़े पर चढ़कर रोगी देखने जाते हैं। इसके अलावा 'घुटियारि शरीफ़' में घोड़ों की दौड़ होती है। स्कूल के मैदान में सचमुच की घुड़दौड़, हर हाटवाले दिन दस-बीस रुपये की बाज़ी घुड़दौड़ पर रखी जाती है। सात-आठ घोड़े दौड़ते हैं, काफ़ी रुपयों का लेनदेन चलता है।

शुरू में, जो घुड़दौड़ में भाग लेते हैं, उन लड़कों पर शक हुआ था कि शायद वे ही डकैती में शामिल हों। पर वे लड़के काफ़ी छोटे हैं। इस इलाक़े के घोड़े भी काफ़ी छोटे हैं, गधे से थोड़े ही बड़े होंगे। वे वयस्क लोगों को बिठा तो लेते हैं, पर उनकी चाल में उतनी तेज़ी नहीं होती। घुड़दौड़ में सवार भी किशोर होते हैं। जो लड़का हर बार पहले नम्बर पर आता है, वह तो मनोहारी की दूकान में काम करता है। उसका नाम है कामरूल। दुबला-पतला शरीर, लेकिन सिर उसका बड़ा, लगता है कि एक चाँटा मारने पर चक्कर खाकर गिर पड़ेगा! लेकिन जब वही घोड़े पर चढ़कर चक्कर लगाता है तब उसकी तेज़ी से लगता है कि वह हवा को भी हराकर आगे निकल जाएगा, रोंगटे खड़े हो जाते हैं। छड़ी मारते-मारते वह अचानक

घोड़े की पीठ पर खड़ा हो जाता है। कामरूल का मुक़ाबला कालू मिस्त्री के बेटे बलराम से होता है। वह अपने गले से आवाज़ निकालकर घोड़े को उकसाकर दौड़ाता है।

कामरूल, अनिसूल, बलराम क्या डकैत हैं? कई लोग यह भी कहने लगे कि आजकल के छोकरों का भरोसा नहीं। दस-बारह साल की उम्र से ये पैसा पहचान जाते हैं। मुँह में बीड़ी दबा लेते हैं और जैसे ही यौवन के लक्षण दिखलाई पड़ते हैं, इनकी प्रवृत्ति औरतों की ओर होने लग जाती है। चौदह साल की उम्र में ये काफ़ी तेज़ होने लग जाते हैं।

इनकी शक्ल डकैतों की तरह भले न हो, पर शक की वजह है इनकी अश्वारोही निपुणता। वे इतनी तेज़ घोड़ा दौड़ा सकते हैं जिसका मुक़ाबला इस इलाक़े में कोई भी नहीं कर सकता। स्कूल-मास्टर मधु नस्कर ने सर्वसाधारण के प्रतिनिधि के तौर पर थाना, पुलिस के पास अपनी सिफ़ारिश पेश की। इन छोकरों के विरुद्ध उन्होंने नालिश कर दिया। घुटियारि शरीफ़ की घुड़दौड़ में काफ़ी किसान अपने ख़ून पसीने की गाढ़ी कमाई पानी की तरह बहा देते हैं। पसीने की कमाई का पैसा चला जाता है घोड़ों के मालिक की अण्टी में। जो लड़के घोड़े पर सवारी करते हैं, उन्हें सिर्फ़ दस रुपया मिलता है। इन्हीं लड़कों के प्रति मधु नस्कर का ज़्यादा क्रोध था।

हाट के दिन पुलिस आकर घुड़दौड़ को बीच में रोककर, कामरूल, बलराम, क़ादिर, अनिसूल को पकड़कर ले गयी। जो घुड़दौड़ में बाज़ी लगाने आये थे, उनको काफ़ी गुस्सा आया। तब किसी को डकैती की बात का ख़याल तक न आया।

उसी रात को मज़ाक़ में यह ख़बर उड़ गयी कि मधु नस्कर के चाचा यादव नस्कर के घर में डकैती पड़ी है! जैसे किसी ने मधु नस्कर के साथ ही मज़ाक़ किया हो! गहन रात्रि में छः डकैत घोड़े दौड़ाकर आये और यादव नस्कर के धान के गोठार में आग लगा, दो लोगों का ख़ून कर, सर्वनाश करके चलते बने।...

इस इलाक़े के लोग थाना-पुलिस पर भरोसा नहीं करते। ख़ूनख़राबा, डकैती हर समय लगी रहती है। पुलिस को ख़बर देने से भी कोई फ़ायदा नहीं होता। जब कभी पुलिस आ भी जाए तो वे डेरा डालते हैं गाँव के सबसे प्रवीण व्यक्ति के घर में। वहाँ पेट भरकर खाना खाते ही दारोगा साहब को नींद आने लगती है। लोगों की फ़रियाद ज़म्हाई लेते सुनते-सुनते वे नींद की गोद में समा जाते हैं।

कुछ लोगों का कहना है कि पुलिस और डकैत दोनों एक ही हैं। जैसा परियों की कथाओं में होता है, दिन के समय जो रानी है, वही रात को डायन के रूप में परिवर्तित हो जाया करती है; उसी प्रकार से दिन में जो पुलिस है, वही रात के समय डकैत बन जाते हैं। एक कहावत है न कि जो रक्षक—वही भक्षक!...ऐसी ही किंवदन्तियाँ चारों ओर फैली थीं। लोग विश्वास भी करने लग गये थे।

तेंतुलछड़ि गाँव में अभी तक डकैती नहीं पड़ी, जबकि आसपास के सभी गाँव डकैती की चपेट में आ चुके थे। सभी इसी आतंक से ग्रस्त थे कि कब डकैत आकर उनका सब-कुछ लूटकर चले जाएँगे। इस गाँव के लोग रात-भर जागकर पहरा देने लगे, हालाँकि उन्हें पता है कि रात-भर पहरा देकर भी डकैतों को रोकने की सामर्थ्य उनमें न थी। एक घर में डकैती पड़े तो दूसरे घरे से कोई बचाने नहीं आएगा। किसे अपनी जान खोने का शौक़ रहता है, जो दूसरे को बचाने जाए।

हालाँकि इस गाँव में वैसा कोई समृद्धशाली नहीं है। ज़्यादातर खेतीबारी और कपड़े बुननेवाले जुलाहों का वास है। रतनमनि घोष के पिता ग्वाला थे, लेकिन अब वे स्वयं को कायस्थ बतलाते हैं। इनके पास कुछ ज़मीन है, पर इनके घर में सदस्यों की भी कमी नहीं है। इनके पास धान की खेती तो है, लेकिन पैसा या सोना-दाना अधिक नहीं है। छः डकैतों का एक रात का ख़र्चा उठाना भी सम्भव नहीं हो पाएगा।

हाँ, कुछ पैसों के मिलने की सम्भावना न होने पर भी वे आकर लोगों के घर जला देते हैं, लोगों का ख़ून करके चले जाते हैं। इससे यही शक होता है कि शायद ये असल में डकैत नहीं हैं, कोई दूसरा इनसे डकैती करवाता है। किसी को किसी के साथ दुश्मनी है वे इन डकैतों को पैसा देकर भेज देता है।

हारुन शेख़ के मामले में यही शक सच में तब्दील होता दिखाई पड़ा। हारुन शेख़ के पास पैसा न था, पर वह काफ़ी मिज़ाजी क़िस्म का था और किसी की परवाह नहीं करता था, उसके मुँह में जो आता, वह सामने ही सुना दिया करता था। उसने रामलाल व्यापारी के साथ मुँह ज़बानी झगड़ा कर डाला। डकैतों ने उसके टुकड़े-टुकड़े कर डाले। यही लगता है कि इसमें ज़रूर किसी और का हाथ था।

तेंतुलछड़ि गाँव में वैसा दिमाग़वाला भी कोई नहीं था। तो क्या हुआ पड़ोसियों में, भाई-भाई में झगड़ा होने से कोई क्या छुरा मारने नहीं चला आता? पर ज़्यादा-से-ज़्यादा माँ-बहन की गाली या मारने को उठ खड़े होना—इतना ही हुआ था, इससे ज़्यादा बात आगे नहीं बढ़ पायी थी।

फिर भी सबके भीतर भय बना हुआ था। कौन जाने-अनजाने ही दूसरे किसी गाँव का कोई दुश्मन बन जाए। इसके अलावा दो-चार सुन्दर युवतियाँ या वधुएँ तो हैं ही। वह भी कम ख़तरनाक नहीं था। घर में वैसी रमणी का रहना या हिरन पालना दोनों एक ही बात थी।

लोगों के शाम से ही रोंगटे खड़े होने लग जाते, गरग खाना भी मुँह में नहीं जाता, किसी के साथ बात करने की इच्छा भी नहीं होती। अगर छोटा शिशु रोने लगता तो बड़े गुस्सा होकर उसे चाँटा मारने लग जाते।

आजकल इस अंचल में बाघ-भालू का उपद्रव बन्द था। बुड्ढों के मुँह से शेर आदि की कहानी अब बासी लगने लगी थी। शेर कम-से-कम घर में आग लगाकर

तो नहीं जाता था!

कोई यह भी सोचता कि अब शेर आ जाए तो कम-से-कम चैन की साँस तो ले सकेंगे! रोज़ के इस आतंक से छुटकारा तो मिल सकेगा। इस तनाव में सबका जीना दूभर होने लगा। डकैत ज़्यादा-से-ज़्यादा आकर दो-एक घर जलाएँगे या दो-एक का ख़ून करेंगे, उसके बाद तो बाक़ी लोग चैन की साँस ले सकेंगे।

युवतियों को घर से बाहर निकलने में बन्दिश कर देने पर भी वे सुनती कहाँ हैं? काम से उन्हें खेतों या दूकान में भी जाना पड़ता है। शाम के समय नदी किनारे जाना भी आवश्यक है।

नदी के ऊपर बाँस का एक पुल है। उसे पार करने पर दूसरे गाँव का तालाब है, जिसका पानी बड़ा मीठा है। इस तालाब के पानी से दाल पकाना उन्हें पसन्द है! इसके अलावा उस गाँव में बड़ी-सी दूकान है, जिसमें सरसों का तेल बढ़िया मिलता है। उस गाँव को पार कर अगले गाँव में हर शुक्रवार को मेला लगता है।

शाम के समय गाँव की औरतें नदी किनारे आती हैं। उस समय मर्दों का यहाँ आना मना है।...फिर भी एक दिन प्रथम प्रहर की चाँदनी में पुल पर खड़ा श्रीधर कृष्ण कन्हैया की तरह बंसी बजा रहा था। उसने तेंतुलछड़ि गाँव की लड़की वातासी को अकेले पाकर उससे एक अश्लील हरकत की। लेकिन वातासी श्रीधर की तरह रसिक या छिनाल नहीं थी। वह तो एक बुद्धिमती, तीक्ष्ण और चौकस लड़की थी। वह जंगल से मैदान तक लकड़ी के गट्ठर सिर पर लादकर लाती। एक बार उसने जलती लकड़ी से विषैले साँप का फन कुचल डाला था!

वंशीवादक श्रीधर ने जब वातासी का हाथ थामा तो वातासी ने उसे पानी में फेंक दिया। फिर वह हीः-हीः करके हँसने लगी। उस हँसी में कोई मायावी सुर था या माछरांगा पंछी का शोर।

इस धटना के फलस्वरूप तेंतुलछड़ि गाँव में आतंक का ज़ोर और बढ़ गया। वातासी ने यह ठीक नहीं किया!...अब श्रीधर अगर क्रोध करके डकैतों को यहाँ खदेड़ दे तो?...

इतने दिनों बाद सभी ने ग़ौर किया कि लकड़ी समेटनेवाली वातासी में एक तेज़ है! उसके शरीर में आकर्षण है! कम उम्र में विधवा होने से शायद उसका मन रसों से विमुख हो गया था, परन्तु उसके अंग-सौष्ठव को निरखकर लोलुप प्रकृतिवाले पुरुषों में तो वासना का संचार होना स्वाभाविक ही था। जिन्होंने पहले उसे कभी भली प्रकार देखा तक न था, वे भी उसे देखने लग गये!

किसी ने यह भी कहा कि श्रीधर ऐसा हो ही नहीं सकता। हाँ, वह थोड़ा रसिक है, पर डकैतों के साथ उसका कोई लेना-देना नहीं है। फिर भी भय से सभी त्रस्त थे। श्रीधर न कहे तो भी दूसरा तो प्रचार कर ही सकता था कि तेंतुलछड़ि गाँव

में वातासी जैसी अग्निशिखा मौजूद है। उसी के आकर्षण से खिंचे चले आ सकते हैं!

पीपल के एक पेड़ के नीचे गाँव के बड़े-बूढ़े सलाह-मशविरा करने बैठे। किसी के हाथ में हुक़्क़ा था तो किसी के हाथ में बीड़ी। काफ़ी तम्बाकू फूँकने पर भी किसी की बुद्धि काम नहीं कर रही थी। किसी ने वातासी को इस गाँव से भगाने की भी सलाह दी—जिसकी जीविका लकड़ी बटोरना था, वह तो किसी भी गाँव में जाकर यह काम कर सकती थी। पुल के पार श्रीधर के गाँव में ही बसेगी, तब तो उसे श्रीधर या डकैत लूटेंगे ही और तब उससे उनका कोई सरोकार नहीं होगा!... तेंतुलछड़ि गाँव के लोग तो बच पाएँगे।

यह प्रस्ताव कइयों को भा गया, पर कौन वातासी या उसकी माँ से यह बात कहे? सभी के मन में शान्ति और अशान्ति एक साथ थी। एक ओर तो वे सोचते कि वातासी को भगाने से शान्ति मिलेगी, लेकिन दूसरी ओर यह भी सोचने लगते कि वह जितने दिन है, कम-से-कम भारी नितम्बों वाली स्त्री को तो जी भरकर देख सकेंगे!...

वातासी की माँ का नाम तुलसी था, पर पीछे उसे विलापी कहते, क्योंकि उसके गले से हमेशा भारी-सी आवाज़ निकलती थी। माँ-बेटी की गृहस्थी थी—और दोनों ही बाल-विधवा। धीरे-धीरे यह प्रस्ताव वातासी की माँ के कानों तक जा पहुँचा।

एक शाम वह पीपल के पेड़ के नीचे बैठे मर्दों के सामने जाकर अपना माथा ठोंक-ठोंककर रोने लगी और उन्हें कोसने लगी, "हाय रे, इस गाँव में क्या कोई मर्द नहीं है? नामर्द लोग हमें अपने घर से भगा देना चाह रहे हैं? हम किसी के मामले में दख़लन्दाज़ी नहीं करते। मजूरी करके किसी प्रकार अपना गुज़ारा कर रहे हैं। हमने किया क्या है? आज अगर चूड़ामनी होता...।"

चूड़ामनी का नाम सुनते ही सभा में निस्तब्धता छा गयी। लोग बीड़ी सुलगाना भूल गये और जिसके हाथ में हुक़्क़ा था, वह हुक़्क़ा पीना भूलकर एक-दूसरे की ओर देखता रह गया। चूड़ामनी नाम में एक तरह का जादू है। जो आज पीपल तले जमा हैं, उनमें से कइयों ने चूड़ामनी को देखा था। अगर किसी ने कम उम्र में देखा था तो उसे शायद स्मरण न हो, पर सभी ने उसके बारे में काफ़ी कुछ सुना है। उसका नाम सुनकर ही रोंगटे खड़े हो जाते हैं।

न केवल इसी गाँव का बल्कि आसपास के गाँवों का वह नायक था। जैसा उसका सलोना सुन्दर रूप था, वैसी ही फ़ौलाद जैसी उसकी छाती थी। उसका कोई न था। किसी की भी विपदा हो, वह सबसे पहले जाकर उसे सहारा देने के लिए तत्पर रहता। एक बार इसी गाँव के बच्चे को मगरमच्छ खींचकर ले जानेवाला था, चूड़ामनी ने ही पानी में कूदकर मगरमच्छ के साथ जूझकर उस बच्चे को बचाया

था। उसने उस मगरमच्छ के दो टुकड़े कर डाले थे।

हाँ, इस कहानी में कितनी सच्चाई है और कितना इसे कल्पना के रंग से रँगा गया है, यह जानना तो मुश्किल है, पर यह तो सर्वविदित है कि चूड़ामनी अत्यन्त साहसी और शक्तिशाली था।

अब इस नदी को देखकर विश्वास करना कठिन है कि कभी इसमें मगरमच्छ आया भी था, मगर फिर भी लोग चूड़ामनी की वीरता की कथा में आस्था रखते हैं। और भी कई किंवदन्तियाँ उसके नाम के साथ जुड़ी हैं। जैसे—उसने धमकाकर शेर को भगा दिया था, एक ख़ूनी डकैत के हाथ से बन्दूक़ लेकर उसके बालों को ऐसे खींचा कि वह ख़ूनी डकैत एक ही पल में गंजा हो गया और सारी ज़िन्दगी डकैत के सिर के बाल ग़ायब ही रहे। चूड़ामनी में अवश्य ही तमाम गुण रहे होंगे। वरना किसी के बारे में यूँ ही इतनी बातें नहीं बना सकता! उसके नाम का इतना अधिक प्रचार भी कैसे होता?

जब वह अपने यौवन के शिखर पर था, उसी समय अचानक वह इस गाँव से हमेशा के लिए चला गया। क्यों गया या कहाँ गया, किसी को भी मालूम नहीं। उसकी अनुपस्थिति से उसके सम्बन्ध में कौतूहल भी बढ़ने लगा। कोई भी मुसीबत में पड़ता है तो उसे सबसे पहले चूड़ामनी की याद आ जाती है—हाय, आज अगर चूड़ामनी होता...! किसी भी दुःख या विपदा का मुक़ाबला वह हँसते-हँसते करता और अपनी जान पर भी खेल जाता!

इस बात को घटे बीस-पच्चीस बरस बीत चुके हैं। बहुत दिनों के बाद वातासी की माँ के मुँह से उसका नाम सुनकर सबको उसकी याद आ गयी।

इसके बाद घुड़सवार डकैतों की बात ज़बान पर आने से लोग यह कहना नहीं चूकते कि हाय रे, आज अगर चूड़ामनी होता! भयंकर डकैतों का एकमात्र प्रतिद्वन्द्वी चूड़ामनी के अतिरिक्त और कोई नहीं।...

नये सिरे से चूड़ामनी की कथा लोगों की ज़बान पर आने से, कम उम्रवाले रोमांचित होने लगे। सभी का यही सोचना था कि चूड़ामनी मुश्किल आसान करनेवाला एक जादूगर था। वह नहीं है तभी तो उनकी इतनी दुर्दशा भी है। डकैत आकर कब किसके गले को कटारी से काटकर चले जाएँगे, यह किसे मालूम?

इसी बीच दूसरे गाँव से डकैती की सूचना मिली। इसका मतलब था कि वे अभी भी सक्रिय थे। इस गाँव में भी एक-न-एक दिन अवश्य आएँगे। पासवाले गाँव के श्रीधर का पता न था, वह क्या डकैतों की खोज में गया है? जाड़े की ठिठुरती सर्दी की रात में वातासी ने उसे पानी में धकेला था। वह क्या इसका बदला लिये बिना रह पाएगा?

लेकिन वातासी को कुछ भी भय नहीं था। जब शाम गाढ़ी हो जाती है, तब

भी वह और दूसरी औरतों के चले जाने के बाद भी पुल के किनारे अकेली खड़ी रहती है।

उसपार वाला मैदान ज्योत्स्ना में निस्तब्ध था। दूर क़तार से खड़े खजूर के पेड़ ऐसे दिखाई देते हैं जैसे बिना हाथ-पैर के निरीह जन! कुछ भी नहीं कर पाते! डरपोक इनसानों की साँस से वायु भी जैसे अवश हो चली है। वातासी शून्य की ओर देखते-देखते कल्पना की आँखों से चूड़ामनी को देखती है—एक परम रूपवान युवक, औरों के दुःख से जिसकी पत्थर जैसी छाती भी पिघल जाती है! वह मैदान, जंगल पार करके उसके नज़दीक आकर कहेगा—मैं तो हूँ, तुम्हें किस बात का डर है?

जो कम उम्र में चले जाते हैं, उनकी उम्र भी उतनी ही रह जाती है। कुछ दिनों तक जब चूड़ामनी की कहानी का काफ़ी प्रचार हो चुका, तो छिरु वैरागी ने एक नयी कहानी का प्रचार प्रारम्भ किया। कुछ महीने पहले उसने चूड़ामनी को काना फ़क़ीर के अखाड़े में देखा था, जो पियाली नदी के किनारे है। हालाँकि अब उसे पहचानना कठिन है। अब वह काफ़ी बूढ़ा, नशेड़ी और आत्मविस्मृत हो चुका है। हर वक़्त रोता रहता है, सिर्फ़ अपना नाम सुनकर उसे चेतना आती है।

छिरु वैरागी की बातें सुनकर कुछ को धक्का लगा और कुछ तो पूरी तरह से विश्वास भी नहीं कर पाये। छिरु वैरागी भिक्षा माँगते गाँव-गाँव घूमता रहता है। वह कैनिंग, मोल्लाखालि, मुर्शिदाबाद, जशोर सभी जगहों के बारे में कहानी सुनाता है। किसी ज़माने का चूड़ामनी दास अब चूड़ामनी ठाकुर बन गया है। यह असम्भव भी तो नहीं। तभी उसकी बात का खण्डन भी किसी ने नहीं किया।

पियाली नदी दूर तो नहीं, पर टेढ़ी-मेढ़ी चलती है, एक दिन में वहाँ पहुँचा जा सकता है। गाँव के कुछ लड़के काना फ़क़ीर के अखाड़े को खोजने जाने लगे तो वातासी ने भी जाने की ज़िद की।

काना फ़क़ीर की जो आँख ठीक थी, वही ज़्यादा अधिक जल रही थी। उसके भरे-पूरे बालों के जंगल में जुओं का वास था! वह भूख लगने पर खाता, पर मुँह नहीं धोता था। आधा खाना उसकी दाढ़ी-मूँछों में लगा रहता। चरस-गाँजे के नशे से वह हर वक़्त मस्त रहा करता।

जब वह मस्ती में रहता तो घुटनों पर थाप मारकर गाता। उसके अधिकतर गाने लालन फ़क़ीर की रचनाएँ होती हैं। उसके दंगल में कौन मुसलमान, कौन हिन्दू है यह पता करना सम्भव नहीं है। सभी एक-सा गीत गाते हैं। सभी चरस-गाँजे का दिन-रात नशा करते हैं और संगीत के आलम में मस्त रहते हैं।

साँझ होने से पहले वातासी अपने दल के साथ काना फ़क़ीर के अखाड़े में पहुँची। वहाँ किसी को भी इसका होश न था कि कुछ लोग उनसे मिलने आये हैं।

पूरा माहौल धुएँ से भरा था। उसी में ज़ोरों से गाना भी चल रहा था।

गाने से विरति होने पर काना फ़क़ीर चिलम सजाने लगा। उसी समय जो चेला कम उम्र का और सुन्दर था, उसी के पैरों पर पड़कर वातासी और अन्य लड़के यही मिन्नत करने लगे, "चूड़ामनी ठाकुर हमें बचाओ!" पर वह ऐसे छिटककर चिल्लाने लगा, जैसे उसके पैरों में आग का गोला आकर लगा हो! "अरे क्या मुसीबत है। मैं कौन हूँ, चूड़ामनी ठाकुर कौन है, तुम लोग कौन हो।"

वातासी और साथी भड़ककर चुप हो गये। तभी काना फ़क़ीर एक आँख से वातासी को देख गाने लगा, "यह कैसी अपरूप रूप की उज्ज्वल छटा—रूप देख नैन हो गये मस्त!..." फिर पूछा, "तुम कौन हो? किसकी खोज में यहाँ आयी हो?"

वातासी हाथों को जोड़ भक्ति-भाव से बोली, "बाबा! हम तेंतुलछड़ि गाँव से आये हैं। हम बड़ी विपदा में हैं। चूड़ामनी ठाकुर, यहाँ आपके चरणों के नीचे रहते हैं!"

उस समय ज़मीन पर उल्टा लेटा अचेतन चेला नशे में किसी प्रकार बोला, "कौन मेरा नाम लेकर पुकार रहा है?"

काना फ़क़ीर बोला, "तुम लोग जिस चूड़ामनी की खोज में आये हो यही है वो। यहाँ तुम्हें किसी प्रकार का भय नहीं है, तुम लोग अपने दिल की व्यथा बिना दुविधा के कह सकते हो।"

काना फ़क़ीर ने जिस व्यक्ति की ओर इशारा किया, उसकी उम्र साठ के लगभग थी, और जिसके सिर के बाल आधे से ज़्यादा सफ़ेद हो चुके थे। शायद कभी गठा बदन था, पर अब तो सूख चुका था, नसें भी साफ़ दिख रही थीं। आँखें नशे के कारण जल रही थीं।

वातासी के साथ जो आये थे, उनकी श्रद्धा पल में ग़ायब हो गयी। वे यही सोचने लगे कि वे ग़लत जगह पर आ गये। ये व्यक्ति जिसके एक पैर क़ब्र में हैं, वही चूड़ामनी है तो उसको वे दण्डवत प्रणाम कर लौट जाएँ; क्योंकि इसे गाँव में ले जाकर और झमेला बढ़ जाएगा।

उनमें से एक बोला, "चलो, अभी वापस चलना शुरू कर दें तो बस्ती में पहुँचने में ज़्यादा समय भी नहीं लगेगा।"

काना फ़क़ीर को अब कौतूहल हो चुका था। उसकी दृष्टि वातासी से हट ही नहीं रही थी। वह बोला, "जय राधेश्याम! जय सत्यपीर! अब खोलकर अपनी कथा बयान करो।"

वातासी ने शुरू से सारी कथा विस्तार से सुनायी। सुनकर काना फ़क़ीर द्रवित स्वर में बोला, "ओ चूड़ामनी, तू अबोध बन यहाँ बैठा है और गाँववाले कितनी मुसीबत में हैं। तू जाकर अपने लोगों का उद्धार कर। अगर साईं की कृपा हो तो

तू फिर वापस आ सकेगा।''

वह बूढ़ा यह सुनकर रोने लगा।

काना फ़क़ीर उसको ढाढस देकर बोला, ''ले बेटा, इस चिलम में फूँक मार, सब ठीक हो जाएगा!... कितनी दूर से भाग्य पर विश्वास कर यहाँ आये हैं। इस नारी का सोने का बदन काला पड़ गया है। तू इनके साथ अगर नहीं गया तो तेरी मुक्ति नहीं होगी। तू ही तू में है!...''

चिलम फूँककर बूढ़ा काफ़ी तरो-ताज़ा हो गया, फिर बोला, ''तुम तो बाबा सब-कुछ कर सकते हो, इनकी मनोकामना क्यों नहीं पूरी करते? इस बूढ़े को क्यों घसीट रहे हो?''

कुछ देर दोनों में तर्क-वितर्क हुआ। अन्त में काना फ़क़ीर ने अपना गम्भीर आदेश सुनाया, ''इस बूढ़े को तेंतुलछड़ि गाँव में जाना ही पड़ेगा।—वातासी! जाते समय चूड़ामनी को तालाब के पानी में डुबकी लगवा देना तो इसे होश आ जाएगा।''

वातासी और अन्य अनिच्छापूर्वक चूड़ामनी को साथ लेकर चले। वह बीच में गिर पड़ता तो उसे उठाना भी पड़ रहा था। वे यही सोच रहे थे कि इस बीमार बूढ़े को ले जाकर पता नहीं गाँव का क्या भला होगा?

थोड़ी दूर चलने के बाद काना फ़क़ीर के निर्देशानुसार वातासी तथा साथियों ने उसे तालाब में धकेल दिया। भरपेट पानी पीकर वह रोने लगा, ''जिस देश में प्यार नहीं, उस देश से मुझे भी प्यार नहीं!'' उसके आँसुओं से वह तालाब मानों फिर से भर गया!

यह अद्‌भुत दृश्य देखकर सब अचम्भे में पड़ गये। उस वृद्ध ने वातासी से पूछा, ''तुम तुलसी हो न, जिसे सब विलापी कहकर बुलाते थे।'' फिर पासवाले लड़के से पूछा, ''तुम भूधर हो?''

सबने अपने माँ-बाप का नाम बताना शुरू कर दिया। अब तो किसी प्रकार का सन्देह नहीं रहा कि यही था चूड़ामनी, जो नयों को नहीं पहचानता था; हाँ पुरानों को ज़रूर पहचानता था!

तेंतुलछड़ि गाँव पहुँचने से पहले वह हाथ-पैर फैलाकर रोने लगा, ''मुझे तुम लोग किसलिए ले जा रहे हो? मैंने तो सब-कुछ खो दिया!''

पर वातासी और उसके साथी उन्हें ले जाने के लिए दृढ़ थे। इस बूढ़े से तो डकैतों को गरबाना शायद सम्भव न था, पर किसी ज़माने के प्रसिद्ध चूड़ामनी को गाँववालों को चर्चा का कुछ विषय तो मिलेगा। एक खोये इनसान का वापस लौटना भी तो अलौकिक घटना ही है। चूड़ामनी में कुछ असाधारण तेज़ है, इसका प्रमाण तो उन्हें मिल ही चुका है।

चूड़ामनी का नशा भी कुछ उतर गया था। वह हाथ छुड़ाकर पूछने लगा, ''मैं

कहाँ जा रहा हूँ? तुम लोग मुझे कहाँ लिये जा रहे हो?"

वातासी बोली, "ठाकुर तुम अपने गाँव जा रहे हो!"

"वहाँ प्यार है?" चूड़ामनी ने पूछा, "जिस जगह प्रेम नहीं, वह मेरा घर नहीं है। मैं गाँव छोड़ इसलिए गया था कि वहाँ कोई किसी से प्यार नहीं करता।"

वातासी घुटनों के बल बैठकर चूड़ामनी के पैरों को कसकर पकड़कर बैठ गयी। चूड़ामनी उसे एकटक देखता रहा। उसकी आँखों में पानी भर आया। मुँह से बोल नहीं निकल रहे थे। सन्ध्या के आकाश में घटा घिर आयी, जिससे पेड़-पौधे अदृश्य जैसे होने लगे। जंगल से सियारों की आवाज़ें सुनाई पड़ रही थीं।

चूड़ामनी थोड़े समय स्थिर रहकर कमज़ोर स्वर में बोला, "मेरे शरीर में ताक़त ज़्यादा बची नहीं। तुम लोग थोड़ा-थोड़ा प्यार दो तो मैं अपनी खोयी शक्ति फिर से वापस पा सकूँगा।"

वातासी बोली, "मेरे हृदय में जितना प्रेम है, मैं सारा दूँगी।" गंगाधर, कमाल, मानिकचन्द्र, सैफ़ुद्दीन सबने आश्वासन दिया—"हाँ देंगे।"

चूड़ामनी ने प्यार पाने की ख़ातिर अपना हाथ आगे बढ़ा दिया।

ऐसे क्या प्यार दिया जा सकता है?—सब विस्मित थे। सब लोग मिलकर चूड़ामनी के बदन को सहलाने लगे। चूड़ामनी की पीठ पर वातासी अपना मुँह घिसने लगी।

धीरे-धीरे चूड़ामनी सीधा खड़ा हो गया। उसके बालों की जटा खुल गयी, शिराएँ भी दब गयीं। उसकी आँखों में भी चमक आ गयी।

चूड़ामनी ने हुंकार छोड़ी, "तुम वो हो।" और फिर एक ही झटके से उसने बाँस तोड़ डाला। उसका यह रूप देख सब यह सोचकर एक साथ रोने लगे कि उनके प्यार में इतनी शक्ति थी!

चूड़ामनी ने कहा, "मेरे गुरु काना फ़क़ीर हैं! वे सब देख सकते हैं, वे भी तुम लोगों के लिए रो रहे हैं।...बाबा अब मत रोना। ये मुझे सँभाल लेंगे।"

थोड़ी देर चलकर चूड़ामनी बोला, "मुझे भूख लगी है। मुझे कौन खाने को देगा?'

वातासी बोली, "ठाकुर अब गाँव पहुँचने में दो कोस ही बाक़ी हैं। तुम गाँव चलो, सभी खाने को देंगे।"

चूड़ामनी ने कहा, "सब देंगे—क्या कहती हो?"

वातासी और साथियों ने इस बात का समर्थन किया।

"मेरी भूख कुछ ज़्यादा है।"

"तुम जितना चाहोगे, सब मिलेगा।"

उनके गाँव पहुँचने पर शोरगुल मच गया। सबने यही सोचा कि शायद डाकू आ गये हैं।

भीड़ को धक्का देकर छिरु वैरागी सामने आकर बोला, "हाँ यही तो है। वातासी ही यह कर सकती थी, इतनी दूर से इसे लेकर आयी है।"

पर सब इस बात को नहीं स्वीकार रहे थे। कइयों की आँखों में सन्देह के बादल थे। क्या यही शूरवीर चूड़ामनी है?—यह सफ़ेद बालोंवाला, नशाख़ोर तो श्मशान का वासी लग रहा है!

उनकी कल्पना में तो चूड़ामनी एक रूपवान युवक, सपाट चौड़ी छातीवाला, आँखों में दीप्ति लिये, सबको अपनी तरफ़ आकर्षित करनेवाला था। जो पच्चीस बरस पहले चला गया, वह क्या अब वापस लौट सकता है?

फिर भी किसी ने औपचारिक तौर पर हाँ कह दिया और कुछ ने प्रतिवाद भी किया। युवतियाँ आकर बूढ़े को देख निराश होकर चली गयीं।

धीरे-धीरे प्रतिवादियों की संख्या बढ़ने लगी। वातासी और साथियों ने जो बताया, उस पर किसी ने विश्वास नहीं किया। यह फ़ालतू आदमी कैसे तालाब का पानी पलक झपकते पी सकता है या बड़ा-सा बाँस उखाड़कर फेंक सकता है? यह आदमी तो नशेड़ी है, क्या वातासी और दूसरे लड़के भी किसी अखाड़े से नशा करके लौटे हैं?

चूड़ामनी बिना किसी से बातचीत किये चुपचाप पीपल के पेड़ के नीचे बैठा रहा। धीरे-धीरे वह अचेत होकर एक ओर लुढ़क गया। वातासी की माँ भागकर आयी और चूड़ामनी की छाती पर पड़कर दहाड़ें मार रोने लगी, "हाय, तुमने इसे मार डाला! यह तो इतने दिनों बाद आया था, तब भी किसी ने इसे कुछ नहीं दिया।"

तभी छिरु वैरागी ने अपनी राय दी, "उसका नाम लेकर बुलाओ, वह जाग जाएगा।"

वातासी को भी यही ठीक लगा, क्योंकि काना फ़क़ीर के आश्रम में अपना नाम सुनकर चूड़ामनी जग उठा था। वातासी ने चूड़ामनी के कानों के पास मुँह ले जाकर पुकारा, "चूड़ामनी ठाकुर! वापस लौट आओ!"

अविश्वासी लोगों ने भी ज़ोर से उसका नाम लेकर पुकारना शुरू कर दिया। जब सबने एक स्वर में उसका नाम लिया तो चूड़ामनी ने आँखें खोलीं और पूछा, "मुझे क्यों पुकारा?" उसी समय छिरु वैरागी ने कहा, "उसे पानी तो लाकर दो!"

वातासी बोली, "चूड़ामनी ठाकुर तुम हमारे घर चलो, तुम्हें खाना बनाकर खिलाऊँगी।"

चूड़ामनी ने पहले वातासी, उसके बाद भीड़ की ओर देखकर कहा, "तुमने तो कहा था कि गाँव का प्रत्येक व्यक्ति मुझे खाना देगा!"

वातासी की माँ ने कहा, "हम लकड़ी बटोरकर गुज़ारा करते हैं। हम तुम्हें भरपेट खाना दे सकते हैं!—चलो ठाकुर।"

पर चूड़ामनी तो अबोध शिशु की तरह यही ज़िद करने लगा, "मैं तभी खाऊँगा जब सब मिलकर मुझे खिलाएँगे।"

सभी आश्चर्यचकित थे, एक आदमी के लिए सारे घरों से खाना आएगा! यह मानुस है या राक्षस?

छिरु वैरागी ने समझाया, "चूड़ामनी ठाकुर का तात्पर्य है कि सब अपने-अपने घरों से चावल के पाँच-पाँच दाने ले आओ। फिर वही चावल इकट्ठा कर कोई उसे उबाल दे। इसका यही तात्पर्य निकलेगा कि सबने उसे खिला दिया।"

वातासी और साथी मिट्टी का सकोरा लेकर घर-घर घूमे। लेकिन पूरा गाँव घूमने के बाद आधा सकोरा भी नहीं भर पाया।

वातासी ने वही सकोरा छिरु वैरागी को दिखाकर कहा, "इतने से चावल से क्या इतने लम्बे-चौड़े आदमी का पेट भर सकता है? तुमने पाँच-पाँच दाना लाने को क्यों कहा?"

यह सुन चूड़ामनी छिरु वैरागी को देखकर मुसकराने लगा। छिरु वैरागी ने अपना माथा पीटकर कहा, "भिक्षा-पात्र से मेरा पुराना नाता है। सबने पाँच दाने नहीं दिये। किसी ने तीन, किसी ने दो तो किसी ने भूसा दिया है। जिस गाँव के वासी इतने प्रवंचक हैं, उन्हें डकैत नहीं मारेंगे तो और क्या।"

तब शर्म के मारे कई लोग आकर दो-तीन दाने चावल और दे गये। केवल तीन लोग आकर बोले, "हमारे घर में चावल का एक दाना भी नहीं है, क्षमा करना। इच्छा तो है, पर सामर्थ्य नहीं है—किसी और दिन दे देंगे।"

वातासी ने चावल उबालकर केले के पत्ते पर परोसकर साथ में नमक, हरी मिर्च भी दिया। उसी को चूड़ामनी ने अमृत मानकर खाया। फिर अपनी परम तृप्ति को उजागर किया।

छिरु वैरागी ने कहा, "आज की रात सो लो, कितनी दूर से आये हो। कल तुम्हारी सारी बातें सुनेंगे।"

पर विश्राम का अवसर नहीं मिल पाया, क्योंकि कुछ लोगों ने भागते हुए आकर ख़बर दी, "नदी के उस पार धूल की आँधी-सी दिखाई दे रही है, शायद डकैत आ गये हैं।"

वातासी व्याकुल स्वर से बोली, "ठाकुर! उठो, डकैत आ गये हैं!" पर चूड़ामनी के चेहरे पर तो त्रास था। उसका शरीर छोटा होने लगा। वह तो जैसे धरती फटने की प्रतीक्षा में था। वातासी ने उसका हाथ पकड़कर खींचा तो वह मिन्नतें करने लगा, "मैं ठाकुर नहीं हूँ। मैं तो केवल चूड़ामनी हूँ। मैं इतने डाकुओं से भला कैसे मुक़ाबला करूँगा? मेरे शरीर में ताक़त नहीं है। मुझे तुम लोग प्रेम से भर दो।"

वातासी उन्मादिनी-सी चिल्लाने लगी, "सभी आकर चूड़ामनी ठाकुर को प्रेम से

भर दो! उसे छूओ!"

डाकू आनेवाले थे। अब देर करने का समय नहीं था। सभी भागकर चूड़ामनी के शरीर पर हाथ फेरने लगे।

वातासी ने चूड़ामनी के शरीर को चूमना शुरू किया तो दूसरी लड़कियाँ भी उसकी देखा-देखी उसे चूमने लगीं। चूमने की होड़-सी मच गयी। सब जैसे एक-दूसरे को व्याकुल होकर चूम रही थीं! लग रहा था, बीच में जैसे चूड़ामनी है ही नहीं।...

अचानक सबको हटाकर चूड़ामनी अपनी दोनों बाँहें फैलाकर बोला, "अब मुझे शक्ति मिल गयी है। अब किसी प्रकार का भय नहीं है।"

सभी ने ग़ौर किया कि चूड़ामनी का रूपान्तरण हो चुका था। उसके शरीर में तेज़, म्लान मुख पर हँसी थी। छाती जैसे लोहे के कपाट, और बाँहें मुग्दर जैसी थीं। माथे के बाल भी सफ़ेद नहीं थे, केवल धूल मिट्टी से सने थे।

चूड़ामनी ने कहा, "मेरे हथियार कहाँ हैं?"

डाकुओं के पास तो कितने भयंकर हथियार रहते हैं। कम-से-कम एक अस्त्र तो चाहिए। इस गाँव में तो लाठी, बल्लम के अतिरिक्त कोई शस्त्र न था। सिर्फ़ रतनमनी के पास कटार थी, उसने वही लाकर दे दी।

चूड़ामनी ने कहा, "सिर्फ़ इससे तो होगा नहीं, सबके पास से एक-एक चाहिए और अगर कुछ भी न दे सको तो कम-से-कम हर-एक अपने माथे का एक-एक बाल नोच कर दे दो।"

सभी ने अपने माथे के एक-एक बाल नोचकर दे दिये। वातासी जब बाल नोच रही थी तो एक भय की भावना ने उसे घेर लिया। यह इनसान डाकुओ का मुक़ाबला कर तो पाएगा? अगर डकैत उसका धड़ एक ही वार से काट डालें तो?

वह धीमे स्वर में बोली, "ठाकुर तुम यहाँ से भाग जाओ। डाकुओं के सामने मत जाना।"

डकैतों ने नदी पार कर ली थी। घोड़ों की टाप सुनकर लोग घरों को छोड़ मैदान की ओर भाग रहे थे।

चूड़ामनी ने कहा, "अब कहाँ भागूँगा? अब तो कोई चारा भी नहीं है।"

वातासी बोली, "तुम क्या डाकुओं से जीत पाओगे? अकेले क्या उनसे कोई लड़ सकता है?"

चूड़ामनी ने कहा, "भागने से क्या गाँववाले मुझे छोड़ देंगे? अगर डकैतों का मुक़ाबला नहीं कर पाया तो क्या मैं सच्चा इनसान कहलाऊँगा? मेरी एक सच्चा मानव बनने की बड़ी ख़्वाहिश है!"

वातासी आश्चर्य से बोली, "इनसान नहीं तो क्या बनोगे?"

"निष्फल मिट्टी का ढेला!" चूड़ामनी ने कहा।

डाकू-असल जगह पर पहुँचे तो चूड़ामनी ने बीच सड़क पर छाती ठोंककर पूछा, "तुम कौन?"

भयंकर डाकुओं का दल पहली बार चौंककर रुक गया। छः घुड़सवार—सबके चेहरे और शरीर काले कपड़ों से ढँके थे। तीन डकैतों के हाथों में जलती मशालें थीं।

चूड़ामनी ने अपने माथे के बालों के साथ बाक़ी बालों को मिलाकर दिखाते हुए डाकुओं को ललकारा, "पहले इसे काटो फिर मेरा सिर काटना।"

एक घुड़सवार नीचे उतरकर तलवार से उसे काटनेवाला ही था कि चूड़ामनी के गले से ज़ोरों का अट्टहास निकला, जिसमें मेघों की गर्जना और समुद्र की लहरों की हरहराती तरंग दोनों शामिल थीं।

ज़ोरों से नंगी तलवार से चोट करने पर भी सिर नहीं कटा। डाकुओं के सरदार ने तीन वार किये। चौथे वार से उसकी तलवार के दो टुकड़े हो गये!

चूड़ामनी हँसकर बोला, "एक और अस्त्र लाकर मेरा सिर काटो!—देखो क्या होता है?"

डाकुओं का सरदार अपनी तलवार फेंक चूड़ामनी के सामने घुटने टेककर काँपते हुए स्वर में बोला, "ठाकुर! हमने बहुत पाप किये हैं। जो चाहो वह सज़ा हमें दो! इतने दिनों तक हम तुम्हारी ही प्रतीक्षा में थे।"

चूड़ामनी ने अपना दाहिना पैर सरदार के माथे पर रखा। दूसरे डाकू भी हाथ जोड़कर दूर खड़े रहे।

चूड़ामनी और सरदार दोनों एक ही मुद्रा में थे। थोड़ी ही देर में दोनों के शरीर से मांस कटकर गिरने लगा, हड्डियाँ पेड़ का तना बन गयीं और उन पर मटमैले रंग से लिपाई हो गयी।

जो लोग डरकर भाग गये थे, वे वापस आकर उन्हें घेरकर खड़े हो गये। कोई दुआ करने लगा, कोई फूल, बेल-पत्र से श्रद्धांजलि देने लगा।

केवल वातासी आँसू बहाती रही और अपने आँसू चूड़ामनी को अर्पित करती रही।...

माँ की भूख

वह लड़का किसी से ज़्यादा बातचीत नहीं करता। घर के बाहर जो पपीते का पेड़ है, वह उससे सटा खड़ा दाहिने पैर के अँगूठे से मिट्टी खरोंचता रहता है। वह बड़ी-सी धोती पहने रहता है और उसका नंगा बदन तेल से चमकता रहता है। उसका रंग काफ़ी काला है। अभी दाढ़ी-मूँछें नहीं उगीं। माथे पर घने बालों में लाल रंग का फ़ीता बाँधे है और उसमें शकुनि का पंख खोंसे हुए है। उसकी उम्र बाईस या तेईस के क़रीब होगी।

मंगला आँगन में झाड़ू लगाते-लगाते तीसरी बार बोल उठी, ''आज कुछ भी नहीं है रे!''

आँगन के एक कोने में तीन हंसों के जोड़े आवाज़ करते हुए घूम रहे थे। इमली के तले झिरझिरी छाया में कुत्ता बैठा था। धान के गोदाम के पास जगदीश दुहरी लुंगी के ऊपर फ़तुआ पहने खाट पर बैठा पुराना अख़बार पढ़ रहा था। उसका एक पैर लकवाग्रस्त था, जिसके कारण वह कभी भी ज़िन्दगी में सीधा दो पैरों पर नहीं चल पाया था।...

जगदीश ने सिर ऊपर करके पूछा, ''कौन है, क्या चाहिए।''

मंगला सीधी खड़ी हो रंगीन साड़ी के आँचल से चेहरे को पोंछकर बोली, ''वह लोधा का बेटा डुलुंग आया है।''

जगदीश एक शरीफ़े के पेड़ की ओट में बैठा था, तभी लड़के को ठीक से देख नहीं पा रहा था। उसकी भौंहें थोड़ी वक्र हो गयीं, उसने धीमे से पूछा, ''उससे आज क्या करवाओगी?''

मंगला बोली, ''यही तो मैं कह रही थी—आज कोई काम नहीं है, तब भी खड़ा हुआ है, जाता ही नहीं।'' यह कोई हँसी की बात न थी फिर भी मंगला हँसी। इतना बड़ा जवान लड़का किसी बात का अर्थ नहीं समझता! सिर्फ़ पपीते के पेड़ के नीचे नाख़ून से खोदकर गड्ढा कर दिया है!...

जगदीश ने कहा, ''उसे जाने को कह दो। कहो—अभी दो-तीन महीने हमें उसकी

कोई दरकार नहीं।''

कुत्ता अचानक नींद से उठकर बेड़े के पास भूँकने लगा।

कत्ते को चुप करने को कह मंगला ने कमला को एक कटोरा मुरमुरा लाने के लिए कहा। जगदीश दाँत पीसकर बोला, ''उसे फिर मुरमुरा खिलाओगी?''

मंगला ने उसकी बात की परवाह नहीं की।

ज़मीन-जायदाद, पैसे आदि के मामले में जैसे वह अपने पति के काम का प्रतिवाद नहीं करती या विरोध नहीं करती, उसी तरह घर-गृहस्थी के मामलों में पति की राय को महत्त्व नहीं देती।

सोलह-सत्रह बरस की किशोरी कमला कटोरे में मुरमुरा भरकर ले आयी। उसने पहले ही डुलुंग को देख लिया था। वह साथ में तीन प्याज और दस हरी मिर्च भी ले आयी।

उसके पास रखकर बोली, ''लो!'' पहले तो डुलुंग ने अंजुरी में मुरमुरा लेने की कोशिश की, पर जब काफ़ी मात्रा में मुरमुरा देखा तो धोती की खूँट को आगे कर दिया।

इस तरह के जवान मर्द को भिक्षा की तरह मुरमुरा देना कमला को बुरा लगता है। लेकिन वह डुलुंग से थोड़ा भय भी खाती है। उसकी कत्थई आँखों में हमेशा गुस्से जैसा भाव उसे दिखाई पड़ता है।...

वह मुरमुरा पोटली में बाँधकर मैदान की ओर चल पड़ा। आँगन में आकर कमला हँसने लगी। मंगला ने भी उसमें सुर मिलाया। जगदीश फिर से मन लगाकर अख़बार पढ़ने में मगन हो गया।

दो हफ़्ते पहले धान उबालने के लिए काफ़ी लकड़ी की ज़रूरंत पड़ी थी। इन दिनों लकड़ी की कमी हो गयी है। उनके बग़ीचे में एक जामुन के पेड़ में दीमक लगने से वह खोखला हो गया। उन्होंने सोचा—उसे रखने से कोई फ़ायदा नहीं है, वैसे भी लकड़ी की कमी है। पर उसे कौन काटता? घर में एक ही तो मर्द है, वह भी हर वक़्त बैठा रहता है। लगातार बैठे रहने से उसकी ताक़त भी कम हो गयी है।...

लोधा का छोकरा डुलुंग मैदानों में घूमता रहता है। उसे मंगला ने बुलाया। वह आया और एक बार कहने से ही उसने पेड़ को टुकड़े-टुकड़े करके काटकर रख दिया। बदले में पाँच रुपया पाकर ही वह खुश हो गया...

इनके एक खेत में मुरमुरेवाले धान की पैदावार ज़्यादा होती है। मंगला उस दिन भी मुरमुरा तल रही थी। डुलुंग को इतनी मेहनत करते देख उसे भी दिया। उस समय वह एक देखने लायक़ दृश्य था।—डुलुंग को इतना भी होश नहीं था कि खाना दायें हाथ से खाना चाहिए, लेकिन वह दोनों हाथों से एक बड़ा कटोरा चट

कर गया! जब पूछा कि और लोगे, तब उसने हामी भर दी थी।

तीखी मिर्ची तो वह ऐसे चबा जाता है जैसे एक तोता मिर्ची के तीखेपन की परवाह नहीं करता। जब फिर से दिया तो उसने उसमें पानी डाला और कौर बना-बनाकर खाने लगा। लगा कि जैसे वह अमृतपान कर रहा हो! बड़ा ही मज़ा आया उस दिन।

जगदीश को लोधा के बेटे से मज़दूरी करवाना पसन्द न था। उन लोगों को एक बार घर में घुसने दिया जाए तो वे घर की सारी ख़बर ले लेते हैं। फिर कब आकर चोरी कर जाएँ, किसे पता? इसके अलावा इस घर में अगर किसी दिन मजूरी करवाने की ज़रूरत पड़ी तो साँओताल परिवार के किसी को बुलाया जाता है, दूसरे गाँव के लोधा परिवारों को काम देने से वे नाराज़ हो जाते हैं।

परन्तु रोज़ तो काम नहीं रहता, फिर भी वह लड़का प्रतिदिन ख़बर लेने आने लगा है! वह कुछ देर दीवार के उस पार खड़ा रहता है। वह न तो किसी तरह की फ़र्माइश करता है और न ही किसी बात का दावा करता है। एक कटोरा मुरमुरा मिल जाने से खुश होकर चला भी जाता है। पता नहीं काम की तलाश में आता है या खाने की? मुरमुरा क्या कहीं और से नहीं मिल सकता?

एक दिन मंगला घर में नहीं थी। वह कनकदुर्गा मन्दिर में मनौतीवाली पूजा करने के लिए गयी थी। डुलुंग दीवार फाँदकर अन्दर आ गया। वह शायद धैर्य नहीं रख पा रहा था। जगदीश ने डाँटा, "ऐ लड़के! अन्दर कैसे आ गया? किसने तुझे आने का हुक्म दिया? भूत की तरह काहे खड़ा है? बाहर भाग। घर में कोई नहीं है।"

उसका बदन पत्थर की माफ़िक़ सख़्त, लोहे जैसी छाती, माथे पर घुँघराले बाल, हाथ में धारवाली लाठी, लेकिन वह जगदीश जैसे अपंग इनसान से लताड़ खाकर डरकर आँगन से भाग खड़ा हुआ।

जिसके बदन में ताक़त नहीं, उसकी शक्ति है दौलत! जिसमें पैसे का ज़ोर है, उसके पास बन्दूक़ भी रहती है। जगदीश के पास बन्दूक़ तो है ही, साथ ही आसपास के गाँववालों को मालूम है कि जगदीश की तरह तेज़ दिमाग़वाला इनसान कम ही दिखता है।

वह सुबह से शाम तक आँगन में खाट पर बैठा रहता है। बारिश आने से खटिया किसी तिरपाल के नीचे खींच ली जाती है। यहीं बैठे-बैठे जगदीश सम्पत्ति का कारोबार चलाता है। उसकी ज़मीन पर खेती मज़दूर करते हैं। उनसे वह कभी हँसकर बात करता है तो कभी उन्हें धमकाता है। कभी-कभी खुश होकर उन्हें पैसे थोड़े ज़्यादा देता है तो कभी कम। पर किसी को भी काम से इधर-उधर नहीं होने देता। उसकी दृष्टि काफ़ी पैनी है। इसी तरह से उसने दो बेटियों की शादी कर देने के बावजूद

ज़मीन-जायदाद दुगुनी कर ली है।

लेकिन वह केवल पैसा कमानेवाला गँवार नहीं है। उसने स्कूल में कक्षा नौवीं तक विद्या भी हासिल की थी। बाद में इसी खाट पर बैठे-बैठे स्वयं को शिक्षित कर डाला। जब भी समय मिलता है, वह कुछ-न-कुछ पढ़ता है। पोस्ट ऑफ़िस में उसके नाम से पत्रिकाएँ-अख़बार आदि आया करते हैं। अपने इस अपंग शरीर को लेकर वह बाहर कम ही निकलता है, पर पूरे देश में कहाँ क्या हो रहा है, वह सब समाचार उसे कण्ठस्थ हैं। यहाँ तक कि उसके घर में विदेशी अतिथियों का आना-जाना भी होता है।

धान का गोला तो दिखावे के लिए है। वह बिल्कुल ही मूर्ख होगा, जो आजकल आँगन में गोलाघर में धान भरकर रखता हो। यह तो जैसे चोर-डाकुओं को न्यौता देना हुआ! घर में खाने-भर के लिए चावल रखकर बाक़ी बेच देता है। कभी ज़्यादा पैसा घर में नहीं रखता। पोस्ट ऑफ़िस किसलिए है?

उसके पास बन्दूक़ तो है पर वह बाहर नहीं निकालता। साल में सिर्फ़ एक बार एस.डी.ओ. दफ़्तर में जाकर लाइसेन्स बदलवाने के लिए बन्दूक़ निकालता है। सात साल पहले उसने पागल कुत्ते को एक गोली से मारकर अपने निशाने की धौंस जमायी थी। अभी भी आसपास के गाँववाले इसकी चर्चा करते हैं।

धान का गोलाघर पूरी तरह से ख़ाली नहीं रखना चाहिए, इसीलिए हर मौसम में उसमें दो सूप धान डाला जाता है। जगदीश बीच-बीच में मंगला से कहता है कि गोलाघर को गोबर से लीप दिया करे, तब वह बाप-दादाओं के ज़माने जैसा सुन्दर लगने लगता है। जगदीश को भी उसे देखना भाता है।

वह उस गोलाघर से टिककर भी बैठता है। उसके घर से दायीं तरफ़ अपना बग़ीचा है, जिसके नीचे ढलुआ से जाकर मैदान, फिर नदी है, जिसकी तरफ़ से नज़र हटाए नहीं हटती।

काफ़ी दूर—एक खजूर के पेड़ के नीचे लोधा का वह जवान लड़का डुलुंग बैठा है। इन दिनों उसका खाने के लिए आना बन्द है। बीच में कभी वह अपने हाथ की लाठी उठाकर कूदता है, कि तभी मुँह के बल ज़मीन पर गिर पड़ता है। लगता है, मानों छाया में कठपुतली का नाच हो रहा हो।

चाय का गिलास हाथ में ले कमला इधर-उधर देख बोली, "पिताजी, वह लड़का इधर-उधर क्यों घूमता है? वह कोई काम क्यों नहीं करता?" जगदीश ने जवाब में कहा, "वह क्या काम करेगा? खेती का काम उसे नहीं आता। कुछ भी तो आता नहीं उसे। किसी भी काम में उसका मन दो दिनों से ज़्यादा नहीं लगता। पता है, मैदान में वह क्यों घूमता है? वह चूहों की तलाश करता है।"

"क्यों?"

''हाँ, चूहों की तलाश। फ़सल कट गयी है। ऐसे में धान के टुकड़ों की लालच में मोटे-मोट चूहे इधर-उधर घूमते हैं। ये लोग चूहों का मांस खाते हैं।''

''थूः—चूहों का मांस?''

''चूहों का मांस, शायद कुछ और भी।''

''तब क्या डुलुंग सारा साल चूहों का मांस खाता है?''

''नहीं उतने चूहे कहाँ से पाएगा?—और फिर चूहे पकड़ना भी तो आसान काम नहीं है। जब मैदान में नहीं मिलता तो जंगल में चला जाता है। नदी के उस पार है वह जंगल। वहाँ खरगोश मिल सकता है। कई पेड़ों के तनों को भी पीसकर सत्तू की तरह खाते हैं। ये लोग जंगली जामुन और महुवे का फल भी खाते हैं! ये लोग ब्याह के वक़्त क्या करते हैं, पता है?''

कमला ने 'ना' में सिर हिलाया।

''सोच ले कि उस छोकरे का—जिसका नाम डुलुंग है, अगर वह शादी करना चाहता है और उसे एक लड़की भी पसन्द आ गयी है; तो उस लड़की के बाप को जंगल में ले जाकर वह जल्दी से एक बड़े पेड़ के ऊपर चढ़कर हाथ फैलाकर कहेगा—'उस टीले के ऊपर जो रेशम का पेड़ लहरा रहा है, यहाँ से वहाँ तक का जंगल मेरा है!' ''

कमला ने फिर से सिर हिलाया—''अच्छा!''

जगदीश ने आगे कहा, ''जंगल का मालिक तो वह नहीं है, जंगल तो सरकारी है; लेकिन वह लड़का—दूल्हा यही जताना चाहता है कि इतने बड़े जंगल में जो भी फल-मूल होते हैं, उन सबको बटोरने का सिर्फ़ उसी को हक़ है। उसी से वह अपनी पत्नी का भरण-पोषण करेगा।''

कमला ने अपने पिता की ओर गर्व से देखा। उसने जब से होश सँभाला है, अपने पिता को खाट से सटे देखा है। कभी उसने उसे ज़मीन पर या नदी के पार जंगल की ओर जाते नहीं देखा। वह एक पैर से अपाहिज है, तब भी वह चलना चाहता ही नहीं। कमला ने सुना था कि उसका पिता किसी से ग़ुस्से में कह रहा था, ''लँगड़ाकर तो भिखारी चला करते हैं, मैं क्या कोई भिखारी हूँ।''

जगदीश मैदान या जंगल में तो नहीं जाता, पर उसे वहाँ का सारा वृत्तान्त मालूम है। कमला नदी के उस पारवाले अरण्य की ओर देखती रही, जो उसके लिए अनजाना था।

कल्पना की आँखों से उसे एक सुदर्शन युवक दिखा, जो एक विशाल गोंद के पेड़ की डाल पर चढ़कर चिल्ला-चिल्लाकर कह रहा है कि यह पूरा जंगल मेरा है। डुलुंग का ब्याह हो चुका है? पर उसकी ज़बान से तो बात निकलती ही नहीं।

शीत की एक लहर ने आकर उसका स्पर्श किया, उसे धूप काफ़ी सुहानी लगी।

कमला धीरे-धीरे तालाब के किनारे चली गयी।

सबसे पहले मंगला की नींद टूटी। जिसको पूरे परिवार के झमेलों से जूझना पड़ता है, उसकी नींद कभी भी गाढ़ी नहीं हो सकती। दो महीने पहले चोर आया था। कुत्ता भूँकने से पहले ही मंगला उठकर चिल्लाने लगी थी। उसके चिल्लाने से चोर भाग गये थे। रात को मंगला को बाहर निकलने में भी भय नहीं लगता। आज भी मंगला आँखें खोलकर चौंकी। पहले तो लगा कि सपना है।

फिर सोचा—आँधी आयी है क्या? अभी-अभी सीताफल की बेल को छत के ऊपर उठाया गया है। वे सब बर्बाद हो जाएँगे! नहीं—अगहन के महीने में कैसे तूफ़ान आ सकता है? या काफ़ी लोग एकत्रित होकर बातचीत कर रहे हैं!...

कुछ ही पलों में मंगला की खुमारी टूट गयी। पति को धक्का देकर बोली, ''वो आ गये।''

पासवाले कमरे में कमला, नीति बुआ और उसका बेटा लड्डू—सभी जग उठे। जगदीश बड़ावाला टार्च हाथ में लेकर लँगड़ाकर बाहर निकला।

चाँदनी में पूरा आँगन नहा गया था। आँधी का कहीं नामोनिशान न था। फिर आवाज़ आ रही थी। एक-एक करके घर के चक्कर काटकर विशाल पक्षी डैने फैलाकर शिरीष के पेड़ पर बैठ रहे थे।

कमला फिसफिसाकर बोली, ''माँ, पिछले साल ये दोपहरी में आये थे।''

मंगला को पता था। कभी भी ये रात को नहीं आये थे। अभी रात का तीसरा प्रहर था। कितनी दूर से आसमान चीर कर आते हैं, फिर भी इस बग़ीचे को पहचान जाते हैं!

लड्डू गिनने लगा—''तेरह, चौदह—पन्द्रह।''

एक बार दिन में दो सौ सात आये थे।

पेड़ों पर बैठकर चहचहाने लगे। कभी-कभी लगता है, जैसे इनसानों का स्वर हो...एक आदमी दूसरे के साथ बात कर रहा हो! जैसे कह रहे हों—''हम आ गये हैं—तुम्हारे अतिथि! हमें पहचान पा रहे हो?''

आख़िरी दो पंछी नीचे आ गये थे, जैसे उन्हें प्रणाम कर रहे हों!

''कितने सुन्दर हैं!'' कमला ने कहा।

जगदीश ज़्यादा देर तक खड़ा नहीं रह सकता। वह एक चौकी पर बैठकर सिगरेट सुलगाने लगा। ठण्डी हवा और चाँदनी में सफ़ेद चिड़िया एक परी सरीखी लग रही थी।

मंगला ने कहा, ''ठण्ड लग जाएगी, अन्दर चलो।''

जगदीश बोला, "तुम लोग सो जाओ, मैं और थोड़ी देर बैठूँगा।"

अब हर दिन ये पंछी दिखेंगे, पर चाँदनी की रोशनी में उनके उड़ने का दृश्य मन को मुग्ध कर लेता है। यही मुग्धता जगदीश पर भी छा जाती है।

तेज़-तर्रार, दौलतमन्द और बुद्धि-सम्पन्न जगदीश जैसे आदमी का पंछियों के प्रति यह प्यार भी रहस्यमय प्रतीत होता है, क्योंकि इनसे तो उसके नफ़े-नुक़सान का रिश्ता नहीं जोड़ा जा सकता। परन्तु यह भी विस्मयकारी ही है कि ये विदेशी पंछी भी इस गाँव के और किसी घर में नहीं जाते और न ही किसी और पेड़ पर बैठते हैं। जगदीश के बग़ीचे के दोनों शिरीष वृक्ष उन्हें पसन्द हैं। उन्हीं पर वे सटकर बैठा करते हैं। जब एक साथ सारे पंछी चहचहाते हैं तो और कोई दूसरी आवाज़ सुनाई नहीं देती।...

सारस श्रेणी के पंछी कहाँ से आते हैं, इसका ठीक-ठाक पता तो किसी को भी मालूम नहीं। कोई कहता है कि आस्ट्रेलिया से तो कोई स्वीडन से बताता है। दोनों ही देश पृथ्वी के विपरीत सिरे पर हैं, इसका पता जगदीश को है। पंछियों के बारे में उसने बांग्ला किताबें ऑर्डर करके कलकत्ते से भी मँगवा रखी हैं। 'माइग्रेटरी बर्ड' के बारे में उसने पढ़ा है, पर उसके बग़ीचे में पंछी किस देश से आते हैं, इसका पता उसे अभी तक नहीं लग पाया।

साँओताल के लोग इसे साहब पंछी का ख़िताब देते हैं। जगदीश अपने आँगन से कहीं बाहर नहीं जाता, तभी ये पंछी उसे बाहरी दुनिया के दूत लगते हैं।

शहर के लोग यहाँ घूमने आते हैं तो इन पंछियों को ज़रूर देखते हैं। एक-एक व्यक्ति इनका अँग्रेज़ी नाम बताता है, बांग्ला में साफ़-साफ़ समझा नहीं पाते। अख़बार वाले भी आये थे और तस्वीर खींचकर यहाँ से चले गये। बाहर के लोग इस गाँव में आकर ही पूछते है कि पंछीवाले जगदीश मण्डल का घर कौन-सा है?

इस गाँव के साँओताल जातिवाले लोग इन पंछियों को नहीं मारते। केवल लोधा जाति से भय लगता है। किसी ज़माने में ये बंजारे थे, अब घर-संसार बसाकर रहते तो हैं, पर अब भी उनके स्वभाव में जंगलीपना रह गया है। ये जंगल में घूमते रहते हैं। जिस जंगल में जानवर नहीं हैं, वहाँ से भी अचानक सूअर मारकर ले आते हैं। साँप, चूहा, कबूतर मारकर, उसे भूनकर तो खाते ही हैं। इतने विशाल सारस पंछी उनके हाथ लगें तो अवश्य ही मारेंगे। एक-एक पंछी का मांस कम-से-कम चार-पाँच किलो तो होगा ही।

लोधा जाति और साँओताल जाति का आपसी सम्बन्ध ठीक नहीं है। लोधावाले वैसे तो सीधे कभी अपना इलाक़ा छोड़कर इस गाँव में नहीं आते, फिर भी कुछ को चेतावनी दे दी गयी है। गाँव के किसी घर में चोरी—वह भी भारी चोरी होने पर दो-चार लोधावालों की जमकर पिटाई भी की गयी है। चाहे वे चोरी करें या

न करें, किसी प्रमाण के बिना ही उन्हें डरा-धमकाकर रखा जाता है।

जगदीश रात-भर चाँदनी के नीचे बैठा रहा। सुबह मंगला आयी। उसने शिरीष वृक्ष के तले पंछियों को सूप में से धान खिलाया। कमला ने शंख बजाया और बूढ़ी बुआ ने मंगलगान गाया।

मंगला ने धान दोनों वृक्षों के तले डाला, हालाँकि ये पंछी धान नहीं खाते।

पंछियों से भरे ये पेड़ पूरी तरह से उजले-धवल दिख रहे थे। तिल तक रखने की जगह भी नहीं थी! सब आपस में एक-दूसरे को धक्का दे रहे थे, फिर भी वे दूसरे वृक्षों पर नहीं बैठते। ये वृक्ष उन्हें क्यों इतने भाते थे, पता नहीं। सैंकड़ों मीलों से ये उड़कर आते हैं और यहीं उतरकर बैठ जाते हैं। ग़लती से भी दूसरे किसी वृक्ष की तरफ़ रुख़ नहीं करते।

कमला बोली, "देख तो लड्डू, इस बार लगता है इनके साथ तीन-चार नये भी बच्चे हैं।" पंछियों में छोटे-बड़े ऐसे मिले-जुले थे कि ये पता लगाना मुश्किल था कि उनमें शिशु कौन है? फिर भी लड्डू ज्ञानी की भाँति बोला, "तीन-चार नहीं, पूरे ग्यारह हैं मैंने गिन लिये हैं।"

घर का पालतू कुत्ता भी इन्हें पहचानता है। कोई पंछी अचानक नीचे आये तब भी वह भूँकता नहीं, सिर्फ़ कुँई-कुँई कर पूँछ हिलाता है। किसी समय जब वह पेड़ तले जाता है, तो उसके ऊपर बीट पड़ती है। तब मंगला और लड्डू हँसते हैं।

सारे पंछी एक साथ अपने भोजन का जुगाड़ नहीं कर पाते। एक झुण्ड जाता है तो दूसरा लौट आता है। वे जंगल में घुसना पसन्द नहीं करते, ज़्यादातर नदी के किनारे ही बैठते हैं। वे क्या ख़ाकर ज़िन्दा रहते हैं, यह बताना भी मुश्किल है। जाड़े के मौसम में कितनी मछलियाँ नदी में होती हैं? दूसरे जलजीव आदि भी ज़्यादा नहीं दिखते। पर वे लम्बी-लम्बी चोंच डुबोकर काफ़ी पानी पीते रहते हैं।

सारे पंछियों में सारस श्रेणी की जल-पिपासा अधिक होती है। यह भी जगदीश ने ही बताया था। शायद इस छोटी नदी का पानी इन्हें अच्छा लगता है, तभी वे यहाँ आते हैं।

वे इनसानों से भय नहीं खाते, पर इनसानों से दूरी रखना पसन्द करते हैं, क्योंकि वे नदी किनारे या जंगल की ओर झुण्ड बनाकर आते हैं और वहाँ किसी मानुस को देख मुँह ऊपर कर उसकी अवहेलना का भाव प्रकट करते हैं, मानों उन्हें इनसानों की पहचान है! किसी की आँखों की भाषा पढ़-देखकर एक संग उड़ जाते हैं और किसी को देख थोड़ा हिलते तक नहीं।

शुरू के दिनों में कमला और लड्डू में काफ़ी जोश रहता है। वे काफ़ी देर बग़ीचे में बैठकर पंछियों की आवाज़ सुनते हैं, उनके काम देखते हैं। नदी किनारे जाकर कहीं पत्थर की ओट में बैठ जाते हैं। गाँव के दूसरे लड़के-लड़कियों को देख कमला

एक प्रकार का अवज्ञा का भाव दर्शाती है। जैसे वे उसके घर के पंछी हों, उसके अपने हों!

नदी किनारे सारे धवल फूल अभी तक सूखे नहीं हैं। उनके संग मिलकर ये पंछी एक जैसे लगने लगते हैं। इन सफ़ेद फूलों के साथ सफ़ेद सारसों के झुण्डों का कोई भी पार्थक्य नज़र नहीं आता, आपस में मिल-जुलकर वे सब मानों एकाकार हो गये हों। बीच में कभी-कभी एक-एक पंछी लम्बे डैनों को फैलाता क्षितिज की ओर चला जाता है फिर थोड़ी देर बाद लौट भी आता है। कभी तो नदी के ऊपर ये गोल-गोल घूमने लगते हैं। अपने पैरों को नीचे करने से और नाख़ून फैलाने से नदी के पानी में उनकी छाया जैसी तैरती नज़र आने लगती है।

डुलुंग एक पेड़ के नीचे पत्थर की ओट में बैठा था। जैसे ही उसने कमला तथा दूसरों को आते देखा तो वह उठ खड़ा हुआ। माथे पर बँधी लाल पट्टी में आज उसने शकुनि के पंख के बदले सफ़ेद पंख खोंस रखा था। उसके हाथ में लाठी थी, लेकिन कत्थई आँखों में किसी प्रकार का भाव नहीं था।

लडडू की उम्र केवल ग्यारह के लगभग थी। वह बड़ों की आवाज़ की नक़ल करके गुस्से से बोला–

"ओए तू यहाँ क्या कर रहा है?"

डुलुंग ने कोई भी उत्तर नहीं दिया। फिर लड्डू कमला से बोला, "इस साले की नीयत में खोट है।"

कमला को उसे देख थोड़ी लाज आने लगी। कल सुबह भी डुलुंग घर की बाड़ के पास आ खड़ा हुआ था। मंगला तब तालाब में स्नान करने गयी थी। जगदीश ने उसे ज़बर्दस्त डाँट पिलायी थी, "रोज़-रोज़ मुरमुरा भीख में माँगने चला आता है, तुझे शर्म नहीं आती? इस घर में और कोई भी काम नहीं है, जा भाग!"

घर में मुरमुरा ख़त्म हो चला था। दान में देने लायक़ था भी नहीं, पर अगर मंगला रहती तो ज़रूर देती।

डुलुंग कमला की तरफ़ ऐसे देखने लगा मानों सारा दोष उसी का ही हो। इसी साल से मर्दों को सामने देखने से कमला के बदन में एक प्रकार की झुरझुरी-सी लगनी शुरू हो जाती है। अगले वैशाख में उसका ब्याह होनेवाला है। सारी बातें तय हो चुकी हैं। नीलमनी हाट के जगन्नाथ दास के बेटे के संग उसका ब्याह होनेवाला है, जिनकी एक आटा, चावल की दूकान है और गौशाला में पाँच गायें हैं। केवल दो गाँव के बाद ही तो है; उसके घर में अगर कभी डुलुंग आएगा तो वह उसे भरपेट खाने को देगी!

कमला ने उससे धीरे से पूछा, "तुम्हारा ब्याह हो गया है? तुम एक पेड़ पर चढ़कर....।"

कमला की बातों को अनसुना करता डुलुंग दौड़कर नदी में उतर गया और फिर कमर तक पानी में छपछपाकर नदी पार करता खागड़ा के जंगल में विलीन हो गया।

कमला उसे मुग्ध नयनों से देखती रह गयी। कभी बचपन में वह उस जंगल में गयी थी, अब उसे सब वहाँ जाने से मना करते हैं। वहाँ शायद चोर-डाकू छिपे रहते हैं। वहाँ न जाने कौन लोग पेड़ काटते हैं? बड़े-बड़े पेड़ टूटकर गिर जाते हैं। अब तो जंगल लगभग ख़त्म होने लगा है। अगर सारे के सारे ऊँचे-ऊँचे पेड़ ख़त्म हो जाएँ तो डुलुंग किस पेड़ पर चढ़कर बोलेगा कि, "यह जंगल मेरा है!"

अचानक पंछी जोरों से चीख़ने लगे। अलग-अलग जगहों पर दस-बारह पंछियों के झुण्ड चिल्ला-चिल्लाकर कूद रहे थे। किस चीज़ ने उनमें इतनी बेचैनी भर दी? नदी में तैरकर जो पंछी नहा रहे थे, वे भी चिल्लाने लगे।

लड्डू उत्तेजित स्वर में बोला, "चूहा—चूहा!"

एक बड़ा-सा चूहा डर से इधर-उधर भागा जा रहा था, दस-बारह सारस घेरकर उसे कुतरने की कोशिश में लगे थे। चूहा उनसे बच न पाया। मिनट-भर में ही वह ख़त्म हो गया!

कमला को मितली-सी आने लगी। इतने सुन्दर सफ़ेद पंछी चूहे खाते हैं? डुलुंग इधर चूहों की खोज में आया था। हर साल सारस आकर डुलुंग जैसों के खाद्य में से अपना हिस्सा छीन लेते हैं।

अगले पल कमला सोचने लगी—यह क्या बात हुई माँ काली कि चूहा भी इनसानों का आहार हो सकता है? साँप तो चूहों को मारते ही हैं, कौवे और चील भी चूहा दिखाई पड़ते ही झपट्टा मारकर चट कर जाते हैं।

नदी के उस पार कास-वन के बीच डुलुंग छिपकर बैठा था। उसके हाथों में थी गुलेल। काफ़ी देर से वह कोशिश कर रहा है, फ़िर भी शरीर आशंका, उत्तेजना के कारण काँपने से उसका निशाना बार-बार चूक जाता है; पर लगता है अब उसका निशाना ठीक बैठ जाएगा।...एक छोटा-सा सारस लुढ़क गया। एक ही छलाँग में डुलुंग भी वहाँ पहुँच गया। जल्दी से इधर-उधर देखकर उसने पंछी को ग़ौर से देखा, जो लँगड़ा रहा था, उड़ने की कोशिश कर रहा था, पर ऊँचा उड़ नहीं पा रहा था। कराह रहा था। डुलुंग उस पर झपट पड़ा। अपनी टाँगी से उसने पंछी के गले पर वार किया। उसके शरीर पर ख़ून की धार बह आयी, मगर वह पूरी तरह मरा नहीं था। वह नदी में उतरने की कोशिश करने लगा। डुलुंग ने उसके पैरों को ज़ोरों से जकड़ लिया, और लाठी चलाने लगा। उसे बेतहाशा पीटने लगा।

दूसरे सारस शुरू में डरकर एक साथ उड़ गये, पर थोड़ी दूर जाकर पुकार-पुकारकर

वापस आने लगे। इतने विशाल पंछी नुकीले होंठ, लगभग तीस थे पर, वे इनसानों पर कैसे आक्रमण किया जाता है, नहीं जानते। सिर्फ़ चीख़ना जानते हैं!

डुलुंग ने जिस सारस पर वार किया था, वह अभी बच्चा था। इसीलिए वह बहुत देर तक मार झेल नहीं पाया। डुलुंग ने उसका सिर धड़ से अलग कर दिया था। पंछी की आँखें निश्चल हो गयी थीं।...डुलुंग ने जल्दी से पंख और चमड़ा छुड़ा कर उसे पानी में बहाना चाहा, पर उसके माथे के पास पाँच पंछी ज़ोरों से काँव-काँव कर रहे थे। ऐसे समय चील भी झपट्टा मारते हैं, कौवे भी ठोकर देते हैं!...डुलुंग को भय लगने लगा, पहले वह पंछी का धड़ लेकर भागा, लेकिन वापस लौटकर गर्दन बहोरी; फिर एक हाथ से ज़ोर से लाठी भाँजता हुआ तेज़ी से भागने लगा।

पंछियों के चिल्लाने तथा आर्तनाद में फ़र्क़ ज़रूर किया जा सकता है! उसके ख़ून से सने पंख निकलकर गिरते जा रहे थे।...पंछी को एक हाथ में पकड़कर झुलाते हुए डुलुंग जंगल की तरफ़ दौड़ गया। लड्डू ने उसे देख लिया था, उसे भी ख़ून की महक आ गयी थी!...

जंगल में जाकर एक झाड़ी के पीछे डुलुंग चुपचाप बैठ गया। उसका समूचा शरीर काँप रहा था। उसके पेट में सुबह से जलन हो रही थी, जो अब कम हो गयी थी। इतना बड़ा शिकार उसे पहले कभी नहीं मिला था। इस शिकार का संकट भी उसे मालूम है। पर भूखे पेट आँखों के सामने ऐसा लोभनीय खाद्य देख वह स्वयं को सँभाल नहीं पाया था।

कोई उसके पीछे नहीं आया, किसी प्रकार का शोर भी उसे नहीं सुनाई दिया। धीरे-धीरे उसने सारे पंख छुड़ाकर एक जगह इकट्ठे किये। ये भी काम आएँगे! मांस को टुकड़े-टुकड़े कर उसने जंगली केले के पत्तों में लपेट लिया। फिर शाम होते ही अपने घर वापस लौट आया। उसने सोचा—शिकार के बारे में ज़्यादा लोगों को वह नहीं बताएगा। आज उसके घर में तो दावत होगी, वह जंगल से पंछी का शिकार करके जो आया है! लड्डू ने पहले कमला को सब बताया। वह ख़ुश था, क्योंकि उसे पता था कि उसका जगदीश मामा अब ज़रूर डुलुंग को गोली से मार डालेगा।

लड्डू से कमला बड़ी थी, इसीलिए उसने आसन्न विपदा को भाँप, लड्डू के बालों को पकड़कर चेतावनी दी, ''ख़बरदार, किसी से नहीं कहना! वरना तुझे खाने को नहीं दूँगी, माँ भी तुझे भात नहीं परोसेगी!''

मंगला ने सुना तो उसके चेहरे पर स्याही पुत गयी! इस पक्षी का शिकार करने से घर में अशुभ होगा! कल से छोटी बेटी को ज्वर है। अतिथि को मारा है तो कैसे कुछ अच्छा हो सकता है? मंगला ने थूका और कहा, ''नमकहराम!''

पर जगदीश को बताया नहीं जा सकेगा। वह सारा दोष लोधा जाति पर ही लगाएगा। मंगला ने ही डुलुंग को बुलाकर काम दिया था, इसलिए वह उसे भी दोषी

मानेगा।

आज वृक्षों पर शाम से काफ़ी शोरगुल था। जगदीश अपने-आप बोल उठा, "पेड़ पर साँप तो नहीं चढ़ा?"

मंगला ने जवाब दिया, "जाड़ा आ गया है, अब भला साँप कहाँ से आएगा?"

जगदीश बोला, "एक बड़ा-सा बैंगन के खेत के पास देखा था।"

बदन पर चादर लपेटकर जगदीश लँगड़ाता हुआ पेड़ के पास टॉर्च लेकर गया। रोशनी देखकर पंछी और भी ज़ोरों से चिल्लाने लगे, पर साँप कहीं नज़र नहीं आया।

खाना खाकर जगदीश आँगन में बैठ सिगरेट के कश लेने लगा। उसकी आँखों से नींद गायब हो गयी थी।

थोड़ी देर बाद मंगला को बुलाकर उसने कहा, "सुनो एक पक्षी रो रहा है। ठीक रोने जैसी आवाज़ लग रही है न?"

दिन-भर खाट पर बैठे-बैठे जगदीश पंछियों की बोली सुन-सुनकर शायद उनकी भाषा भी सीख चुका है! मंगला ने भी कान लगाकर सुनने की कोशिश की। 'काँव-काँव' में एक 'कों-कों' का स्वर सुनाई पड़ा, जो रोने जैसा ही था। इनसानों के रोने से कोई ज़्यादा फ़र्क़ उस स्वर में नहीं था।

सावधानी से मंगला बोली, "दो-एक बच्चे तो मरते ही रहते हैं!" वह बात भी ठीक थी, क्योंकि यहाँ काफ़ी पंछी रहते हैं। कुछ तो खुद ही मर जाते हैं। कुछ पेड़ से गिर जाते हैं और कुछ बीमारी से ख़ून की कमी के कारण बुढ़ापे में मरते हैं।

पंछियों में भी शिशु-अवस्था में मृत्यु की घटनाएँ घटती हैं।

मरे हुए पंछियों को ये कुत्तों को भी नहीं खाने देते। उन्हें बड़े जतन से ले जाकर नदी में बहा देते हैं। पेड़ के ऊपर से पक्षी सारी बातों पर ग़ौर करते हैं। वैसे तो पेड़ से गिरनेवाले मृत पंछियों के लिए जीवित पंछी कभी शोक नहीं करते, परन्तु आज स्पष्ट शोक का माहौल था, जिसे समझना ज़रा भी मुश्किल न था। जगदीश का ध्यान बँटाने के लिए मंगला उससे गृहस्थी से सम्बन्धित और तरह की बातें करने लगी। धान की खेती का हिसाब लेते-लेते भी जगदीश कहने लगा, "बिल्कुल इनसानों की तरह रोने की आवाज़ कभी पहले तो नहीं सुनाई पड़ी।"

मंगला बोली, "क़मला कब से खाना परोसकर बैठी है, चलूँ खाना खा लूँ!..."

रोने की आवाज़ सुनते-सुनते जगदीश काफ़ी रात तक नींद में भी छटपटाता रहा। पासवाले कमरे में कमला को भी लड्डू को कई बार भय दिखाना पड़ गया।

भोर होते ही जगदीश फिर से पेड़ तले गया। वहाँ एक भी मरा पंछी उसे नहीं दिखा।

इसके बाद एक वृक्ष के नीचे पत्थर की ओट में बैठकर कमला और लड्डू

पहरेदारी करने लगे। नीति का बुख़ार बढ़ गया था। दूसरे गाँव से डॉक्टर बुलाना पड़ा। मंगला रो-रोकर आँखें सुजा चुकी थी। वह कमला की तरफ़ रोष से देखती जाती। माँ-बेटी में यही क़रार हुआ था कि यह अशुभ संवाद जगदीश को पता न चलने पाये।...लेकिन अब मंगला को लगने लगा कि डुलुंग को सज़ा अवश्य मिलनी चाहिए। उसे सज़ा न मिली तो चिड़िया की माँ का रोना थमना मुश्किल है। उसी अभिशाप के कारण ही क्या मंगला को भी सारी ज़िन्दगी रोना पड़ेगा।

कमला, लड्डू को डुलुंग अब नहीं दिखता था। शायद वह भी डर से इधर नहीं आ रहा था।

डुलुंग आता तो था, पर इस गाँव में प्रवेश नहीं करता था। वह जंगल में बैठा रहता और शाम के बाद धीरे-धीरे नदी की ओर चला जाता। पंछी के झुण्ड शाम के बाद ही स्नान करना पसन्द करते हैं। वे अपनी लम्बी-लम्बी चोंच ऊपर कर आसमान की दिशा में पानी बिखेरते हैं, डैनों से झपट्टा मारते हैं, एक-दूसरे को गर्दन से पकड़कर प्यार करते हैं! चाँदनी के प्रथम प्रहर की रोशनी में उनके धवल शरीर में एक बिजली की झिकमिकी-सी उठती है।

एक बार ख़ून करके डुलुंग की भी हिम्मत बढ़ गयी है। वह भी अब अकसर मौक़े की तलाश में रहता है। कास-वन में साँस रोककर वह ताक में बैठा रहता है। किसी छोटे पंछी को देखते ही वह टंगी के एक वार से गला धड़ से अलग करने की कोशिश करता रहता है।

कमला पाकड़ के पेड़ के नीचे से धीरे-धीरे उसे पुकारती रही, पर किसी तरह की आवाज़ नहीं सुनाई पड़ी।

चाँदनी रात में वे एक दिन आये थे और एक भोर में वे प्रस्थान करने लगे। अभी केवल पन्द्रह दिन ही बीते थे।

जाते वक़्त वे अलग तरह की पुकार करते हैं। शुरू में एक आवाज़ देता है, और फ़िर बाक़ी सब एक स्वर से उसका साथ देते हैं। शुरू में तीन-चार पंछी पेड़ छोड़ डैने फैलाकर गोलबन्द होकर घूमते हैं।

फिर एक-एक दल शून्य में विलीन होने लगता है। दस मिनट में हीं दोनों पेड़ ख़ाली हो जाते हैं।

जगदीश उनकी विदाई को भली प्रकार भाँप लेता है। यह तो और दिनों की तरह आहार की खोज में उड़ना नहीं है! उसके घर को छोड़कर जाते-जाते वे जैसे अलविदा कह जता रहे हों!...थोड़ी ही देर में आसमान पूरी तरह से सफ़ेद दिखने लगा। उनकी चीख़-पुकार में गर्व लबालब भरा था! उनके डैनों से तूफ़ान का आभास हो रहा था!

हर साल तो ये माघ महीने के अन्त तक रहते हैं, लेकिन इस बार अभी तो

ठीक से जाड़ा भी नहीं पड़ा। फिर भी वे जाने लगे हैं।

जगदीश चिल्लाया—"मंगला! मंगला!"

कमला, लड्डू, बुआ सभी आये। यहाँ तक नीति भी भागकर आ गयी। उसका बुख़ार कल उतर गया था। सभी ऊपर की ओर देख रहे थे। सभी को सारी बात समझ में आ चुकी थी।

जगदीश हाय-हाय करने लगा, "तुम्हें कहा था न कि किसी चिड़िया की माँ रोज़ रोती है। अबकी बार उनके साथ ज़रूर कुछ हुआ है।"

लड्डू अब बात को अन्दर नहीं रख सका। वह बोल उठा, "डुलुंग ने ही पक्षी को मारा था।"

कमला ने एक ज़ोरदार चाँटा लड्डू को मारा। जगदीश कुछ समय तो चुप खड़ा रहा, फिर एक लम्बी साँस लेकर बोला, "वे अब कभी लौटकर वापस नहीं आएँगे।"

जगदीश के आदमी साँओताल लोग नदी के उस पार कास-वन में घूम आये। उन्होंने चार जगहों पर सफ़ेद पंख और रोओं सहित ख़ून के निशान भी देखे। लोधा जाति नियमित तौर पर पक्षी मारकर शिकार ले जाते थे, इस बात से तो वे पूरी तरह वाक़िफ़ हो चुके थे। इतनी हिंसक जाति के बीच इतने सुन्दर पक्षी कैसे रह सकते थे? सारी दुनिया में क्या जगह की कमी थी उनके लिए?

साँओताल जाति के लिए पंछी पवित्रता के प्रतीक थे, वे दुःख से दीर्घ निःश्वास छोड़कर चले गये!... जगदीश भी चुप कर खटिया पर लेट गया। उसके मुँह पर शोक की घनी छाया साफ़ दिखाई पड़ रही थी। लगा, जैसे वह इस निखिल विश्व से आज ही हमेशा के लिए छोटे-से आँगन में निर्वासित कर दिया गया था!

दोपहरी में भीड़ शुरू होने लगी। गाँव के काफ़ी सारे लोग शोक व्यक्त करने जमा होने लगे पंछी बेगौसग इस गाँव को छोड़कर चले गये, इससे तो गाँव का ही अपमान होता है। बाहर के लोग थू-थू करेंगे। हालाँकि उनका कोई भी दोष न था।...

लोधाजाति के एक छोकरे को इसी घर से काफ़ी बढ़ावा मिला था, इस बात पर भी चर्चा हुई। कुछ लोगों ने यह भी कहा कि गाँव में चोरी भी बढ़नी शुरू हो गयी थी।

परसों हाट से शाम के वक़्त साँओताल जाति की लड़कियाँ घर वापस लौट रही थीं। फूलमनी नाम की लड़की के पैरों में काँच चुभा तो वह अच्छी तरह से चल नहीं पा रही थी। वह थोड़ा पीछे रह जाती थी, बाक़ी लड़कियाँ आगे बढ़ जातीं। अचानक दो लड़के साल के जंगल की ओट से आये और उसे बाँहों में दबोचकर भाग गये। कोई साँओताल लड़का ऐसा काम नहीं कर सकता, यह ज़रूर लोधा जाति के लड़कों की बदमाशी है।

क्रमशः उत्तेजना बढ़ने लगी। शाम ढलते अँधेरा होने पर पाँच सौ लोगों का बड़ा दल हाथों में लाठी, बल्लम लेकर लोधा गाँव पर आक्रमण करने चला।

लोधावालों ने डुलुंग को पहले ही आगे कर दिया था। मांस बहुतों ने खाया था, पर सारा-का-सारा दोष उसी पर मढ़ दिया गया। शुरू में कुल्हाड़ी का वार खा वह छिटककर जा गिरा। बच्चा सारस जैसे ज़मीन पर छटपटाकर भागने की कोशिश करता है, वह भी वही करने जा रहा था, तभी टंगी का वार उसकी गर्दन पर पड़ा।...

उसका ख़ून करने के बाद भी जनता का रोष कम नहीं हुआ। लोधा के तीन लोग और भी मरे, सत्ताइस लोगों को ज़ख़्मी किया गया। पुलिस आ पायी ढाई दिन के बाद।

जगदीश को कोई छू तक नहीं पाया। वह तो अपाहिज शरीर से दंगा, हंगामा करने नहीं जा सका। उसने अपनी बन्दूक़ भी किसी को उधार नहीं दी। वह तो बराबर खाट पर ही लेटा था। दारोगा बाबू आकर उसके घर में चाय पीकर चले गये।

दस साँओताल सदर में चालान करा दिये गये। पार्टी की ख़ातिर कुछ दिनों के बाद ज़मानत पर रिहा भी कर दिये गये। लोधा से उनकी संख्या ज़्यादा थी। इसी कारण दूसरे राजनैतिक दलों का उन पर प्यार भी ज़्यादा था। इसके बाद मामला-मुक़दमा कब होगा, इस बात का पता नहीं लगा—सारा मामला जैसे रफ़ा-दफ़ा हो गया हो।

कमला बीच-बीच में नींद में चौंककर उठ जाती थी। वह देखती—एक भरे-पूरे वृक्ष पर चढ़कर काले चेहरेवाला नवयुवक हाथों को फैलाकर एलान कर रहा है—"यह जंगल मेरा है।" इसके बाद ही उसे दिखता है कि वही वृक्ष जोरों से चरमराकर गिर पड़ा है। जंगल पूरा-का-पूरा ख़त्म होने लगा!...उसी वक़्त कमला हाथ-पैर पटकने लगती और मुँह से आँ-आँ की आवाज़ें निकालने लगती।

लड़की को मिर्गी का दौरा पड़ा है, यही सोचकर मंगला उसे ले कनक-दुर्गा के मन्दिर में जाती है। पुरोहित जी उस पर मन्त्र पढ़कर जल छिड़ककर उपदेश देते हैं कि ब्याह देने से यह रोग पूरी तरह से चला जाएगा।

जगदीश भी बीच-बीच में बीच रात में उठकर कहने लगता, "पंछी की माँ का रोना सुन पा रही हो? सुनो वही काँ-काँ की आवाज़ पेड़ से आ रही है।"

मंगला काफ़ी सख़्त औरत है। वह पूछती है, "कहाँ है आवाज़? तुम्हें शायद वहम हो गया है!"

जगदीश उदासी के साथ जवाब देता है, "शायद यही होगा! वे बेमौसम चले गये। अब कभी भी इधर का रुख़ नहीं करेंगे।"

मंगला बोली, "पता नहीं अगले बरस क्या होनेवाला है? हम लोगों ने तो किसी

तरह की ग़लती नहीं की थी।''

जगदीश फिर से तकिये पर सिर रखकर दीर्घश्वास लेने लगा।

धीरे-धीरे जाड़ा भी ज़ोरों का आ गया। साँओताल लोग हमेशा की तरह जब अपना शिकार करने जंगल में गये तो उन्हें ख़ाली हाथ वापस लौटना पड़ा। हाथी, सूअर तो दूर की बात थी, एक ख़रगोश भी हाथ न लग सका। साँप, चूहे भी इस जाड़े में अपने बिलों में घुस गये। जंगल में अबकी बार जान नहीं थी। न वह जंगल था, न वो जंगली जानवर? अब शायद कुछ लोगों ने वहाँ खेती भी शुरू कर दी थी।

चावल के भाव भी इसी जाड़े में और बढ़ गये। नदी सूख चुकी थी, साग-सब्ज़ी के भाव भी बढ़ गये थे। असल में इस बार साग-सब्ज़ी की ज़्यादा पैदावार ही नहीं हुई। यह साल बड़ा निष्ठुर था। सभी पक्षियों के बारे में भूल भी गये थे। जाड़े में किसी प्रकार का भी मज़ा नहीं था। फिर कब बारिश होगी, सभी इस आशा में दिन गिनने लगे।

मंगला आँगन में बैठकर मुँगौड़ियाँ डाल रही थी, जगदीश खाट पर पैर फैलाकर आधा सोया हुआ अख़बार पढ़ रहा था। अचानक कुत्ता ज़ोरों से भूँकता हुआ घर के अहाते में चला गया। वहाँ पपीते के पेड़ के पास कोई बैठा था।

मंगला ने कमला से देखने को कहा। कमला और लड्डू एक साथ भागकर देखने गये। कोई मर्द नहीं था, बल्कि एक बूढ़ी औरत पपीते के पेड़ के पास टिककर बैठी थी। उसके बदन पर फटी साड़ी थी, जिसमें कीचड़ लगा था। मुँह पर असंख्य रेखाएँ थीं, जो उम्र की निशानी थी। माथे के सफ़ेद बाल सन की तरह सफ़ेद थे। दृष्टि में एक तरह की उदासी की छाया थी।

''क्या चाहिए?''

उस बूढ़ी ने क्या कहा, समझना मुश्किल था। उसके टूटे स्वर से लगा—शायद उसमें बोलने की ताक़त कभी भी नहीं थी।

''तुम्हें यहाँ क्या चाहिए?''

बूढ़ी कुछ कहने की कोशिश तो कर रही थी, लेकिन उसके पेट से बात निकलते-निकलते ज़बान पर आकर जैसे अटक रही थी।

लड्डू ने उसे पहचान लिया। ''यह तो डुलुंग की माँ है, इसे बाज़ार के पास देखा है।''

कमला सिहर उठी। शायद फिर इस गाँव में लोधावाले आने लगे हैं।

डुलुंग तो हमेशा के लिए खो गया है। वह तो कभी वापस इस गाँव में क्या—दुनिया में ही नहीं लौट पाएगा।

यह उसकी माँ थी। उसके चेहरे की रेखाओं को देखकर लगता था कि उसकी

उम्र हज़ार बरस की होगी।

कमला की शादी का दिन क़रीब आ गया था। अब तो उसके लिए ख़ुशी का आलम था, लेकिन उसकी आँखें क्यों भर आयीं?

बूढ़ी उठकर ज़ोर लगाकर महीन मगर तीखे स्वर में कुछ बोलने की कोशिश कर रही थी। बड़ी मुश्किल से दो-एक शब्द समझ में आये—''मुरमुरा... थोड़ा खाना''...

आकांक्षा

ट्रेन की आवाज़ सुनते ही सर्वानन्द ने अपनी छाया मन्दिर के चबूतरे पर देखी, जो आसमान में सूरज के ढलने के पूर्व छोटी होने लगी थी। आसमान लाल रंग की जगह सफ़ेद रंग का ज़्यादा लग रहा था। सर्वानन्द आश्वस्त हो गये, चलो आज ट्रेन बिल्कुल ठीक समय पर तो आ रही है।

मन्दिर में तो घड़ी नहीं थी, पर सर्वानन्द के पास अपनी एक घड़ी है, जो डेढ़ बरस पूर्व किसी ने उन्हें उपहार में दी थी। यह विलायती घड़ी वकील सुरेश की बीवी ने उन्हें दी थी, जिसमें चाभी नहीं भरनी पड़ती। सर्वानन्द ने उसमें चमड़े का पट्टा निकलवाकर कपड़े का लगवा लिया, जिससे वह घड़ी उनकी कलाई पर काफ़ी फबती थी।

किसी ज़माने में विलायती घड़ी का नाम सुनकर ही काफ़ी महँगी या दुर्लभ वस्तु का अन्देशा हुआ करता था, पर बदलते समय के साथ-साथ लोगों का नज़रिया बदलने लगा। जब उनकी घड़ी अचानक बन्द हो गयी तो किसी ने उनसे कहा कि यह घड़ी सस्ते दामों पर ख़रीदी गयी थी...यह विलायत में ही नहीं, बल्कि कलकत्ते के फ़ुटपाथों पर भी पच्चीस-तीस रुपये में मिल सकती है! यह बैटरी से ही चलती और इसका पट्टा चमड़े का नहीं बल्कि प्लास्टिक का था।...

हो सकता है पुराने ज़माने में सस्ती मिलती रही हों, अब दाम बढ़ गये होंगे!

पहले सर्वानन्द के जीवन का समय दिन तथा रात में विभक्त था, लेकिन अब वे घड़ी के मिलने से बार-बार समय देखने के आदी हो गये। रात को अचानक नींद टूट जाती तो तकिये के नीचे से घड़ी को निकालकर समय देखने लग जाते। जब आसमान में घनघोर बादल छाये रहते, तो वह एक नज़र घड़ी पर डालकर ही बता देते—"अरे साढ़े आठ बज गये, भूताई तूने अभी तक चन्दन नहीं घिसा, आसन नहीं बिछाया।"

घड़ी के बन्द हो जाने के बाद से उनका मन उदास रहता है। केष्टो घोष ने बाज़ार से बैटरी ख़रीदकर लाने का वादा भी किया है, पर वह हर बार भूल जाया

करता है।

तभी आजकल सर्वानन्द को समय का अन्दाज़ा ट्रेन के आने-जाने के समय से ही करना पड़ता है।

इस गाँव में रेलवे स्टेशन नहीं है। दूर नहर के किनारे लाइन बिछी है। कमरे में बैठे हुए ही ट्रेन की बोगियाँ साफ़ नज़र आती हैं। दूरी के कारण ट्रेन की कर्कश आवाज़ भी सर्वानन्द को सुरीली सुनाई देती है।

जब पूरी ट्रेन दूर चली गयी तो उन्होंने आवाज़ लगायी, "भूताई! मेरे चप्पल ला दे।"

इतनी गर्मी में कोई भी दोपहर में मन्दिर में नहीं आता। सीमेण्ट से बने चबूतरे पर सूरज की तेज़ तपन से पैर रखना भी असम्भव हो जाता है।

देवी माँ के शरीर पर सोने के कुछ आभूषण हैं, इसी कारण सर्वानन्द कहीं जाने से पहले मन्दिर के द्वार पर ताला लगाकर जाते हैं। परन्तु इस समय केष्टो घोष के सौतेले भाई गजेन घोष की पत्नी विग्रह के समक्ष घूँघट डालकर बैठी है। उसकी आँखों से आँसू बहते चले जा रहे हैं, वह मुँह से कुछ बोल नहीं रही है। गजेन घोष की उम्र अधिक नहीं है, मुश्किल से पैंतालीस होगी। पर उसका दाहिना अंग पक्षाघात से पूरी तरह से अपंग हो चुका है।

उस स्त्री को तो उठने के लिए कहा नहीं जा सकता, इसीलिए दरवाज़ा खुला रखकर ही जाना पड़ेगा। मन्दिर तो भक्तों के लिए ही है। इनसान विपदा में ही तो ईश्वर की शरण में आता है। वह और कहाँ जाए?

भूताई ने रबर की चप्पल सर्वानन्द के चरणों के सामने लाकर रखी तो उन्होंने आदेश दिया, "जब तक मैं ना लौटूँ, तब तक कहीं मत जाना। तुझे कुल्हाड़ी से इस पेड़ को काटने के लिए कहा था। पर तेरा तो मन किसी काम में लगता ही नहीं।"

भूताई की उम्र चौदह बरस की होगी। वह बड़ा-सा लाल रंग का गमछा धोती की तरह पहने रहता है, और जब पुरोहित जी डाँटते हैं तो आँखें मिचकाकर मन्द-मन्द मुस्कराता रहता है।

बग़ल में एक छाता लेकर सर्वानन्द चप्पल फटफटाते हुए बग़ीचा पार करके चले गये।

किसी ज़माने में मजूमदार परिवार बड़े ज़मींदार थे। उन्होंने ही इस मन्दिर की प्रतिष्ठा करवायी थी। काली मन्दिर की स्थापना करवाकर पासवाली ज़मीन भी दान में दे दी थी।

जब तक वे समृद्ध थे, तब तक मन्दिर पर काफ़ी ख़र्चा करते थे, जिससे मन्दिर की साज-सजावट काफ़ी ज़ोरों से होती थी। अब तो मजूमदारों का कुछ भी नहीं

रहा। धन-दौलत सबसे मरहूम उनके वंशधर कलकत्ता में हैं। सुना है, उनमें से कोई पुलिस में दारोगा भी है।

दान की सम्पत्ति है, तभी तो मन्दिर के पासवाली ज़मीन पर बग़ीचा बरक़रार है। सर्वानन्द स्वयं भी फूलों के शौक़ीन हैं। अपने हाथों से तरह-तरह के फूल लगाते हैं और उनकी देखभाल भी करते हैं।

स्थल-कमल के सन्निकट जाकर उनके क़दम रुक गये। वहाँ उन्होंने एक किशोरी की उपस्थिति का अनुभव किया, जिसके माथे पर काले घुँघराले केश थे और जिसने लाल किनारी की साड़ी पहनी थी। उसकी आँखें बड़ी और गहरी थीं, चम्पा के फूल की तरह अंग, नैनों में दुनिया भर की जिज्ञासा!

पहली बार जब सर्वानन्द ने विभा को इसी स्थल-कमल के पास देखा था, उस दिन उन्हें रोमांच-सा हुआ था।

इनसान को कब, किस अवस्था में क्या हो जाए यह तो विधाता ही बता सकते हैं। आसपास से काफ़ी तादाद में भक्त दर्शनों के लिए इस मन्दिर में आते हैं। विभा की उम्र की भी काफ़ी लड़कियाँ आती हैं, पर विभा को देखते ही उनका मन क्यों इस प्रकार अस्थिर हो गया था?

उनके शरीर की रग-रग में विद्युत का संचार हो गया था। रामप्रसाद ने जब माँ काली को किशोरी के वेष में स्थल-कमल के वृक्ष-तले देखा था, तब उन्हें भी क्या इसी प्रकार की अनुभूति हुई थी?

विभा को उन्होंने पहले कभी नहीं देखा था, क्योंकि वह इस गाँव की कन्या नहीं थी। इतना सुन्दर, पवित्र, निष्पाप मुख देखकर सर्वानन्द को यही अनुभूति हुई थी कि यह दैवी चमत्कार के अलावा और कुछ नहीं, क्योंकि विभा के रूप में उन्होंने देवी के दर्शन किये थे।

पाँच बरस पहले इस गाँव में जूनियर हाईस्कूल बना और बर्दवान से नये हैडमास्टर आये। उन्हीं की बेटी थी विभा।

इस किशोरी बालिका को देखते ही सर्वानन्द मुग्ध हो गये, जिसके लिए उन्हें कष्ट भी उठाना पड़ा। आजकल की इस उम्र की लड़कियों में ईश्वर के प्रति भक्ति कहाँ होती है? और इसीलिए इस भग्नप्राय मन्दिर के प्रौढ़ पुरोहित को अगर विभा उनकी हँसी उड़ाते हुए देखती या सम्मान नहीं करती तो शायद सब-कुछ ठीक-ठाक चलता। पर देवी काली माँ ने तो जैसे विभा को सर्वानन्द के लिए ही बनाया था और उसे उनके चरणों में ला दिया! वह अत्यन्त नम्र, मधुर स्वभाव की थी; आजकल की दबंग लड़कियों की तरह नहीं थी। वह ज़्यादा तर्क-कुतर्क आदि करना भी पसन्द नहीं करती थी। वह आध्यात्मिक उपदेशों पर हँसी-मज़ाक़ नहीं करती थी, और न ही अबोध होने का भान करती।

हाँ, उसमें ठाकुर देवता के प्रति अधिक भक्ति तो नहीं थी, पर थोड़ा-बहुत पूजा-प्रणाम अवश्य करती, पर अधिक दिखावा नहीं करती थी।

उसे तो फूलों से लगाव था। इस बग़ीचे के मोह से खिंची यहाँ चली आती। इन्हीं फूलों के कारण सर्वानन्द से भी उसका नाता काफ़ी गाढ़ा हो गया था।

देखते-देखते पाँच बरस बीत गये। सर्वानन्द ने स्थल-कमल के समीप खड़े होकर गहरी साँस खींची। उनको लग रहा था कि युवती विभा अब ज़्यादा समय यहाँ नहीं रह पाएगी, क्योंकि उसका विवाह होना असम्भव बात तो नहीं थी। सुबह से यही सोच उन्हें खाये जा रही है कि विभा परायी जो जाएगी।

बग़ीचे से बाहर आकर सर्वानन्द तेज़ चाल से आगे बढ़े। उनका लम्बा इकहरा बदन अब भी सीधा था। चेहरे पर उम्र की छाप नहीं पड़ी थी, हाँ सिर के बाल थोड़े कम हो चले थे।

सड़क इतनी ख़राब थी कि इस पर बैलगाड़ी भी नहीं चल सकती थी। मजूमदारों के समय यहाँ पर मोटरगाड़ी चला करती थी। सर्वानन्द को स्पष्ट याद है कि मजूमदार परिवार के मझले बाबू गाड़ी में बैठ मन्दिर में पूजा करने आया करते थे। पिछले पन्द्रह-बीस बरसों से सड़क की मरम्मत नहीं हुई थी।

केष्टो घोष का कहना है कि अगर यह सड़क ठीक-ठाक होती तो दूर-दूर से भक्त पूजा करने आते। हमारी देवी माँ जैसी जाग्रत मूर्ति आसपास कहीं नहीं है।

सुनने में आ रहा है कि हल्दिया की ओर से पक्की सड़क बननी शुरू हुई है, जो इस गाँव की नहर के रास्ते आगे बढ़ जाएगी। इस सड़क के बनते ही गाँव और मन्दिर—दोनों का ही महत्त्व बढ़ जाएगा। बाहरी लोगों और बस यात्रियों—सभी को इस मन्दिर का पता लग जाएगा। सर्वानन्द भी ध्यान करते वक़्त देवी माँ से यही प्रार्थना करते हैं कि रास्ता जल्दी-से-जल्दी बन जाए।

हैडमास्टर साहब का घर मन्दिर से सात मिनट की दूरी पर है। घर के पास छोटा-सा सरोवर है, जिसमें लाल फूल प्रस्फुटित हो चुके हैं। उनके घर के सामने भी एक उद्यान है, जिसके चारों ओर बाड़ बनायी गयी है।

इस उद्यान के लिए भी सर्वानन्द ने बहुत-कुछ किया है। मन्दिर के उद्यान से उन्होंने तरह-तरह के फूलों के पौधे लाकर दिये और विभा को भी फूलों की परिचर्या की दीक्षा दी, इसीलिए इस घर के फूलों के पीछे उनका काफ़ी योगदान है।

पेड़ पर ख़ूबसूरत फूलों को देख लोगों की ज़बान पर स्वतः ही 'वाह' शब्द आ जाता है, पर कितनों को सुन्दर फूलों की प्रस्फुरण-कला का ज्ञान है या कौन इतना झंझट मोल लेना चाहता है।

पर विभा इस दोपहरी की कड़ी धूप में भी ज़मीन पर बैठकर मिट्टी खुरच रही थी। पहले दिन जिस प्रकार सर्वानन्द ने विभा को देखकर महसूस किया था, उसकी

अनुभूति आज तक उनमें विद्यमान है। वह विमुग्ध खड़े उसे निहारते रहे।

यह कन्या दूसरी आम लड़कियों की भाँति नहीं थी। इसमें एक माधुर्य या चुम्बकीय आकर्षण था जो बरबस अपनी ओर खींच लेता था।

विभा का चेहरा पसीने से सराबोर था, उसकी गुलाबी साड़ी का आँचल ज़मीन पर पसरा हुआ था, जिससे बेख़बर वह बग़ीचे के काम में तल्लीन थी। उसके जाने के बाद इस बग़ीचे को कौन सजाएगा? विभा के माता-पिता को फूलों से कोई लगाव नहीं।

विभा पिछले साल से हायर सैकेण्डरी पास करके घर में ही है, क्योंकि उसके पिता की इतनी क्षमता नहीं है कि वे बेटी को शहर के हॉस्टल में रखकर पढ़ा सकें। वह उसका रिश्ता देखने में लगे हैं। अच्छा वर मिलते ही वे उसकी शादी कर देंगे।

सर्वानन्द ने प्यार से पुकारा, "विभा माँ!" विभा ने अपना चेहरा ऊपर करके सर्वानन्द की ओर देखा। सर्वानन्द ने अपना छाता बन्द किया और विभा से बोले, "एक कैंची लाना तो, गुलाब के कलम छाँट दूँ। सूखे कलम को काट डालें तो फूल भी बढ़िया आएँगे।"

विभा दौड़कर अन्दर कैंची लेने चली गयी। सर्वानन्द बग़ीचे की उस जगह को ध्यान से निरखते रहे जहाँ पर अब तक विभा बैठी काम कर रही थी। थोड़ी देर पहले पानी दिया गया था, इसलिए मिट्टी गीली थी। उस पर विभा के पैरों के चिह्न थे। सर्वानन्द को लगा—जैसे महालक्ष्मी ने अपने चरण वहाँ रखे हों!

विभा के संग उसकी माँ भी बाहर निकलकर आ गयी। वह बोली, "पुरोहित जी, बग़ीचे में न बैठें—आपको तो बग़ीचे का काम शुरू करने पर कहीं का भी होश नहीं रहता। कब से मैं खाना बनाकर बैठी हूँ, चलिए पहले भोजन कर लीजिए।"

सर्वानन्द ने भी उनकी बात का समर्थन किया। हर रविवार को इस घर में सर्वानन्द का निमन्त्रण रहता है। उनके लिए कोई अलग से व्यवस्था नहीं की जाती। जो भी बनता है, वही वे भी खाते हैं। पहले तो विभा ही उनको बुलाकर लाया करती थी।

साड़ी की किनारी से कढ़ाई किये गये दो सुन्दर आसन बरामदे में बिछे थे। कुछ दिनों पहले तक रवीन मास्टर काफ़ी मोटे-ताज़े थे, अचानक मधुमेह होने से उनका शरीर कमज़ोर हो गया है। डॉक्टर के कहने से वे दो कलछी ही चावल खाते लेकिन ख़त्म होने पर लोभी की तरह थाली चाटते रह जाते।

वे बोले, "पुरोहित जी, आज शाम को खड़गपुर से लड़केवाले विभा को देखने आ रहे हैं। अगर यह रिश्ता पक्का हो जाए तो बड़ा अच्छा हो।"

सर्वानन्द ने पूछा, "उन्होंने क्या लड़के की कुण्डली भिजवायी है?"

रवीन मास्टर ने कहा, "नहीं, मेरे एक साले ने यह रिश्ता भिजवाया है। उसने

बताया था कि लड़के की जन्मपत्री नहीं है।''

सर्वानन्द ने सुझाया, ''जन्म समय का पता होने से भी मिलान करना आसान होता है।''

वे आएँगे तो पूछूँगा, वैसे लड़का काफ़ी अच्छा है। अगर विभा उन्हें पसन्द आ गयी तो रिश्ता पक्का हो जाएगा।''

''वे पढ़े-लिखे ख़ानदानी लोग हैं। लड़के का चाचा कलकत्ता विश्वविद्यालय में प्रोफ़ेसर है, लड़का भी इतिहास में एम. ए. करके अब हिजली हाईस्कूल में पढ़ाता है। बाद में उसे कॉलिज में भी चान्स मिल सकता है। हमेशा अच्छा रिज़ल्ट आता था। सबसे बड़ी बात तो यह है कि उनकी दहेज की माँग भी नहीं है। किसी चीज़ की उन्हें चाह नहीं है।

ज़ेवरों के बारे में भी उनका यही कहना है कि आपकी जो भी इच्छा हो, दे दीजिएगा, नहीं दें तब भी कोई बात नहीं। सोचें तो आजकल के बाज़ार में बिना दहेज के एम. ए. पास दामाद का मिलना कितनी भाग्य की बात है? इनकी बस एक ही माँग है, वह है लड़के को लड़की पसन्द आना!''

''विभा को जो भी देखेगा वो पसन्द कर लेगा। ऐसी भाग्यवती लक्ष्मी जैसी कन्या उन्हें कहाँ मिलेगी?''

''देखिए, आपके आशीर्वाद से मेरी बेटी का रिश्ता पढ़े-लिखे घराने में हो तो अच्छा है। मैं किसी प्रकार से कन्यादान करना चाहता हूँ।''

विभा की माँ ने कहा, ''खड़गपुर शहर में उनका अपना मकान है, अच्छी-ख़ासी हालत है उनकी।''

सर्वानन्द ने नज़रें ऊपर कीं तो विभा को बरामदे के एक कोने में बड़े ध्यान से सारी बातें सुनते पाया। उसके चेहरे पर सिन्दूरी रंग की आभा थी जो लज्जा के कारण हो गयी थी! इसका यही मतलब था कि उसने मन-ही-मन वर को स्वीकार कर लिया था।

आज सुबह से ही सर्वानन्द को लग रहा था कि विभा अब परायी हो जाएगी। रवीन मास्टर चाहते थे कि जब लड़केवालों से बातचीत हो, उस वक़्त सर्वानन्द भी उपस्थित रहें। पर सर्वानन्द ने मना कर दिया। उन्होंने यही कहा कि उन्हें मन्दिर में सन्ध्या-आरती की व्यवस्था करनी है।

जाते समय वे विभा को यह कह गये कि ''जब सब लोग चले जाएँ तो हारु को संग लेकर मन्दिर आ जाना!'' विभा ने हाँ कर दी।

सर्वानन्द ने वापस मन्दिर पहुँचने पर देखा कि गजेन घोष की पत्नी अभी भी बैठी थीं। उनके बेटे-बेटी बुलाने आये थे, लेकिन वह जाने से इनकार कर रही थीं।

सर्वानन्द ने उनसे कहा, ''घर जाओ माँ, अन्न ग्रहण करो! मैं तुम्हारी तरफ़

से देवी माँ से प्रार्थना करूँगा। अच्छे हो जाएँगे तुम्हारे पति। चिन्ता त्याग दो।"

उन्होंने उनसे यह कहा तो मगर उनके स्वर में विश्वास की शक्ति नहीं थी; क्योंकि गजेन घोष का रोग लाइलाज था। माँ को पुकारने मात्र से अगर संसार की सबकी व्याधियाँ दूर हो जातीं, तो इस धरा पर रहना मुश्किल हो जाता! इनसान की आयु का नियन्त्रण तो महाकाल को हाथ में है!

सृष्टि और विनाश अपने लय से चलते रहते हैं। अगर सारे बूढ़े ज़िन्दा रहते तो पृथ्वी पर पैर रखना असम्भव हो जाता। लेकिन गजेन घोष की बात और थी। यह स्थिति तो परदादा, परनाना या परनानी सरीखे बुज़ुर्ग लोगों पर लागू होती है। बच्चे माँ को अपने साथ ज़बर्दस्ती ले गये।

सर्वानन्द ने भूताई को बुलाया। कोई जवाब नहीं मिला तो वे समझ गये कि वह बाज़ार की ओर निकल गया होगा, क्योंकि वह लोगों को देखना पसन्द करता है! लेकिन वह मन्दिर को झाड़-पोंछकर साफ़ कर गया है।

इस मन्दिर की काली मूर्ति काफ़ी बड़ी है। ज़मींदारों ने जयपुर से काफ़ी बड़े साइज़ का पत्थर मँगवाया था, उसी को तराशकर मूर्ति बनायी गयी थी। मूर्ति की जीभ के अग्र भाग में सोना है और आँखें चाँदी की हैं। पैरों के नीचे महादेव के माथे का साँप था। दाहिना हाथ टूटा था, जिसकी मरम्मत नहीं हो पायी थी। दरअसल मन्दिर की हालत ख़स्ता हो चली थी।

साल में दो बार धूमधाम से पूजा होती है, उस मौक़े पर बहुत तादाद में लोग वहाँ आते हैं; बाक़ी समय लोग भी कम आते हैं और आय भी कम होती है।

शाम ढलने के पहले सर्वानन्द ने दो अनजान युवकों को मन्दिर के बग़ीचे में घूमते देखा। हारु भी उनके साथ था। विभा नहीं आ सकी। हारु लड़केवालों को लेकर मन्दिर दिखाने आया होगा। इस गाँव में और कुछ दर्शनीय तो था नहीं।

युवकों में एक स्वयं वर था, जिसका नाम था मलयकुमार मण्डल। उसने पैण्ट, कमीज़ पहन रखी थी। उसका चेहरा-मोहरा भी अच्छा था, विभा के संग उसकी जोड़ी अच्छी जमेगी। हारु ने बताया, "पुरोहित जी, यही हैं मलय भैया।" उसने एक फूल तोड़ा था। सर्वानन्द पूजा-प्रयोजन के अलावा फूल नहीं तोड़ने देते। इसलिए फूल तोड़ने पर मन में दुःख तो हुआ, पर कहा कुछ नहीं। शहर का लड़का फूलों की क़दर जानता ही नहीं होगा!

उन्होंने कहा, "बेटा आओ, अन्दर जाकर देवी माँ के दर्शन कर लो।"

मन्दिर के चबूतरे के पास आकर मलयकुमार ने प्रश्न किया, "यह मन्दिर कब बना था?"

सर्वानन्द को अहसास है कि प्राचीनता काफ़ी गौरवशाली होती है, उसकी अपनी एक अलग ही शान होती है। तभी तो थोड़ा बढ़ा-चढ़ाकर बताया, "ढाई सौ साल

पहले बना था। पिताजी ने बताया था कि मराठे यहाँ पूजा करने आया करते थे।''

मलयकुमार अपने साथी की ओर मुख़ातिब होकर बोला, ''ईंटें देखीं—कितनी मोटी हैं? पहले की ईंटें काफ़ी पतली हुआ करती थी। इस मन्दिर की आयु साठ-सत्तर से अधिक की नहीं होगी। मराठों का तो यह रास्ता भी न था।''

सर्वानन्द को झूठा साबित कर मलयकुमार उनकी हँसी उड़ाता हुआ बोला, ''आपको किसी से पगार मिलती है या चढ़ावों के पैसों से गुज़ारा चला लेते हैं?''

सर्वानन्द का प्रत्युत्तर था, ''ज़मींदार तो रहे नहीं, कौन तनख़्वाह देगा? भक्तगण श्रद्धा-भक्ति से जो भी देते हैं, उसी से किसी प्रकार चल जाता है।''

मलयकुमार ने कहा, ''ज़मींदारी जाने से ठाकुर-देवताओं की हालत बुरी हो गयी है! हालाँकि आजकल के व्यवसायी मन्दिरों के ज़रिये अपना व्यवसाय चला रहे हैं...इस गाँव के अलावा बाहर से लोग भी यहाँ आते हैं क्या?'' महीने में औसतन कितने लोग आते होंगे?

सर्वानन्द ने बताया, ''रास्ता काफ़ी ख़राब है, लोग ज़्यादा तादाद में आ नहीं पाते। हल्दिया की तरफ़ से रास्ता बनाने की बात सुनी है। वह बने तो और लोग आएँगे।''

''आप देवी माँ से कहिए जल्दी से रास्ता बनवा दें।''

सर्वानन्द ने मन्दिर का दरवाज़ा पूरी तरह खोलकर कहा, ''आओ, अन्दर आओ।'' मलयकुमार के पैरों में जूते थे। वह थोड़ा हिचकते हुए कहने लगा, ''अन्दर तो जूता खोलकर जाना पड़ेगा, यहीं से ही सब दिखाई दे रहा है।''

मूर्ति की तरफ़ ध्यान से देखता हुआ अपने दोस्त से मज़ाक़ के लहज़े में मलय बोला, ''ज़मींदारों का शौक़ भी कितना भोंड़ा था। पत्थर की मूर्ति में सोने की जीभ—काली माँ की जीभ तो लाल होती है!''

दोस्त चप्पल पहने था, तभी वह जल्दी से दर्शन कर आया था। उसने कहा, ''सोने की नहीं, पीतल की होगी। देवताओं के भी दो जोड़े गहने रहते हैं। चोरी के डर से पुजारी असल अलग रखकर, उन्हें किसी त्यौहार पर पहनाते होंगे। एक जोड़ी ज़ेवर सोने के और एक पीतल के।''

सर्वानन्द थोड़े गम्भीर लहज़े में बोले, ''यह पीतल के नहीं हैं, सोने के ही हैं।''

मलयकुमार ने पूछा, ''आपके मन्दिर से कभी गहने चोरी गये हैं?''

सर्वानन्द ने बताया, ''एक बार उनके रहते और दो बार उनके पहले।''

''आपकी काली माँ के शाप से उस चोर के मुख से रक्त नहीं निकला? वह मरा या नहीं?''—यह कहकर एक व्यंग्य-भरी मुस्कान बिखेरता वह वहाँ से चला गया।

सर्वानन्द निराशा से उसे देखते रह गये। उसके प्रत्येक वाक्य से अवज्ञा और नीचा दिखाने की मनोवृत्ति प्रगट हो रही थी। उन्हें लगा कि मलयकुमार उन्हें कई

तमाचे मारकर चला गया। उसने आते ही बग़ीचे से फूल तोड़े, जूता खोलने के भय से मन्दिर में प्रवेश तक नहीं किया, एक बार शीश भी नहीं झुकाया!—यही व्यक्ति विभा को अपनी बनाकर ले जाएगा?

अगले दिन सर्वानन्द को विदित हुआ कि लड़केवालों ने बात पक्की कर दी। लड़के को कन्या भा गयी। अगले महीने के शुभ लगन में विभा का गोत्र बदल जाएगा।

वर के पिता से रवीन मास्टर ने वर के जन्म का समय, तारीख़ इत्यादि ले लिया था। सर्वानन्द ने उसी के आधार पर—एक गणना की। सब-कुछ मिलाया तो पाया कि विभा के साथ इस वर का मिलाप शुभ नहीं है। ज़बर्दस्ती ब्याह देने से अमंगल की आशंका है। वर-वधू दोनों की ही सिंह राशि थी। इस प्रकार के विवाह में कन्या का वैधव्य अवश्यम्भावी था।

रवीन मास्टर को बताया तो वे बोले, "आजकल इस सब पर किसका विश्वास है? यह लोग कुछ माँग भी नहीं रहे। ऐसा वर मुझे कहाँ मिलेगा? मेरी बीमारी ऐसी है कि उसके होते मैं कितने दिन जी पाऊँगा? क्या भरोसा?—मरने से पहले बेटी के हाथ पीले कर दूँ, यही इच्छा है...।"

सर्वानन्द ने बार-बार विभा और मलयकुमार की राशि की गणना की। मिलान किया तो पाया—उनकी गणना में कोई ग़लती नहीं थी। यह विवाह नहीं होना चाहिए।—पर रवीन मास्टर मान ही नहीं रहे।

सर्वानन्द को यह भी ख़बर मिली कि मलयकुमार कम्युनिस्ट है, राजनीति करता है। नास्तिक भी है। शादी के बाद क्या वह विभा को मन्दिर आने की अनुमति देगा? सर्वानन्द इस बात से चिन्तित नहीं थे, वह तो सिर्फ़ उसका सुख चाहते थे।...विवाह मंगलमय नहीं है। वह विभा का दुःख नहीं सह पाएँगे।

परन्तु यह विवाह वह रोक भी कैसे सकते हैं? उस दिन के बाद से विभा न मन्दिर आयी न ही बग़ीचे में। शादी-ब्याह तय होने से लड़कियाँ वैसे ही शर्मीली हो जाती हैं, वे घर से निकलती नहीं। यहाँ तक कि सर्वानन्द उसके घर जाते हैं, तब भी विभा से बात नहीं हो पाती।

एक बार उन्होंने कहा भी, "कामिनी के फूल का पौधा तुमने लगाया था, उस पर फूल आ गये हैं। एक बार देखने आओगी विभा?"

विभा ने अपने दोनों उज्ज्वल नेत्रों को ऊपर कर सरलता और विस्मय से कहा, "कामिनी के फूल!...कल ही दोपहरी में आऊँगी।" पर वह नहीं आयी। उसकी बुआ, मासी आदि आ गयी थीं, वे विभा को घर से बाहर जाने की आज्ञा नहीं दे रही थीं।

सर्वानन्द विवाह में पुरोहिताई नहीं करते। विभा के ब्याह के लिए गाँव के पण्डित

को नियत किया गया था, जो सर्वानन्द से उम्र में बड़ा है। उस पण्डित के सामने दोनों की जन्मपत्री रखकर सर्वानन्द ने सारी गणना समझायी और पूछा, "क्या यह विवाह शुभ हो सकता है?"

पण्डित जी ने उन्हें अनदेखा किया और कहा, "वर किसी प्रकार का दान-दहेज नहीं ले रहा है। इससे शुभ बात और क्या हो सकती है? उसके भाग्य में जो है, वो टल तो नहीं सकता!..."

विभा का जिस रोज़ ब्याह था, उसी दोपहरी में सर्वानन्द ने एक भयंकर सपना देखा—स्थल-कमल के वृक्ष-तले विभा विधवा के वेष में एक शिशु को लेकर खड़ी है और वह शिशु फूल तोड़कर खाने जा रहा था!...

सर्वानन्द घबराये-से उठ गये। उनका पूरा बदन पसीने से लथपथ था।...

जैसे भी हो, यह विवाह रुकवाना पड़ेगा! उस दिन विभा के भावी पति के व्यवहार से काली माँ अवश्य ही क्रुद्ध हुई थी। विभा को वे ही बचा सकते हैं।

कुछ दिनों से सर्वानन्द हर पल देवी से विभा के मंगल की ही कामना कर रहे हैं। आज माँ से विवाह बन्द करने की प्रार्थना और भी कठोरता से करनी पड़ेगी।

विभा रूपसी, गुणवती कन्या है। उसके लिए अच्छे वरों की क्या कमी?

कितनी दोपहरियाँ विभा इसी बग़ीचे में बिता चुकी हैं। मन्दिर के दीपक की बाती भी विभा तैयार करती थी।...सर्वानन्द को हर ओर विभा की छवि नज़र आ रही थी। पाँच बरस से उसने सर्वानन्द के शुष्क जीवन को रसमय, माधुर्यमय बना रखा था। वे इसका प्रतिदान नहीं देंगे?

काफ़ी दिनों के बाद देशी शराब की बोतल खोल एक घूँट में सारी मदिरा सर्वानन्द ने अन्दर उँड़ेल ली! वे मन्दिर का दरवाज़ा बन्द करके विग्रह के समक्ष स्वयं को गंगाजल से शुद्ध कर माँ को सम्पूर्ण शक्ति से पुकारने लगे। उनका विश्वास था कि वे कठोर साधना से देवी को जीत लेंगे। फूल और विल्व-पत्र निवेदन कर उन्होंने स्तुति प्रारम्भ की।...

श्लोकों का जाप कर सर्वानन्द आँखों में आँसू भरकर बार-बार यही विनती करते रहे कि माँ, तुम सब करने की शक्ति रखती हो, विभा के जीवन से अमंगल दूर करो!...

विभा के हाथों से पिरोयी माला तुमने गले में धारण की! वह रोज़ तुम्हें अपने हाथों से जवाकुसुम की माला पहनाती है, चन्दन घिसती, नैवेद्य सजाती थी; उसी विभा का कष्ट तुम कैसे सह सकती हो? तुम उसका विवाह रुकवा दो। नास्तिक के संग विभा का ब्याह हो, तुम क्या यह सह सकोगी?

तुम्हारी सोने की जीभ को लेकर जिस इनसान ने मज़ाक़ उड़ाया, तुम क्या उसे सह लोगी? वे लोग खड़गपुर से ट्रेन से आएँगे। विभा चाहे लग्न-भ्रष्टा हो जाए,—तुम

उनकी ट्रेन रुकवा दो। लग्न-भ्रष्टा होने से क्या होगा, उसका वैधव्य तो मैं नहीं सह सकता! उसका विवाह और कहीं होगा। वर की खोज मैं करूँगा। नहीं तो सारा जीवन कुमारी रहकर बग़ीचे में रोज़ आकर तुम्हें माला से, पुष्पों से सजाएगी, तुम्हारी सेवा करेगी, उसकी सरल, निश्चल हँसी से टूटे-भग्न मन्दिर में भी प्राणों का संचार होगा।

पाँच बजकर पैंतीस मिनट पर आनेवाली गाड़ी की तीखी सीटी बड़ी तेज़ी से सीधे सर्वानन्द के हृदय में बिंध गयी। वे तो ट्रेन की आवाज़ ही सुनते थे, सीटी तो उन्होंने कभी सुनी नहीं! आज जैसे सर्वानन्द की अर्चना का प्रत्युत्तर व्यंग्य की सीटी बजाकर दिया गया! ट्रेन मुस्कराती हुई, उन्हें चिढ़ाती हुई धड़धड़ाकर चली गयी।

पास के गाँव में स्टेशन है, जहाँ लड़केवाले उतरेंगे। वहाँ से कन्या-पक्षवाले पालकी में उन्हें लेकर आएँगे। ये सारी ख़बरें उन्हें मिल चुकी थीं। वे आँखें फैलाये देखते रहे। ट्रेन ठीक समय पर आ गयी, पर अभी भी दुर्घटना घट सकती है, पासवाले स्टेशन पर पहुँचने से पहले...!

बची मदिरा का पान कर सर्वानन्द सोचने लगे—हल्दिया की सड़क अभी तक नहीं बनी। जो सड़क बनाते हैं उन्हें क्या देवी माँ सपने में भय नहीं दिखा सकतीं। वह मलयकुमार नाम का ढीठ लड़का ऐसा ही इंगित कर गया, पर माँ के कानों में कुछ नहीं पहुँचा! अब भी विभा का विवाह रुकवा दें तो सर्वानन्द यह घोषणा करवा देंगे कि सातकोना गाँव की जाग्रत काली देवी के निर्देश से यह विवाह नहीं हो सका!

पासवाले गाँव के स्टेशन से बाराती मन्दिर के पासवाली सड़क से ही लड़कीवालों के घर जाएँगे। सर्वानन्द दुबारा ध्यान में लीन हो गये। उन्हें रोकना ही पड़ेगा।

सर्वानन्द ने स्वयं विवाह नहीं किया, गृहस्थी नहीं सजायी और लम्बे समय से मन्दिर की सेवा कर रहे हैं। वे नहीं होते तो भग्न मन्दिर से पूजा लुप्त हो जाती। वे स्वयं के लिए कुछ नहीं चाहते, पर मन्दिर के लिए ही प्रार्थना करते रहते हैं। उनकी भक्ति में क्या कुछ भी शक्ति नहीं है?

ध्यान भंग होने पर शहनाई का स्वर कानों से जा टकराया। बाराती क्या पहुँच गये? सड़क से आवाज़ें आ रही थीं। क्या कोई दुर्घटना नहीं घटी?...

सर्वानन्द बग़ीचे से कुल्हाड़ी ले आये—आज सब समाप्त हो जाए!

तू सिर्फ़ पत्थर है, तुझसे कुछ नहीं होता! कुटिला, तुझमें किसी प्रकार की शक्ति नहीं! सड़क नहीं बनी। चोर गहने ले गये, उन्हें सजा देने की क्षमता तुझमें नहीं है। तेरे सामने खड़े होकर लोग तेरा अपमान करके चले जाते हैं तू कुछ!...

अचानक कुल्हाड़ी से वार करने जा ही रहे थे कि उन्होंने देखा—काली की मूर्ति के नेत्र चमक रहे थे, सुनहरी जीभ निकले होंठों पर हँसी थी। मूर्ति जैसे जीवित होकर उनका परिहास कर रही थी!

कुल्हाड़ी फेंककर सर्वानन्द ज़ोरो से हँसने लगे। अब उन्हें असल बात समझ में आयी—ईर्ष्या!—विभा से काली-मूर्ति जलने लगी थी, वह उन्हें ईर्ष्या की नज़रों से देख रही थी। पिछले पाँच बरसों से सर्वानन्द काली की मूर्ति के स्थान पर विभा को ही तो भजते थे!

पत्थर की मूर्ति—देवी है तो क्या, है तो नारी! नारी की जन्मजात ईर्ष्या-वृत्ति के कारण ही उसने विभा को हटा दिया!...

सर्वानन्द बोले, "ठीक है, आज से तुझे माँ नहीं विभा कहकर ही बुलाऊँगा!"

उन्होंने मूरत के स्तन पर हाथ रखा, जैसे वह रक्त-मांस की विभा के स्तन को स्पर्श कर रहे थे!...

बाहर से जब किसी ने 'पुरोहित जी' कहकर आवाज़ लगायी, तो उन्हें होश आया।—वे क्या कर रहे हैं? वे क्या पागल हो गये हैं?...विभा के घर से अवश्य कोई बुलाने आया है। विभा के विवाह के शुभ लगन में उनकी उपस्थिति अनिवार्य थी।

दरवाज़ा खोला तो केष्टो घोष को देखा। शाम की गाड़ी से वह शहर से वापस लौटा था। "पुरोहित जी, अपनी घड़ी तो दीजिए, बैटरी लाया हूँ—लगा दूँ। बार-बार भूल जाता था, आज याद करके...।"

कितनी छोटी चीज़ के लगने से घड़ी फिर से चलने लगी! केष्टो घोष ने घड़ी की सुई घुमाकर अपनी घड़ी से समय मिलाकर कहा, "अब देखिए।"

सर्वानन्द ने कान के पास लाकर घड़ी की टिक-टिक आवाज़ सुनी। यही तो महाकाल की ध्वनि थी। दिन-रात चन्द्र-सूर्य के हिसाब के साथ इसका किसी प्रकार का मेल न था।

उन्होंने घड़ी हाथ में बाँधकर ज़ोरों से हुक्म दिया, "भूताई, मेरी चप्पल लाना तो!"

परी के आँसू

उस आदमी को भली प्रकार से ग़ौर करें तो वह एक दुबला-सा लम्बा, उम्र क़रीब चालीस के लगभग है। माथे के बाल काफ़ी घने हैं, उनमें से कुछ सफ़ेद भी हो गये हैं। चेहरा घोड़े से मिलता-जुलता है, पर हास्यास्पद नहीं लगता। काफ़ी लोग उस जैसे होते हैं! धोती और आधी बाजू की सफ़ेद कमीज़ वह पहनता है। हाँ, कपड़े साफ़-सुथरे रहते हैं और बायें हाथ की अँगुली में सोने की अँगूठी भी पहने रहता है।

वह जगुबाबू बाज़ार में दोपहर डेढ़ बजे नारियल ख़रीद रहा था। वह भी अनेकों साधारण लोगों में से एक था। उसे देखकर ख़ूनी कहना मुश्किल था। क्या ख़ूनी भी नारियल ख़रीदते सड़क पर दिखते हैं? रुपये का मोलतोल करना भी उसे अच्छा नहीं लगता। उसने पन्द्रह नारियल ख़रीदे और हाजरा मोड़ की ओर चल पड़ा।

कालिका सिनेमा के एक ओर तीन तला मकान के दरवाज़े के सामने तीन लैटर बॉक्स हैं। उसने देखा—बीचवाला बिल्कुल ख़ाली था।

दो मंज़िला तीन कमरों का सुन्दर फ़्लैट। पन्द्रह साल से काफ़ी सस्ते किराये पर है। सॉल्ट लेक में भी ज़मीन ख़रीदी है, पर घर बनाने का उत्साह नहीं है। दूकान से काफ़ी दूर पड़ता है इसीलिए शायद!...

उस व्यक्ति की बीवी 'सिनेमा मासिक पत्रिका' बिस्तरे पर लेटकर पढ़ रही थी। वह कुछ मोटी थी और दोपहरी में ब्रा नहीं पहनती थी। थोड़ी देर पहले स्नान करके आयी है। उसका पति रोज़ दोपहरी में दूकान का भार कर्मचारी पर डाल खाना खाने घर आता है।

उनका बड़ा बेटा कॉलेज में है और लड़की नौ साल की है, जो अभी स्कूल-बस द्वारा स्कूल से लौटी है।

दरवाज़े की घण्टी सुनकर पत्नी ने पत्रिका मोड़कर रख दी और कहा, "पूषि दरवाज़ा खोल दे, पिताजी आये हैं।"

एक बूढ़ी औरत इनके घर में खाना पकाती है। तीन दिनों से वह घर गयी

है, अतः पत्नी को ही आज खाना गरम करना पड़ेगा और बैंगन तलना होगा। कुछ तली चीज़ें न हों तो पति को खाने में स्वाद ही नहीं लगता।

पलँग से उतरकर वह किचन की तरफ़ जाते-जाते ड्रेसिंग-टेबल के सामने खड़ी हुई। असहनीय गर्मी से उसे घमौरियाँ हुई हैं। उसने बायें हाथ से छाती को दबाया, और दाहिने हाथ से घमौरियों को खुजाने लगी।

लड़की ने दरवाज़ा खोला और पूछा, "पिताजी क्या लाये हो?"

पैकेट लड़की के हाथ में दिया और थोड़ा-सा दुलार करके वह शयन-कक्ष की ओर चल दिया।

रक्त-मांस के शरीरवाली औरत से भी अधिक आईने में अधखुली भारी छातियों ने उसे अधिक लोभी बना दिया। वह मुग्ध हो गया, और मन्द-मन्द मुस्कराने लगा।

दीवार पर माँ काली की तस्वीर, उस पर लाल फूलों की माला, ड्रेसिंग-टेबल के दोनों तरफ़ घोड़े और खिड़की पर विलायती शराब की पुरानी बोतल में मनीप्लाण्ट—यह था ख़ूनी का मकान!

सेलिमपुर के पास से बड़ी सड़क पार करने पर जोधपुर पार्क और थोड़ा अन्दर जाकर सोनामोनी की मासी का घर है।

सोनामोनी के माता-पिता दोनों दफ़्तर जाते हैं। उन्हें वापस लौटते-लौटते शाम हो जाती है, इसीलिए सोनामोनी स्कूल से लौटकर मासी के घर चली जाती है, पुरानी महरी उसे लाती है और पहुँचा भी देती है।

सोनामोनी की उम्र अभी ग्यारह बरस है, और उसने परी कथा-लोक से अभी वास्तव जगत् में पैर नहीं रखा है। लगता है, अब शायद वह वास्तविक संसार में पैर रखेगी। उसका रंग काफ़ी गोरा है। उसका चेहरा आश्चर्यजनक रूप से ख़ूबसूरत है वह काफ़ी छोटी-सी थी, जब लोग कहते थे कि वाह! यह लड़की बिल्कुल गुड़िया जैसी लगती है। कभी-कभी यह सुनकर वह रोती थी कि लोग कहते हैं कि वह गुड़िया जैसी है। उसे गुड़िया बनने की ज़रा-सी भी ख़्वाहिश नहीं है।

अब कोई-कोई उसे प्यार से आसमान की परी की संज्ञा भी देता है। अब वह कुछ लम्बी होने लगी है। उसके घुँघराले बाल कुछ बड़े हो गये हैं। उसकी आँखें देखकर लगता है मानो किसी ने काजल से उसकी आँखों को बड़ा कर दिया है! पढ़ाई-लिखाई में भी वह काफ़ी होशियार है।

शाम के साढ़े छः बजे हैं, सोनामोनी मासी के यहाँ से वापस घर लौट रही थी। थोड़ी देर पहले ही बिजली जाने से सड़क पर घना अँधेरा था। शाम को ज़ोरों की बारिश आने से सड़क पर यहाँ-वहाँ पानी भी जम गया था।

घर में काम करनेवाली विमला सोनामोनी का हाथ मजबूती से पकड़े हुए थी, लेकिन सोना खुद अपना हाथ छुड़ा ले रही थी, क्योंकि अब वह इतनी छोटी नहीं

थी कि उसका हाथ पकड़कर चला जाए। दो दिन बाद उसका जन्मदिन आनेवाला है, तब वह बारह बरस की होगी और बड़ों की दुनिया में भी क़दम रखेगी।

इतने अँधेरे में भी भीड़ की कमी नहीं थी। गाड़ियाँ आ-जा रही थीं, और उन्हीं के बीच में रिक्शा, गाय...।

फ़ुटपाथ से उतरकर बड़ी सड़क पर थोड़ा पानी था। वहाँ सोनामोनी ने जैसे ही पाँव रखा तो लगा किसी ने उसे खींच लिया। वह हाथ बढ़ाकर विमला को पकड़ने लगी, मगर पकड़ नहीं सकी। वह चिल्लाना चाह रही थी, पर वह भी ना कर पायी।

सोनामोनी सड़क पर घुटनों से भी कम पानी में डूब गयी।

विमला को पहले तो कुछ भी समझ में नहीं आया। किसी गाड़ी की रोशनी में उसने सफ़ेद फ्रॉक को नीचे दबा हुआ पाया। वह 'ओ बेटी कहाँ गयी?...क्या हुआ?' चिल्लाती रही।

विमला चिल्लाते-चिल्लाते खुद भी पानी में गिर पड़ी, पर वह डूबी नहीं। वह यह भी नहीं जान सकी कि उसी के टखने के धक्के से सोनामोनी फिर से खुले नाले में डूब गयी। एक बार उसने किसी प्रकार ऊपर तैर कर आने की कोशिश भी की।

विमला के चिल्लाने की वजह समझने में सड़क के लोगों को काफ़ी वक़्त लग गया। सभी उसके चिल्लाने से झल्लाये। भला कौन किसी के मामले में पड़ना चाहता है?...

क़रीब ढाई घण्टे बाद गन्दे कीचड़ से सोनामोनी का शव निकाला गया। अँधेरा होने के कारण कोई उसका विकृत चेहरा नहीं देख सका।

रात के पौने एक बजे थे। यह शहर तो नींद में सुन्न था, पर कोई-कोई जगा हुआ था। पंचाननतला की बस्ती के पास रेल-लाइन के ऊपर पाँच युवक गप्पे मार रहे थे। इनमें से दो की मूँछें नहीं आयी थीं, तब भी वे जबर्दस्ती बड़ों के दल में शामिल होने चले आये थे।

सामने थी देशी शराब की बोतल और कीमा की प्लेट। चार के होंठों पर सिगरेट थी और एक चरस का दम ले रहा था।

रात में दो-एक मालगाड़ी चलती हैं। शायद कम हो गयी हैं आजकल। मालगाड़ी आने से इनका धन्धा अच्छा चलता है। कुछ दिनों से बाज़ार मन्दा चलने से छोटी-मोटी चोरी-चकारी करनी पड़ती है।

अचानक उसमें से एक डर से चिल्ला उठा—"भूत!..."

दूसरा जाँघ पर हाथ मारकर बोला, "चुप! चिल्ला मत। ज़्यादा चढ़ गयी है क्या?"

अब लेकिन पाँचों ने ही साफ़-साफ़ देखा कि सफ़ेद फ्रॉक में, गोरी-सी ग्यारह-बारह

साल की एक परी शून्य में लटक रही थी। पाँचों को तो जैसे लकवा मार गया। आँखों का धोखा न था यह! सच में वह परी बड़ी ही दयनीय स्वर में विनती कर रही थी, "तुम लोगों ने मुझे क्यों मारा? मैंने तुम लोगों का क्या बिगाड़ा था?"

पाँचों युवक भय से काँपने लगे। उन्हें लगा—पुलिस उन पर फ़ालतू मुक़दमा चलाएगी या फिर उन्हें पकड़कर ले जाएगी! अब उन्हें तो फाँसी लगेगी! ये तो छुरी या पिस्तौल नहीं चलाते! उसके लिए तो दूसरे लोग हैं! वे तो छोटे-मोटे सामानों की चोरी करके अभी धन्धा सीखने में लगे हैं।

जो बिना किसी निर्वाचन के ही उस दल का नेता था, वह बोला, "तुम्हें किसने मारा? हम तो किसी लड़की को हाथ नहीं लगाते। तुम ग़लत जगह पर आ गयी हो।"

किशोरी परी का उत्तर था, "हाँ तुम्हीं लोगों ने मुझे मारा है। मैंने क्या ग़लती की थी? मेरे माँ-बाप ने क्या तुम्हें कुछ नुक़सान पहुँचाया था?"

फिर से नेता बोला, "क्या मुसीबत है! सच कह रहा हूँ कि हम वह सब काम नहीं करते । तुम्हें हमने नहीं मारा।"

परी ने कहा, "दो दिन बाद मेरा जन्मदिन मनाया जानेवाला था, अब नहीं हो सकेगा! मेरा स्कूल जाना भी बन्द। माँ-बाबा अब मुझे कभी भी देख नहीं सकेंगे।...मुझे तुम लोगों ने ऐसी सज़ा क्यों दी? तुम लोगों ने ही जोधपुर पार्कवाली सड़क पर मेनहोल के ढक्कनों को खोला था...!"

गना अब आँखें बन्द करके सोचने लगा—शायद पुलिस उनके सामने चुराया माल दिखाकर पूछ रही है कि यह उनका काम है या नहीं? यह तो उन्हीं लोगों ने किया था!...

दूसरे नेता ने थोड़ी हिम्मत जुटायी और बोला, "हाँ खोला था, पर पेट की ख़ातिर। तुम जोधपुर पार्क में रहती हो। तुम अमीर लोग तो गाड़ी में घूमते हो, तुम नाली में किसलिए पैर देने गयीं?"

उस परी ने कहा, "हमारे पास गाड़ी नहीं है। मैं विमला के साथ जा रही थी, कि नाली में गिरकर डूब गयी। विमला का पैर भी टूट गया!...तुम्हारे भीतर क्या ज़रा भी दया नहीं है?"

गना बोला, "आज साला शाम को बारिश भी ज़ोरों की पड़ी है!" नेबू ने कहा, "बारिश पड़ने से सड़क पर जो पानी जमा हुआ, उसमें तो भगवान का ही हाथ था!"

फिर दल का नेता कहने लगा, "जब तुम दया की बात कह रही हो, तो यह भी सुन लो कि हमको जब खाने को नहीं मिलता, तब हम पर कौन दया करता है? तुम्हारे माँ-बाप क्या हमें खाना देंगे? कोई साला खाना नहीं देता। अगर किसी

से कुछ माँगने जाओ तो गाली देकर भगा देते हैं। ऐसी सूरत में हमारे पास चोरी करने के अलावा और क्या चारा है?''

''तुम लोग दूसरा काम नहीं कर सकते? बड़े लोग जैसे दफ़्तर आदि में काम करते हैं।''

''हाँ! तुम कहाँ की परी हो? कुछ भी नहीं जानतीं। बेकार में हम पर तोहमत लगा रही हो। दूसरा काम! नण्टूदा बेहाला के एक कारख़ाने में नौकरी करता था, उसकी नौकरी चली गयी है। अब वह हमारी लाइन में आ मिला है।''

''छीः! तुम लोग क्या पैसे के लिए बुरा काम करोगे और लोगों को मारोगे?''

''फिर से वही बात। तुम जो मरी हो, उसके लिए अगर कोई ज़िम्मेदार है तो वह है जगुबाबू बाज़ार के शिवबाबू!''

''वे कौन हैं?''

''उनकी लोहे की दूकान है। वह हमसे माल ख़रीदते हैं। पार्क की रेलिंग तोड़कर देने से वे कम भाव में ख़रीदते हैं। अगर नाले का ढक्कन ले जाकर बेचें तो उससे ज़्यादा पैसा मिलता है। एक ले जाने से वह पूछते हैं कि और है क्या?''

''हाँ परी, तुम्हारी मौत के लिए वही ज़िम्मेदार हैं। वह अगर माल न ख़रीदते तो क्या हम बेकार ही में ढकना खोलते! वह साला शिवबाबू काली माँ का भक्त भी है। अपनी दूकान में बड़ी-सी काली माँ की तस्वीर भी टाँग रखी है!''

सोनामोनी की आत्मा उनकी बातें सुनकर वहाँ से अदृश्य हो गयी!

परन्तु कालिका सिनेमा के पासवाले दो मंज़िले फ़्लैट में शिवबाबू की नींद टूट गयी। पति-पत्नी डबल-बैड पर थे और बच्चों के लिए अलग कमरे में सोने का बन्दोबस्त था। बेटी बाप की लाडली थी, तभी अपना बिस्तरा छोड़ माँ-बाप के बीच सो जाया करती थी।

शुरू में तो शिवबाबू आँखें खोलकर चौंक गये। खिड़की में से पहले तो धुएँ की तरह कुछ लगा! फिर वही धुआँ एक आकृति में बदल गया! एक सुन्दर किशोरी, सफ़ेद फ्रॉक पहने हवा में उड़ रही थी।...

शिवबाबू सोचने लगे शायद लक्ष्मी देवी उनके घर में आयी हैं। उन्होंने एक लाटरी का टिकट ख़रीद रखा था, शायद दो करोड़ दो लाख का पहला इनाम उन्हीं को मिले! वह परी दुःख-भरे लहज़े में पूछने लगी, ''हाँ जी, तुमने मुझे किसलिए मारा? मैंने तुम्हारा क्या बिगाड़ा था?''

और शिवबाबू तो डर से पसीने-पसीने हो गये। इस लड़की का ख़ून हो गया, कितनी भयंकर बात है!...ऐसी सुन्दर लड़की का जो ख़ून करते हैं, वे ज़रूर इनसान रूपी शैतान हैं!...पर यह उनके पास किसलिए आयी है? उनके ऊपर इल्ज़ाम भी लगा रही है—यह बड़ी अजीब बात है!...

"हाँ जी, तुमने मुझे क्यों मारा? दो दिन के बाद मेरा जन्मदिन होनेवाला था!"

"यह क्या कहती हो बेटी। मैं भला तुम्हें क्यों मारूँगा? मैं बीवी-बच्चोंवाला गृहस्थ हूँ। मैं तो ख़ून-ख़राबे में नहीं रहता। तुम्हारी उम्र की तो मेरी बेटी है!"

"क्यों, रेल-लाइन के किनारेवाले लोगों का तो यही कहना है कि तुम्हीं ने मुझे मारा है।"

"रेल-लाइन के पासवाले? वे कौन है? मैं तो पहचानता भी नहीं। तुम्हें क्या हुआ था, मुझे ज़रा विस्तार से बताओ!"

"मैं जोधपुर पार्क से आ रही थी। शाम को लोड-शेडिंग हुआ और सड़क पर पानी भरा था।"

"हाँ रेडियो पर सुना था—वहाँ एक लड़की सड़क दुर्घटना में मर गयी है। छिः-छिः। इतनी कम उम्र की लड़की गाड़ी से कुचलकर मर गयी।"

"सड़क के नीचे पाताल है, मैं वहाँ डूब गयी! पाताल का ढक्कन खुला हुआ था।"

"क्या कहा—पाताल?"

"रेल-लाइन के लोगों ने बताया कि तुम्हीं पाताल का ढक्कन ख़रीदते हो, तभी वे उसे खोलकर लाते हैं। तुम अगर न ख़रीदते तो वे लाते भी नहीं।"

"ओह! अब समझा। वे सब फ़ालतू बकवास करते हैं। मैं न ख़रीदता तो वे किसी और को बेच देते। मैंने दूकान खोली है। कोई पुराना लोहा लाये तो मैं उसे ख़रीदता हूँ। वह कहाँ से आया है। उसे देखने की मुझे क्या ज़रूरत है।"

"तुम्हें पता नहीं है कि ढक्कन खोलने से लोग मर सकते हैं, जैसे मैं मर गयी! मैंने क्या ग़लती की थी कि मुझे ऐसे मार डाला!"

"तुम बेकार में मुझे क्यों दोषी ठहरा रही हो? पता है लोहे के ढक्कन मुझसे कौन खरीदता है? चुंगी के ही अफ़सर। वे मुझसे ही ख़रीदकर सड़क पर लगाते हैं; और गना, नेबू आदि फिर से खोलकर ले जाते हैं। उसमें मैं तो केवल एक छोटा-सा बिचोलिया व्यापारी हूँ। कार्पोरेशन के मिस्टर दास के पास जाओ। वे जान-बूझकर ही ये सब करवा रहे हैं।"

"तुमको भी तो पता था!"

"मैं उतने सोच-विचार में नहीं पड़ता। माल ख़रीदता हूँ और बेचता हूँ। रास्ते की रक्षा की ज़िम्मेदारी तो मेरी नहीं है। पुलिस यह चोरी क्यों बन्द नहीं करती? पुलिस उन्हें जान-बूझकर नहीं पकड़ती। वहाँ के थाने के ओ. सी. से जाकर कहो। उसी ने तुम्हारा ख़ून करवाया है—और जो शाम को बत्ती गुल कर देते हैं, उन्हें क्या नहीं पता कि सड़क पर इतने गड्ढे हैं? कितने नालों में ढक्कन नहीं है। सारी शाम अँधेरा रहे तो कितने लोग दुर्घटना-ग्रस्त हो सकते हैं। रोज़ हो भी तो रहे हैं। उन्होंने

कभी अपनी ग़लती मानी? तुम उनके पास जाओ, देखो वे सब अब आराम से चैन की नींद सो रहे हैं। तुम केवल मुझी को ही दोषी क्यों ठहरा रही हो? आह तुम्हारी जैसी लड़की!...''

सोनामोनी फिर से धुएँ की तरह खिड़की से बाहर निकल गयी।

शिववाबू का दिल धड़क रहा था। उन्होंने ईश्वर को हाथ जोड़कर प्रणाम किया। पास में सोती बेटी की देह पर स्नेह से हाथ रखा। उन्होंने उसी वक़्त निर्णय ले लिया कि वे पूषि को कभी शाम को सड़क पर निकलने नहीं देंगे।

रात के तीसरे प्रहर में सोनामोनी की आत्मा भटक रही थी। शिवबाबू ने कितने लोगों का नाम गिनाया, वह किसके पास जाए? किससे अपना दुखड़ा रोये? उसका जन्मदिन नहीं मन सकेगा! वह पृथ्वी पर, वहाँ की दुनिया में कभी क़दम न रख पाएगी!...इतने बड़े शहर के बारे में तो उसे कोई भी जानकारी नहीं है। शिवबाबू ने जिन लोगों का नाम गिनाया है, उन्हें कहाँ से खोजें?

उसके दिल में अभिमान की लहरें उठ रही थीं! उसकी आँखों से रात के ओस की बूँदों की तरह आँसू झर-झर करके बहते जा रहे थे।...

खेल

उन लोगों ने मेरे दोनों हाथों को पीछे की तरफ़ नायलॉन की डोरी से बाँध दिया और आँखों को मोटे काले रंग के कपड़े से। मुँह के भीतर रुई का बड़ा गोला भरकर होठों को प्लास्टर से जकड़ दिया। मुझे अच्छी तरह महसूस हो रहा था कि दो-तीन आदमी मुझे उठाकर एक लकड़ी के तख़्त के ऊपर ले गये और उस पर खड़ा कर दिया।

एक आदमी काफ़ी नर्मी और शिष्टाचार से बोला, ''अब तुम सामने की ओर चलना शुरू कर दो। जल्दबाज़ी करने की ज़रूरत नहीं है, एक-एक डग भरकर चलो।''

मैंने जैसे ही एक डग भरा तो समझ में आ गया कि वह लकड़ी का तख़्ता सिर्फ़ नौ इंच चौड़ा था। उसके नीचे कुछ भी नहीं था।

यह एक साँको (पुल) था? नीचे शायद पहाड़ी नदी थी? अन्धेरी रात में हम पहाड़ी सड़क से आ रहे थे। गाड़ी जंगल के बीच रुक गयी थी। इतनी निस्तब्धता थी कि हवा की आवाज़ भी नहीं आ रही थी।

मेरे मन में उठते बवण्डर को शायद उन गुण्डों ने भाँप लिया था, शायद इसीलिए एक व्यक्ति हँसकर बोला, ''यह तिस्ता नदी के ऊपर एक अस्थायी साँको है। पानी क़रीब पाँच या छः सौ फ़ीट नीचे है। अगर पैर भूल से फिसल जाए तो कचूमर निकल जाएगा, तुम्हें कहीं भी कोई ढूँढ़ने से भी नहीं पा सकेगा।''

मेरे अन्दर से यही बात निकलना चाह रही थी कि तुम मुझसे क्यों इस सेतु को पार करवाना चाहते हो? पर वह बात मेरे मन में ही रह गयी। लेकिन उसने भाँप लिया—''यह एक खेल है।''

मैं किसी तरह से कह सका, ''मैं यह खेल नहीं खेलना चाहता।'' एक कौतुकपूर्ण उत्तर मिला—''तब तुम्हें धक्का देकर फेंक दिया जाएगा। तुम लुढ़कते-लुढ़कते नीचे गिरोगे, फिर हम तुम्हें टॉर्च की रोशनी डाल कर देखेंगे।''

इसके बाद मैंने हिम्मत की, ''अगर मैं ऊपर पहुँच जाऊँ तो?''

फिर हँसी के संग उत्तर मिला—"तब देखा जाएगा कि हम क्या करेंगे!...ज़रूर मज़ेदार वारदात होगी! अब शुरू करो। हम ठीक दस तक गिनेंगे—एक-दो-तीन।"

पहले सामने की तरफ़ क़दम बढ़ाया, ज़्यादा मुश्किल नहीं लगा। काठ का तख़्ता काफ़ी मज़बूत था। एक पैर सामने की ओर करके मज़बूती से पकड़ा, फिर दूसरा क़दम भी सोच-समझकर ही बढ़ाना पड़ा। ऐसे ही हर बार करना पड़ा। ज़रा-सा भी ध्यान इधर-उधर होने से मुश्किल में पड़ जाने की सम्भावना अवश्यम्भावी थी। पर यह खेल कुछ असम्भव या असाध्य भी नहीं था। इससे भी कठिन, दुरूह खेल इसी धरा पर खेले जाते हैं।

उन्होंने गिनती ख़त्म की, उससे पहले ही मैं तीन क़दम आगे बढ़ गया। ये लोग मुझे क्या समझते हैं? अपनी ताक़त के बल पर मुझे पकड़कर यहाँ ले आये हैं, इसका मतलब यह तो नहीं कि मैं इनके सामने घुटने टेक दूँ? शायद इन्होंने सोचा होगा कि मैं रो-धोकर पहले ही डरकर उनसे दया की भीख माँगने बैठ जाऊँगा। ये मुझे नहीं जानते?

यह पुल कितना लम्बा है? तिस्ता नदी भी तो कम चौड़ी नहीं है। जुबेली पुल कई बार पार किया था, वह ऊँची पहाड़ी पर है, इसीलिए तभी कुछ ज़्यादा सँकरी है। यह किस जगह पर है?

यह क्या? मेरे पैर क्यों काँपने लगे? दिमाग़ दुरुस्त था, पर पैर काँप रहे थे। सामने की ओर जैसे ही एक पैर उठाता, दूसरा पैर शरीर का भार उठाये रहता। इनसान एक पैर पर देर तक खड़ा रह सकता है, पर तब दूसरे पैर को आगे बढ़ाना काफ़ी मुश्किल है। वह भी इधर-उधर नहीं; सामने की ओर। जन्म से ही इनसान सीधा चलना सीखता है भला?

उनमें से एक चिल्लाया, "क्या हुआ, रुके क्यों? मार खानी है क्या?"

मेरा मुँह तो बँधा था मैं भला कैसे जवाब देता, यह वे क्या नहीं जानते? हालाँकि उनके इस प्रश्न का कोई जवाब था भी नहीं।

वे फिर बोल उठे, "या तो मार खाएगा या गोली, रुकना नहीं चलेगा। मैं फिर से दस गिनता हूँ—एक-दो-तीन...।"

एक लाठी होती तो भार-साम्य में समता रख पाता! मगर लाठी क्या करेगी—मेरे तो दोनों हाथ ही बँधे थे। बचपन में किसी मुँडेर पर या रेल-लाइन के ऊपर से चलता था, तब स्वाभाविक तौर पर दोनों हाथ दोनों ओर सीधे हो जाते थे—बिल्कुल डैनों की तरह।

अँधेरे में आँखें खुली भी हों तब भी ऐसा सँकरा पुल पार करना मुश्किल है।...उन्होंने आँखें क्यों बाँधीं? ज़रूरत पड़ने से इनसान अँधेरे में भी देख सकता है। आँखें खुली होतीं तो और कुछ न सही केवल अँधेरा तो दिखाई पड़ता।

अँधेरा क्या देखने की वस्तु नहीं है? अँधेरे के भी कितने भेद हैं। पृथ्वी पर कहीं भी ख़ालिस काला अँधेरा नहीं है।

ना। मुझसे नहीं होगा। पैर बुरी तरह से काँप रहे थे। मैं गिरनेवाला था। यह एक अन्यायपूर्ण खेल था।

वे अब लाठी से नहीं मार पाएँगे। मैं ज़रूर तार से दूर चला आया हूँ। गोली मार सकते हैं, पर उनकी गोली खाकर में कभी नहीं मरूँगा! वे गिनना शुरू करेंगे—जब नौ की गिनती तक पहुँचेंगे, तभी मैं कूद जाऊँगा।

"नीलू—नीलू!" मुझे लगा पिताजी बुला रहे हैं। वे तो काफ़ी समय पहले स्वर्ग सिधार गये थे। यहाँ वे नदी के ऊपर आकर मुझे नहीं बुला सकते! इनसान की आत्मा जैसी कोई वस्तु हो भी तो वह क्या पंछी की तरह अँधेरी नदी के ऊपर से उड़ेगा? यह सब कहानी, उपन्यासों में ही होता है। अचेतन मन से क्या मैं बच्चे की तरह पिता को मदद के लिए बुला रहा था?

"नीलू—नीलू! तुझसे नहीं हो रहा, मैं तेरा हाथ पकड़ूँ?"

"पिताजी मेरे हाथ तो बँधे हैं। क्या तुम्हारे हाथ हैं?"

"नहीं! हाथ तो मेरे भी नहीं हैं। तुझे रुकने नहीं दूँगा। तू धीरे-धीरे चल। समझ ले कि सामने तेरी माँ है।"

"माँ सामने रहती हैं या पीछे?"

ज़ोरो से हवा चलने लगी। अभी तक हवा का अस्तित्व नहीं था, काफ़ी गर्मी थी। पर बहुत तेज़ हवा भी तो अच्छी नहीं होती। एक क़दम बढ़ाने से ही मेरा शरीर सूखे फूलों की पपड़ियों की तरह हल्का होने लगा। हवा के धक्के से मैं गिर भी सकता था।

मैं आगे नहीं बढ़ पा रहा था—नहीं, मुझसे नहीं हो पाएगा।...

पीछे से वे गिनती करते जा रहे थे।

"नीलू, नीलू—कूदना मत!" माँ की आवाज़ थी। दूसरी तरह की थी, लेकिन काफ़ी जानी-पहचानी-सी लगी।

"तुम कौन हो?" मैंने पूछा।

"नीलू कूदो मत। सामने आओ। तुम मुझे पहचान नहीं पा रहे।"

"रिनि! सच में पहले नहीं पहचान पाया था। हालाँकि मैं यही मानता था कि ज़िन्दगी-भर मैं तुम्हें भुला नहीं सकूँगा।" आश्चर्य की बात है।

"नीलू, सचमुच क्या तुम मुझे भूल गये थे?"

"नहीं रिनि, भूला नहीं था। और काफ़ी समय तक तुम्हारी याद भी नहीं आयी। इतने दिनों तक कहाँ खो गयी थी।"

"मैं तो नहीं खोयी थी। तुमने ही मुझे दूर ठेल दिया था!"

"रिनि, मेरी आँखें बन्द हैं। तुम्हें देख नहीं पा रहा। तुम क्या पहले जैसी हो? सुन्दर पक्षी की तरह आँखों में सपने लिये हुए, तुम्हारा शरीर क्या फूलों की पंखुड़ियों की तरह नरम है?"

"बातें मत करो, मेरे हाथों को पकड़कर आगे बढ़ो।"

"मुझसे नहीं होता रिनि, देखो एक पैर उठाने में कितना समय लग रहा है।"

"कभी तुम सब-कुछ छोड़कर मेरी तरफ़ भागकर आये थे।"

"मैं दौड़ा आया था या तुमने मुझे चुम्बक की तरह अपनी ओर खींचा था? अब फिर से क्या तुम मुझको अपनी ओर नहीं खींच सकतीं?"

"बीच में कितने सारे साल...तुम सामने की ओर न बढ़कर एक ओर से चलो। देखना—तब पैर उठाना नहीं पड़ेगा। एक-एक क़दम घिसट-घिसटकर आगे बढ़ोगे। पैर भी नहीं काँपेंगे। मैं हाथों को बढ़ाकर तुम्हें थामती हूँ, तुम गिरोगे नहीं।"

"तभी तो, एक तरफ़ चलना काफ़ी आसान लग रहा है। रिनि, तुम्हें इस बात का पता कैसे चला? तुमने क्या कभी इस प्रकार का साँको पार किया था?"

अब कोई भी जवाब नहीं मिल पाया, क्योंकि असल में तो वहाँ रिनि नहीं आयी थी। यह सब उसके अचेतन मन की उपज थी। एक ओर से चलने की तरकीब रिनि बताकर गयी या मैंने ही निकाली? काफ़ी समय से रिनि की याद नहीं आयी। रिनि खो गयी या मैं ही उससे दूर चला आया? एक समय वह था जब रिनि के क़रीब पहुँचने की भयंकर आकांक्षा रहती थी। कितनी प्रकार की आकांक्षाएँ होती हैं?...

जिस प्रकार धूप लाखों मील दूर से आकर इनसान के शरीर पर हावी हो जाती है, फिर शरीर के हर छिद्र में चली जाती है, अँधेरे में जो हड्डियाँ, मांसपेशियाँ और शिराएँ रहती हैं, उनमें रोशनी का संचार कर देती है; उसी प्रकार से मैंने रिनि की ज़िन्दगी में प्रकाश की किरण नहीं पहुँचायी थी, बल्कि उसी ने एक सूनी दोपहरी में अपने घर की बैठक में मेरी आँखों के सामने अपना हाथ आगे करके पूछा था—"इस उँगली के सिरे में क्या है," मुझे लगा था, वहाँ पर कभी न होनेवाला मुहूर्त थम गया था!

फिर भी हम किस तरह एक-दूसरे को खो बैठे? अब रिनि को नहीं छोड़ूँगा, उसे पाना ही है! फिर सोचने लगा कि यहाँ से ठीक दस क़दम दूर खड़ा हूँ, वहाँ रिनि उँगली का सिरा उठाकर खड़ी है, वहीं तक मुझे पहुँचना है।

"नीलू, मैं ठीक दस क़दम दूर हूँ, तुम गिन-गिनकर क़दम बढ़ाते हुए आगे बढ़ना।"

"रिनि तुम्हारे पास पहुँचने पर कम-से-कम मेरी आँखों से पट्टी खोल देना। तुम्हें एक बार देखना चाहता हूँ।"

"तुम्हारी आँखें बन्द हैं, यह एक हिसाब से अच्छा ही है; क्योंकि तुम अगर नीचे देखते तो तुम्हारा सिर चकराने लगता। नदी के पानी में काफ़ी नीचे एक प्रकाश टिमटिमा रहा है!"

"नीचे नहीं देखूँगा, सिर्फ़ तुम्हारी उँगली का सिरा अच्छी तरह से देखूँगा!"

इन दस क़दमों में मेरे पैर एक बार भी नहीं डगमगाये। रिनि तो वहाँ नहीं थी। किस चीज़ की ध्वनि सुनाई दे रही थी? जलस्रोत तो काफ़ी नीचे था। हाय रे मेरे अचेतन मन! तुम क्या और भी एक काम नहीं कर सकते थे—रिनि को हाड़-मांस के शरीरवाला रूप नहीं दे सकते थे? मैं भी कितना मूरख हूँ, रिनि केवल दस क़दम दूर है यह बात भला मैं कैसे सोच सका? अगर सोचता कि वह पचास क़दम की दूरी पर है या साँको के उस पार आसमान के कालपुरुष की ओर इंगित कर रिनि खड़ी है, ऐसा सोचने से तो मैं उसकी तरफ़ खिंचा चला जाता।

कृपण की तरह केवल दस क़दम का इक़रार कर मैं रिनि को गँवा बैठा। अब चाहे अचेतन मन को कितना भी दोष दूँ या उससे तकरार करूँ, तब भी रिनि लौटकर तो नहीं आएगी।

पीछे से कर्कश ललकार सुनाई दी—"ऐ हरामज़ादे, खड़ा किसलिए है? हम लोग क्या यहाँ पर रात बिताने के लिए आये हैं, चलाऊँ गोली?"

वे लोग क्या टॉर्च से मुझे देख रहे हैं? वे सब मिलाकर छः हैं, मैंने गिन लिया था। उन्हें रोकने की ताक़त मेरे पास थी ही नहीं। वे क्या मेरे गिरने की प्रतीक्षा में हैं? या उन लोगों ने आपस में शर्त रखी है? सिनेमा में इस प्रकार का दृश्य रहता है जब नायक ऐसे ही फिसलकर गिर पड़ता है, तब दर्शकों के दिलों में कुछ-कुछ होने लगता है। पर सिनेमा में नायक सच में गिरता नहीं, वह आख़िरी पल में सँभल जाता है। एक ही हाथ से पकड़कर गिरकर भी, झूलता रहता है; नीचे मगरमच्छ ताक लगाये दिखाई देता है, पर नायक अपने नायकपने से क़ामयाबी हासिल कर ऊपर उठ जाता है।

मैं गिर जाऊँ तो पकड़ भी नहीं सकता क्योंकि मेरे हाथ तो बँधे हैं। मुँह से भी लकड़ी को पकड़ने की क्षमता नहीं है। मुझे तो ज़रा भी ग़लती करने पर नीचे गिरना ही गिरना है। हाँ यह न तो सिनेमा है, न ही मैं नायक हूँ; यह तो जीवन-संग्राम में जीने की जी-तोड़ कोशिश है। जीना ही है, इसकी कोई ज़रूरत तो नहीं। एक झोंपड़ी की छत से झूलता लम्बा कीड़ा या हल्की हरी लौकी के ऊपर बैठा एक लाल रंग का टिड्डा है जिसके डैने काँप रहे हैं, पर कितनी निश्चिन्तता से बैठा है; लेकिन किसी भी पल चिड़ा आकर उसे होठों में दबाकर ले भागेगा। पता नहीं किस लिए यह दृश्य मेरी आँखों के सामने तैर जाता है।

और कितनी दूर? आधा पार कर लिया क्या? एक पल में अगर कूद जाऊँ

तो और तकलीफ़ सहने की आवश्यकता पड़ेगी ही नहीं। काफ़ी ऊँचाई से गिरने से हवा के दबाव के कारण अपने-आप साँस रुक जाती है। और किसी मृत्यु की तुलना में नदी के वक्ष में चले जाना ही श्रेयस्कर है!

सेतु हिलने लगा। उस पार से वे क्या इसे हिला रहे हैं? तब क्या उनका यही खेल है कि मुझे किसी भी प्रकार से पार नहीं होने देना? बीच नदी की धारा में मुझे डूब जाना है? या इतना लम्बा लकड़ी का सेतु बिना किसी आधार के, बीच से तो अवश्य ही टेढ़ा हो सकता है। ढलुआ होने के कारण यह हिल रहा है। इनसान नहीं इसी लकड़ी के तख़्ते की कमज़ोरी से मुझे गिरना पड़ेगा!...

"नीलू! नीलू, तुम भी अपने शरीर को हिलाओ। नहीं तो भार को बराबर नहीं रख पाओगे।"

"कौन गगन भाई, आप कहाँ से आ गये?"

"नीलू यह समय बातों के लिए नहीं है, तुम अपने शरीर को हिलाओ और साथ में थोड़ा-थोड़ा करके आगे बढ़ते जाओ।"

"गगन भाई, मुझसे अब नहीं होता, पानी मुझे अपनी तरफ़ खींच रहा है। मैं चला... ।"

"नहीं-नहीं, तुम कर सकते हो, तुम्हें पार करना ही है। तख़्ते के झटकों के संग शरीर का तालमेल रखकर एक-एक क़दम आगे बढ़ते चलो, मन को मज़बूत करो। देखना नीलू, तुम अवश्य जीत जाओगे!"

"अरे यह सब क्या कर रहे हो अचेतन मन? तुमने गगन भाई को कहाँ से बुला लिया? शरीर भी हिलाऊँ, पैर भी बढ़ाऊँ और साथ ही शरीर को भी मज़बूत रखूँ? मैं क्या कोई सर्कस में करतब दिखानेवाला खिलाड़ी हूँ? मुझे यह सब करना आता है क्या? कॉलेज में गगन भाई ने मुझे कितनी ग़लत चीज़ें सिखाई थीं। कहा था कि गाँव के लोगों से गँवई भाषा में बातें करना और विप्लावी के लिए हथियार उठा लेना। कहा था कि व्यक्तिगत जीवन की प्रेम आकांक्षाओं का बहिष्कार कर आदर्श की ख़ातिर मित्र की छाती तक गोलियों से छलनी कर दो। सारी बातें जाकर मेरे दिमाग़ में ऐसी गड्डमड्ड हो गयी थीं कि मैं कुछ समय के लिए सोचने की क्षमता खो बैठा था। जब मुझे होश आया तो देखा—गगन भाई ने यह सब-कुछ भी नहीं कहा—माना था, बल्कि वे तो सामान्य स्वच्छन्द जीवन बिता रहे थे, जहाँ सिर्फ़ मौज-मस्ती का आलम था। मुझे देखते ही उन्होंने प्रश्न किया था—तुम कौन हो, मैं तो तुम्हें नहीं जानता।"

पिताजी, रिनि, गगन भाई—ये सब मेरे अचेतन मन में बार-बार क्यों दिखाई दे रहे हैं। यह क्या कोई रूपकात्मक नाटक है—अँधेरी रात में मैं तेज़ बहाववाली नदी के ऊपर एक ख़तरनाक साँको को अकेला पार कर रहा हूँ, यह क्या कोई

प्रतीकात्मक रहस्य है? तीव्रधारा या...दुधारी तलवार के ऊपर से चलने का नाम ही तो जीवन है! उपनिषद में भी इस सम्बन्ध में काफ़ी उक्तियाँ दी गयी हैं! छः भयंकर आततायी मुझे ज़बर्दस्ती पकड़कर ले आये—क्यों? मुझ पर उनका इतना क्रोध क्यों है? मुझे तो पता नहीं। मुझे एक ही गोली से ख़त्म कर देने से तो झंझट मिट जाता। बल्कि इन्होंने मुझे इस आतंकजनित घृणास्पद खेल में जोत दिया। ज़रा-सा भी पैर डगमगाने से मृत्यु अवश्यम्भावी है। यही रूढ़ सत्य है। मेरे जीवन की यह अन्तिम रात्रि है शायद?

एक-दो-तीन-चार-पाँच।

''जा रहा हूँ, जीने की चाह किसे नहीं? कुछ भी उपाय करके जीने की राह सभी खोज ही लेते हैं। जा रहा हूँ।''

अचानक तख़्ते का कम्पन थम गया। इसका मतलब कि मैं बीच तक पहुँच गया। अगर कमीज़ को खोल सकता तो अच्छा होता। गर्मी लग रही थी। इस अँधेरे में तो पैण्ट खोलने से भी कुछ नहीं होता, बल्कि शरीर और भी हल्का हो जाता। उन लोगों ने शायद अनजाने में अच्छा काम किया है। मुझे नंगे पैर आने की इजाज़त दी है, जिससे मेरे पैरों की उँगलियाँ काफ़ी समय पहले पूर्वजों की तरह ज़मीन का सहारा ले सकीं।

''नीलू, तू डरना नहीं, मैं हर वक़्त तेरे साथ हूँ।''

''पिताजी आप फिर से आ गये। जब आप साथ नहीं रहते थे, तब भी मैं कई बार अनजाने रास्तों में भटक जाया करता था, पर अपने-आप ही तो रास्ता निकाल भी लिया करता था।''

''नीलू, ऐसे समय में माता-पिता का प्यार सन्तान को सहारा देता है। सन्तान इसे समझती नहीं। कहते हैं न, स्नेह हमेशा निम्नगामी होता है, तभी वे अपने माता-पिता को भूलकर अपनी सन्तान से ही अधिक मोहमाया में बँधकर, उन्हीं में लीन हो जाते हैं।''

''हे अचेतन काहे को पिताजी को ले आये? इससे तो मैं और भी कमज़ोर पड़ जाऊँगा। पिताजी की मृत्यु-शय्या के क़रीब मैं रह नहीं पाया था, उनके उचित निर्देशों का भी उल्लंघन किया था, तब दोस्तों के सान्निध्य का नशा मुझ पर पूरी तरह हावी था। लेकिन यह समय तो उन बातों को सोचने का नहीं है। अगर किसी को लाना ही चाहते हो तो रिंनि को ले आओ। कम-से-कम रिंनि के स्वर से मुझे अनुप्रेरणा मिल सकेगी, उसकी आवाज़ मेरे लिए संजीवनी बूटी का काम करेगी।''

''नीलू, मैं गगन भाई हूँ। आओ ठीक-ठीक पैर बढ़ाते चलो। और ज़्यादा दूर नहीं है। तुम पहुँच जाओगे। सेतु के उस पार तुम्हारे लिए कितनी भारी उपलब्धियाँ तुम्हारी प्रतीक्षा में हैं, तुम्हें पता है? जो आदर्श की ख़ातिर सर्वस्व का

त्याग कर देते हैं, वे ही असल में सब-कुछ पाने के दावेदार होते हैं।''

ओ हो—मेरा निजी अचेतन! उसी को मैं नियन्त्रण में नहीं ला पा रहा। रिनि की चाह की, तुम ले आये गगन भाई को। मेरे प्रिय अचेतन मन, तुम भी क्या इन छः अपराधियों की भाँति मेरे साथ मज़ाक़ कर रहे हो? नहीं तो अब गगन जी को लाने का मक़सद क्या है? गगन भाई जैसे लोग हमेशा ऐसी ही बड़ी-बड़ी बातों से लोगों का मन जीतते रहेंगे। जिसे सुनकर दो-एक मोक्ष प्राप्त कर लें, बाक़ी जो सौ या हज़ार किसी गह्वर में समा गये होंगे, उनका किसने भला हिसाब रखा है? मैं भी उन्हीं की श्रेणी में हूँ। मुझे भी जीने की चाह है। सच कहता हूँ, काली माता की क़सम—मेरी भरपूर जीने की ख़्वाहिश है। जो दावतवाले घर के बाहर जूठन चाटते हैं, उनमें से एक होकर भी जीना पड़े, तब भी मैं जीना चाहूँगा। मैं नदी में गिरकर टुकड़े-टुकड़े होना पसन्द नहीं करूँगा!...

दाहिना पैर, बायाँ पैर, बायाँ पैर, दाहिना पैर। अब मेरे साथ अचेतन नहीं है। अब मेरा मन-मस्तिष्क पैरों में है। मेरी आँखें बन्द हैं, मुँह भी बन्द है, हाथ भी बन्द हैं, सिर्फ़ दोनों पैर खुले हैं। इन्हीं पैरों के भरोसे मुझे जीना है। मैं न तो पीछे जा सकूँगा, न ही रुक सकूँगा। वे लोग बन्दूक़ ऊँची करके, टॉर्च जलाकर क्या अब भी मुझ पर नज़र रख रहे हैं? और कितनी दूर—मैं कब से चला जा रहा हूँ!

पास में ही कुछ लोगों की बोलने की आवाज़ें सुनाई दे रही हैं। सच में इनसानों के गले से आवाज़ें निकल रही हैं, यह न तो अचेतन मन की ख़ुराफ़ातें हैं, न ही कल्पना है, ये तो पूरी तरह से सत्य है। तब क्या मैं पहुँच गया, बच गया? उनका भला हो कि उन्होंने मेरे कान नहीं बाँधे। अब मुझे सब स्पष्ट सुनाई दे रहा है।

एक आदमी बोला, ''वाह-वाह, आ गया—कुछ क़दम और चलो बस।''

दूसरा बोला, ''हाय भगवान! यह हरामज़ादा तो सचमुच पहुँच गया।''

एक और बोला, ''मैंने कहा था न कि ज़िन्दगी सभी को प्यारी होती है। यह साला भी पार कर जाएगा। मेरी शर्त की रक़म देनी पड़ेगी।''

मैं चौंककर खड़ा हो गया। ये सारे स्वर मेरे परिचित थे। यही उस पार थे। इन्होंने ही मुझे ज़बर्दस्ती पकड़ा था।

आसपास अवश्य ही कोई सुरक्षित, छोटा, संक्षिप्त सेतु था, जिस पर चलकर वे लोग पार आ पाये। इन सब सेतुओं की ख़बर ऐसी अँधेरी रात में इन्हीं लोगों को ही रहा करती है। वे सब-कुछ आसानी से जान जाते हैं।

उनमें से एक बोला, ''रुका क्यों? अब तेज़ क़दमों से चला आ, अब कोई डर नहीं है।''

दूसरा बोला, ''यह आदमी ऐसा कमाल कर गुजरेगा, हम तो सोच ही नहीं सकते थे। इसे अवश्य ही किसी तरह का पुरस्कार देना चाहिए।''

एक और आदमी बोला, "अवश्य, हमें 'स्पोर्टमैन स्पिरिट' यानी बड़े दिलवाले होने का प्रमाण देना है। उस ओर की ज़मीन पर पैर रखने के साथ-साथ उसे हम विजयी घोषित करके इनाम की घोषणा कर देंगे। अरे तुझे क्या चाहिए—डेढ़ बीघे ज़मीन के ऊपर मकान, विदेश-यात्रा, दवाइयों की एजेन्सी, रास्ता बनाने की ठेकेदारी?"

मेरे दोनों पैर ज़ोरों से काँप रहे थे। बचपन में एक कहावत सुनी थी—खजूर के पेड़ के तीन हाथ। एक साधारण आदमी के लिए खजूर के पेड़ पर चढ़ना मामूली बात नहीं है। और सबसे मुश्किल होता है अन्त के तीन हाथ उठना। किनारे पर आकर जैसे नौका डूब जाया करती है, उसी तरह मैं भी किनारे पर आकर भी उसे पार नहीं कर पा रहा था। एक क़दम भी आगे बढ़ाना मेरे लिए भारी पड़ रहा था।

मेरा अचेतन बोला, "यह क्या कर रहे हो भाई? यहाँ तो साँको के नीचे न ही पानी है और न ही कोई ख़तरा है अब तो सिर्फ़ ज़मीन है, जिसे तुम दौड़कर पार कर सकते हो!"

मैं हँसकर पीछे मुड़ा।

उस पार पहुँचने पर वे लोग मुझे पुरस्कार देनेवाले हैं, ऐसा ही तो कहा है। यह उनका खेल है, जिससे सभी बचना चाहते हैं, मैं भी। पर जीने की एक गरिमा तो रहनी चाहिए। कीड़े-मकोड़ों की तरह जीना भी कोई जीना है!

सिर्फ़ एक स्थूल जीवन...। कोई सामने एक ललचाती हुई चीज़ टाँगकर रख देगा। उसे देखकर हमें दौड़ते हुए वहाँ पहुँचना पड़ेगा...मुझे क्या उन्हीं के नियम से खेलकर जीत हासिल करनी पड़ेगी?

मैं जैसे ही उल्टी तरफ़ चला, उस पारवाले लोग चिल्लाने लगे, "अरे यह आदमी क्या पागल हो गया है? अरे गधे! किस दिशा में जा रहा है? इधर आ दौड़कर तू जीवित बच गया...।"

मेरा मुँह बन्द था, तब भी मैं बोला, "मैं अब अपनी लड़ाई अपने तरीक़े से लड़ूँगा—या अपना खेल अपने तरीक़े से खेलूँगा। अब मेरा खेल शुरू होगा।"

पाण्डव/कौरव

कुरुक्षेत्र रणभूमि से एक कोस जाकर उत्तर में एक बड़ी नदी है। जहाँ पर नाना प्रकार के वृक्ष शोभायमान थे। वहाँ पर एक पेड़ के नीचे एक अत्यन्त वृद्ध ऋषि विराजमान थे। उस समय अपराह्न की वेला काफ़ी गहरी हो चली थी, समूचे आसमान में लाली की आभा ऐसी दिखाई दे रही थी मानो किसी ने रक्त छिड़का हो। यह वृद्ध कुरूप तो थे ही, काफ़ी मैले वस्त्र भी धारण किये हुए थे। उनके सारे मुँह पर सफ़ेद दाढ़ी-मूँछों का ऐसा घेरा बना था कि दो आँखों के अतिरिक्त कुछ भी दिखना असम्भव था। हाँ उनके नेत्र काफ़ी उज्ज्वल थे। इन्हीं नेत्रों से वह गाढ़े मनोयोग से भोजपत्र पर नरसुल की कलम से अनवरत लिखाई में मगन थे।

ये और कोई नहीं, सत्यवती नन्दन कृष्ण द्वैपायन स्वयं वेदव्यास थे। थोड़े समय पश्चात् ही अरण्य के भीतर से एक शक्तिशाली प्रौढ़ व्यक्ति भागते हुए आये। उनके अंग पर राजवेश था, परन्तु छिन्न-भिन्न। माथे पर मुकुट नहीं, पूरी देह छलनी हो चुकी थी और रक्त की धारा बह रही थी। उनका अहंकारी मुखमण्डल वर्तमान में विषाद से आच्छन्न था। ये थे पराजित, गौरव-लुण्ठित राजा दुर्योधन।

ऋषि को श्लोक-रचना में मगन देख दुर्योधन थोड़ा रुककर हाथ की गदा पर टेक लगा खड़े हो गये। ऋषि को उनकी उपस्थिति की भनक तक नहीं मिली। वे द्रुत गति से लिखते चले जा रहे थे। दुर्योधन ने कई बार पीछे मुड़कर देखा फिर ऋषि का ध्यान बँटाने के लिए गले को खँखारा।

वेदव्यास ने सिर उठाया। दुर्योधन को सामने खड़ा देख वे अचम्भित-से हो गये। उन्हें उनके मुख पर भय की क्षीण छाया भी दिखी।

दुर्योधन ने व्यंग्यात्मक स्वर से उन्हें प्रणाम किया और पूछा, "मुझे पहचान रहे हैं भगवन्?"

व्यास बोले, "वत्स दुर्योधन, तुम यहाँ? रणभूमि छोड़कर चले आये? तुम्हीं ने इस विशाल ध्वंस-यज्ञ का प्रारम्भ किया था और तुम्हीं पूरी तरह उसका समापन

किये बिना वहाँ से पलायन कर आये? तुममें चाहे जितनी भी ख़ामियाँ हों, पर यह तो कोई नहीं कह सकता था कि तुममें क्षत्रियोचित शौर्य नहीं था। अपने भाइयों एवं परम प्रियजनों के निधन की सूचना पाकर भी तुम स्वयं को बचाना चाह रहे हो?''

दुर्योधन ने कहा, ''इस प्रश्न का उत्तर मैं बाद में दूँगा, पहले आप बताइये आपने मुझे किस आधार पर पहचान लिया, क्योंकि आपने मुझे पहले तो कभी नहीं देखा? आज इस समय हम दोनों आमने-सामने हो पाये हैं।''

व्यास बोले, ''यह क्या कह रहे हो दुर्योधन? रणभूमि में कठोर परिश्रम के फलस्वरूप क्या तुम्हारे मस्तिष्क में विकृति आ गयी है? मैं जिस महाभारत की रचना कर रहा हूँ, तुम्हीं तो इसके परम पात्र हो। तुम्हीं हर समय मेरे मन में हो, तुम्हारी स्पर्धा, द्वेष, ईर्ष्या, कुटिलता साथ में परम तेजस्विता ही तो एक के बाद एक घटनाओं के चक्र को चलाने में सहयोग दे रहे हैं। मैं तुम्हीं को नहीं पहचानूँगा! इसके अतिरिक्त मैं तो जन्मावधि से देखता चला आ रहा हूँ। मैं ही तो साक्षात् पितामह हूँ तुम्हारा!''

दुर्योधन ने गहरी साँस ली और नयनों में क्रोध की रेखा लाकर चंचल स्वर में पूछा, ''रक्त सम्बन्ध के हिसाब से आप मेरे पितामह हैं, वह तो मुझे भी पता है; पर अब तक मेरे साथ आपका एक बार भी संवाद नहीं हुआ। यहाँ तक कि जब मैं अबोध शिशु था, तब भी आपने कभी मेरे मस्तक पर स्नेह-सिक्त चुम्बन नहीं लिया। और न कभी मेरी ओर स्नेहपूर्वक देखा। मैंने सुना है आप अकसर कहते हैं—कौरव/पाण्डव आपकी दृष्टि में एक समान हैं, जैसे आप उनके पितामह हैं, वैसे ही हमारे भी हैं। परन्तु आप युधिष्ठिर आदि से आठ बार मिले, उन्हें अपने दर्शन-उपदेश से धन्य किया; लेकिन इस अधम के संग एक बार भी संवाद करने का कष्ट नहीं किया।''

''युधिष्ठिर से मेरा आठ बार साक्षात् हुआ?''

''क्यों? क्या आपको स्मरण नहीं? हे तेजस्वी ऋषि, क्या आपको भी स्मृति-विभ्रम हो गया है?''

''बीच-बीच में विस्मरण तो होता ही है। तभी तो तुम्हारी इस महायुद्ध की कथा समय मिलने पर ही कुछ-कुछ लिपिबद्ध करके रखता रहता हूँ।''

''तब तो मैं विवरण देता हूँ, आप सुनते जाइए! आपकी रचना में इसे भी स्थान अवश्य मिलना चाहिए। वारणावत से पाण्डवगण जब पलायन करके वनों में घूम रहे थे, तब अकस्मात् आप स्वयं उनके सम्मुख जाकर उन्हें एकचक्रा नगरी में ले गये। फिर कुछ समय बाद वहाँ जाकर उन्हें पांचाल नगरी में जाने का परामर्श भी आपने दिया था, जिससे पंच पाण्डव द्रौपदी की स्वयंवर-सभा में जाने का सुअवसर पा सकें। विवाह-मण्डप में द्रौपदी के पंचपतित्व के संकट से उपजा प्रश्न आने पर

आपने ही उसका समाधान भी कर दिया था। युधिष्ठिर के राजसूय यज्ञ में भी आप उपस्थित थे, पर मेरे वैष्णव यज्ञ में आप नहीं आये। पाण्डव जब बारह वर्षों के वनवास में गये, तब आपने ही द्वैतवन में जाकर युधिष्ठिर को महोपकारी प्रतिस्मृति मन्त्र की दीक्षा दी थी। यहाँ तक कि कुरुक्षेत्र के महासंग्राम में भी आप तीन बार पाण्डवों के शिविर में गये, अभिमन्यु व घटोत्कच के वध हो जाने पर एवं जब गुरुपुत्र अश्वत्थामा ने नारायण-अस्त्र का मोचन किया था, उस समय आपने ही निरुत्साह अर्जुन को उत्साह और साहस का मन्त्र दिया था। परन्तु हमारे पक्ष के महान वीरों की वीरगति पर आप एक बार भी नहीं आये। यह क्या पक्षपात नहीं है? यहाँ तक कि भीष्म जो आपके भाई समान हैं, उन्होंने जब भूमिशय्या ली, तब भी आप उन्हें एक बार देखने नहीं आये।''

व्यास का उत्तर था, ''मैं देख रहा हूँ कि गणित में काफ़ी दक्ष हो। परन्तु इस अन्तिम समय में इन सब आलोचनों से क्या फल मिलेगा? दोनों पक्ष ही ऐसे हैं जिसमें मेरे पौत्र सम्मिलित हैं। पाण्डवगण हमेशा से दुःखी, निर्वासित तथा तुम्हारे पक्ष की तुलना में दुर्बल रहे थे। यह तो विदित ही होगा कि जनक-जननी का स्नेह दुर्बल सन्तान की ओर अधिक रहता है। इस सम्बन्ध में मैं तुम्हें सुरभि की व्याख्या सुनाता हूँ।...''

दुर्योधन ने कहा, ''मुझे उस उपाख्यान का ज्ञान है। मेरे पास अधिक समय नहीं है, इसीलिए कुछ प्रश्न कर रहा हूँ। यह तो समझ गया कि पाण्डव दुर्बल थे, इसी कारण उन्हें आपका अधिकतम स्नेह प्राप्त हुआ था; पर बताएँ मेरी जननी ने आपका क्या बिगाड़ा है? आप जिस महाभारत की सृष्टि कर रहे हैं, उसमें क्या मेरी जननी दुःशीला रमणीरूप में वर्णित होगी?''

''अरे नहीं! छीः-छीः! तुम्हारी जननी गान्धारी. धर्मशीला, अति पवित्र चरित्रा नारी हैं। उनका कोई दोष कोई भी लक्षित नहीं कर पाएगा।''

''तब आपने किस कारण से उन्हें निर्दय की तरह वंचित किया। वे किसी से कुछ नहीं चाहतीं। आपने तो स्वयं आकर उन्हें एक बार वर देना चाहा था; और यदि कोई ऋषि स्वयं वर देने आये, तो उनका प्रत्याख्यान करना अनुचित था, इसी कारण उन्होंने आपसे गुणवान पुत्र का वर चाहा। उसके प्रत्युत्तर में उन्हें आपने क्या प्रदान किया—उनके गर्भ में एक लौह खण्ड की तरह मांस का लोथड़ा पलने लगा!''

''दुर्योधन, तुम्हें फिर शायद उस घटना का ज्ञान भली प्रकार से नहीं है। तुम्हारी माता ने शतपुत्र की प्रार्थना की थी, मैंने भी तदनुरूप वर प्रदान किया था। परन्तु सुशीला गान्धारी को जब युधिष्ठिर के जन्म की सूचना मिली तो उनके लिए धैर्य धारण करना असम्भव हो गया, दो वर्ष बीतने से पहले उन्होंने अपने गर्भ के मांसपिण्ड को बाहर करना चाहा। तभी तो...''

"पितामह! मुझे कहने दें—मेरी माँ ने शतपुत्र की चाह की थी, परन्तु उसके लिए एक गर्भ में कठिन वस्तु धारण करना भी तो नरक-यातना के बराबर ही हुआ! जननी कुन्ती से पहले जननी गान्धारी का गर्भाधान हुआ था। अगर सहज नियमानुसार उनका सुप्रसव होता तो मैं ही युधिष्ठिर का अग्रज होता। आपने मुझे उस अधिकार से किस कारण वंचित किया...। क्यों?"

वेदव्यास मधुर हँसी हँसते हुए बोले, "उसका एक कारण था, यह भी एक अभूतपूर्व नाट्य-कौशल है। वाल्मीकि आदि कविगण ऐसे कौशल की कल्पना तक नहीं कर सकते। राजा, मैंने एक अमर कथा की रचना करने के लिए तुम्हारे जन्म एवं वंश-वृद्धि की सुनिर्दिष्ट परिकल्पना पहले से करके रखी थी।"

"कहानी रचना के लिए?"

"हाँ मानव तो मरणशील ही है। तुम एवं अन्य रथी-महारथी सभी काल के चक्र के अनुसार एक-न-एक दिन तो अवश्य ही मृत्यु की गोद में समा ही जाएँगे, परन्तु मैंने तुम्हारे जीवन-चक्र को इस भाँति सजा दिया, कि जिससे सारी घटनाएँ चमकदार, साथ में गहन ऐतिहासिक रूप ले सकें। पाण्डवगण तो देवों के वरदान थे, उनके जन्म के साथ मेरा कुछ भी लेना-देना न था। परन्तु उनके विरुद्ध तुम्हारा गठन करने की सामर्थ्य मुझ में थी। कविगण प्रजापति यानी स्रष्टा हैं। मेरे कल्पना-रूप में तुम लोगों ने रक्त-मांस के शरीर में जन्म लेकर सारे कर्म किये।"

"मुझे भली प्रकार से समझ में नहीं आयीं आपकी बातें।"

"तुम नहीं समझोगे। भविष्य ही इसे समझ पाएगा।"

"पितामह मैं और भी बहुत कुछ जानना चाहता हूँ। हमारे जन्म के समय आप उपस्थित थे। हमारे नामों का नामकरण भी आप द्वारा ही किया गया था। मेरे और भ्रातागणों के नाम दुः से—जैसे दुःशासन, दुःसह, दुष्प्रधर्षण, दुर्मुख, दुष्कर्ण, दुर्विसाह, दुर्विमोचन, दुराधर...यहाँ तक मेरी एकमात्र भगिनी का नाम भी दुःशला है। कोई माता-पिता अपनी सन्तानों के इतने ख़राब नाम रख सकता है? आप तो धर्म की जय और अधर्म की पराजय का जाप करते हैं, परन्तु आपने धर्माचरण का सुअवसर दिया कहाँ? इन सब नामों द्वारा आपने हमें जन्म से ही भयंकर तथा विकट बना रखा था। हालाँकि मेरी माता ने आपसे गुणवान पुत्रों की चाह की थी। उन्होंने कभी भी अधर्म का कार्य नहीं किया, तब भी उनका पूरा जीवन दुःख के भार से आक्रान्त रहा। यही क्या धर्म का पुरस्कार है या यही धर्म का फल है?"

वेदव्यास का उत्तर था, "हे कुरुराज! दुःख के भूषण ने तुम्हारी जननी को महिषी बनाया। वे अनन्या हैं। जो भी हो, अब तुम क्या करना चाहते हो, तुमने कुछ निश्चित किया है? देखो सन्ध्या घनी हो चली है, पंछियों के झुण्ड अपने घोंसलों में वापस लौट रहे हैं, रक्तिम आकाश की पृष्ठभूमि में वे ऐसे प्रतीत हो रहे हैं मानो आत्मा

स्वर्ग की ओर गमन कर रही हो। तुम भी स्थूल देह को त्यागकर स्वर्ग में जाने की तैयारी करो, सारे क्षोभ, शोक भुला दो।"

"मुझे स्वर्ग जाने की अभी कोई जल्दी नहीं है।"

"क्यों? तुम्हारी हत्या किये बिना तो युधिष्ठिर को निष्कण्टक सिंहासन प्राप्त नहीं हो सकेगा। तुम जहाँ भी रहो, पाण्डवगण अवश्य तुम्हें खोज लेंगे। तुम्हारी ग्यारह अक्षौहिणी सेना का पूरी तरह से विध्वंस हो चुका है। अश्वत्थामा, कृप, कृतवर्मा, संजय के अतिरिक्त और कोई भी तुम्हारे पक्ष का जीवित नहीं बचा है। अब तुम किस आशा से जीवित हो?"

"पितामह, पाण्डवों को अभी भी मेरे सम्पूर्ण शौर्य का प्रमाण नहीं मिला है। कृष्ण को जिस प्रकार माया आती है, मैं भी उसी प्रकार से मायाजाल बिछा सकता हूँ। यदि मैं इस सरोवर में जल को अचंचल करके इसमें अवस्थान करूँ तो पाण्डवों को कभी भी मेरा पता नहीं मिल सकेगा। मैं देशान्तर जाकर शक्ति संचय कर वापस जयलाभ कर लूँगा!"

"नहीं—नहीं कुरुराज! तुम्हारे जीवन-इतिहास में तुम्हारा इस प्रकार का अर्थहीन अन्त हो ही नहीं सकता। तुम पूर्णतया कुटिल, मूर्तिवान अधर्मी हो, तब भी तुम्हारी मृत्यु के दृश्य में वेदना का रंग सम्मिलित हो, तुम्हारे लिए स्वर्ग से पुष्प-वृष्टि हो, जो कहानी का पाठ करेगा उसके नयन अश्रुपूर्ण हों, ऐसी असाधारण परिणति के लिए ही तो मैंने तुम्हारे जीवन का गठन किया था। या यह भी कह सकते हो कि मैंने तुम्हें इसीलिए रचा था।"

"आपने गठन किया अर्थात् मैं आपके द्वारा सृजन किया गया मानव हूँ? तब सच बताइए, आप क्या मन-ही-मन मुझसे भयभीत हैं? तभी कभी भी मेरे सामने तक आने का साहस आप नहीं कर पाये? एक बार ऐसा अवसर आया था, लेकिन तब आप जल्दी से वहाँ से चले गये, यह क्या इसी भय के कारण ही पितामह?"

"मैं कब चला गया ? मुझे तो कुछ याद नहीं? मैं भला तुमसे क्यों डरूँ?"

"मैं आपको याद दिला देता हूँ—द्वितीय द्यूत-क्रीड़ा के पश्चात् पाण्डव बाज़ी हारकर वनवास-प्रस्थान से पहले एक भयंकर शपथ ले करके गये थे कि वे हमें निर्वंश कर देंगे! उन्हें तो हमें वंश-सहित नाश करने की बात कहने में ज़रा-सी भी शर्म महसूस नहीं हुई। उनके चले जाने के बाद वीर श्रेष्ठ कर्ण ने मुझे अत्यन्त युक्तिपूर्ण परामर्श दिया था। उन्होंने कहा था कि 'युद्ध तो होना है, क्योंकि अपमानित और राज्य से विच्युत पाण्डवगण वनवास के समापन पर प्रतिशोध की समराग्नि अवश्य जलाएँगे। अगर यही होना है तो पाण्डवगणों को शक्ति-वृद्धि का अवसर देना क्या उचित है? अभी उनके साथ युद्ध का प्रस्ताव करके जय-पराजय का निर्णय कर लिया जाए।' कर्ण के विचार सुनकर जब हम युद्ध के लिए रथ में प्रस्थान करनेवाले थे,

उसी समय आप आकर उपस्थित हो गये।''

''हाँ यह तो सत्य है।''

''आप हमसे बिना कोई बात किये हमारे पिता के सन्निकट गये। महाराजा धृतराष्ट्र जिनका हृदय ऊपर से तो ग्रीष्मकालीन नदी की तरह है, परन्तु अन्दर-ही-अन्दर वह था हिमशीतल, उन्हें आपने अनेक प्रकार के भय दिखाकर हमें युद्ध से विरत करने के लिए हठ किया। पिता आपकी बातें सुनकर बोले—'भगवन् मैं दुर्बल हूँ, पुत्र भी मेरी बात नहीं सुनते, आप स्वयं ही दुरात्मा दुर्योधन को उपदेश दें।' लेकिन आपने हमारे पिता के अनुरोध पर ध्यान नहीं दिया, वरन् अपनी व्यस्तता का ध्यान कर बोले—'मेरे पास समयाभाव है। मैत्रेय ऋषि आनेवाले हैं, वे ही आकर दुर्योधन को उपदेश देंगे।' यह कहकर आप अन्तर्धान हो गये थे; आपको याद है?''

व्यासदेव ने इन प्रश्नों का उत्तर नहीं दिया, बल्कि मन्द-मन्द मुस्कराते रहे। दुर्योधन के इस अभियोग को वे नकार भी नहीं सकते थे।

दुर्योधन भी प्रत्युत्तर में विद्रूप हँसी हँसकर कहने लगा, ''मैत्रेय ऋषि ने भी क्या उपदेश दिया! वे केवल पाण्डवों की प्रशंसा करते रहे कि वे कितने शक्तिशाली और वीर हैं आदि...यह सुनकर मैं बिना कोई बात किये अपनी जंघा ठोंकता रहा, और नीचे पैर के अँगूठे से भूमि पर रेखा बनाने लगा। वही मेरा इतना बड़ा अन्याय हो गया कि उन्होंने उसी पल मुझे शाप दे दिया कि, महायुद्ध में भीम मेरी जंघा को अपनी गदा से तोड़ डालेगा। उन्होंने अपने ब्रह्मतेज का ग़लत प्रयोग किया था या नहीं? दूसरे पक्ष के पराक्रम, शौर्य का वर्णन सुन क्षत्रियों का हास-परिहास करना तो उचित ही है, उसके लिए इतना क्रूर शाप! उस क्रूर ऋषि को आप हम पर थोपकर स्वयं पलायित हो गये थे पितामह!''

भूर्जपत्र एवं कलम को अपने झोले में डाल वेदव्यास बोले, ''समय सन्निकट है, अब तुम्हें जाना है और मुझे भी जाना है। फिर भी तुम्हारे कौतूहल का अन्त करने के लिए मैं कुछ बातें बताना चाहूँगा। उस दिन मैं युद्ध से बचने का उपदेश देने गया था, क्योंकि वह युद्ध अत्यन्त संक्षिप्त होता, धनुर्धारी कर्ण के पास जो अस्त्र था, वह आंजनिक अस्त्र उस समय अर्जुन के पास न था। पाण्डव तथा दूसरे लोग जितना भी घमण्ड दिखायें, परन्तु केवल मुझे और युधिष्ठिर को यह ज्ञात था कि न्याय-युद्धानुसार कवच-कुण्डलधारी कर्ण का वध करना अर्जुन के लिए उस वक़्त असाध्य जैसा था। अर्जुन के लिए भी घोर साधना आवश्यक थी, उसी प्रयोजन से अस्त्र-संग्रह करने तथा देवों का अनुग्रह प्राप्त करने के लिए तब मैंने अर्जुन को महादेव एवं इन्द्रादि देवगणों के पास भेजने की सलाह दी थी। तुम्हें उस समय मैंने किसी प्रकार का भी उपदेश नहीं देना चाहा था, क्योंकि क्या उपदेश देता? तुम्हें युद्ध से तो मैं रोकना भी नहीं चाहता था। भारत के इतिहास में सबसे महान युद्ध

होगा, वह भी तुम्हारे ही हठ के कारण, तथा उस युद्ध के इतिहास की रचना भी मुझे ही करनी होगी, उसी उद्देश्य को ध्यान में रखकर ही तो मैंने तुम लोगों को पूरी तरह से चरम परिणति की दिशा में लाकर खड़ा कर दिया। देखो तो—महाप्रलय के समान महासंग्राम हुआ या नहीं?" सात द्वीपोंवाली पृथ्वी की समस्त क्षत्रिय जाति का समूल नाश हो गया।

"इससे तो आप काफ़ी प्रसन्न हैं! जमदग्नि पुत्र परशुराम की भाँति आप भी क्या पृथ्वी को क्षत्रियों से शून्य करना चाहते थे? आप तो ब्राह्मण...।"

"नहीं—यह ठीक नहीं है। मेरा उस प्रकार का कोई भी उद्देश्य न था। मैं किसी की मृत्यु-कामना नहीं करता। काल ही मनुष्य का एकमात्र विधान है। तुम युधिष्ठिर, अर्जुन या राधेय कोई भी काल के महाग्रास से अछूता नहीं रह सकता है। मैंने तो कथा-शिल्पी के नाते घटनावलियों का मनोहारी निरूपण किया है या सजाया है। द्रौपदी का यदि वैसा विवाह नहीं कराता...?"

"हाँ द्रौपदी के विवाह के विषय में आप क्यों इतने आग्रही थे? एक रमणी के पाँच पति, ऐसे शास्त्र-विरुद्ध कार्य का आपने न केवल समर्थन किया था बल्कि ज़ोर डालकर विवाह भी प्रायः करवाया था ही। इसके लिए आपने ग़लत उपाय भी किये। आप इस अन्याय को रोकने के बजाय उसमें सहायक भी अधिक हुए थे। पूर्व जन्म में किसी तापसी ने तपस्या करते समय महादेव से पाँच बार उत्तम पति की प्रार्थना की थी, तभी महादेव ने उसे पंचपति का वर प्रदान किया था। अत्यन्त शीघ्रता से आपने अटपटी कथा का विन्यास किया था, इसीलिए उस तापसी का नाम तक नहीं बताया था। ऋषिगण जब भी कहानी कहते हैं, उसमें पात्र-पात्री, उसके माता-पिता, चौदह पुरखों का वर्णन करने में नहीं चूकते; आपको कहाँ से तापसी मिल गयी, जिसका कोई नामलेवा तक न था?"

"द्रुपद को मैंने बताया था—द्रौपदी का जन्म लक्ष्मी के शरीर से हुआ था, वे ही तापसी थीं। बाद में द्रौपदी रूप में उन्होंने जन्म ग्रहण किया था।"

"वाह-वाह अति सुन्दर! देवी लक्ष्मी स्वयं नारायण की भार्या हैं, उन्हें आपने धर्म, पवन, इन्द्र, अश्विनी कुमार के पुत्रों की शय्या-संगिनी बना डाला! यह कथा भी अलौकिक है! सच हो तो, नारायण आपको छोड़ते नहीं!"

व्यासदेव उठ खड़े हुए तथा दुर्योधन की तरफ़ रक्तिम नेत्रों से देखकर बोले, "मूर्ख! तुम यह सब नहीं समझोगे। वर-निर्वाचिनी पांचाली को जैसे ही मैंने पंचपति का वरदान दिया, उसी पल वह भारत के इतिहास की अनुपमा, अतुलनीया, रमणी बन गयी। क्या उस वाल्मीकि के लिए सम्भव था वैसा चरित्र रचना? वत्स, भूमि पर विजय प्राप्त करने के लिए राजागण आपस में द्वेष रखते हैं, यह कहने में किसी प्रकार का नयापन नहीं। रमणी को जीतने के लिए भी पृथ्वी पर अनेक बार रक्त

की नदियाँ बह चुकी हैं, ऐसे इतिहास की सृष्टि करने के लिए किसी वेदव्यास की आवश्यकता नहीं होती। परन्तु द्यूत-सभा में पराजित परमवीर एवं परम गुणवान पाँच पतियों के सम्मुख द्रौपदी का करुण प्रलाप—जब उनके केश पकड़कर उन्हें अपमानित किया गया : वैसा दृश्य कहीं और घटा था? द्यूत की बाज़ी में पंच पाण्डव तुम्हारे दास थे, पांचाली ही उनकी मुक्ति का कारण बनीं। वही तेजस्विनी, रूपगर्विता, अस्मिता-सम्पन्न तथा ओजमयी नारी थीं, जिनके प्रत्येक वाक्य से अग्नि की शिखा प्रज्चलित हो रही थी। जिसके रूप के आकर्षण के समक्ष अन्य समस्त रमणियाँ अति तुच्छ या वानरी लगती हों, वह नारी क्या कभी एकमात्र पुरुष की अंकशायिनी बनकर रह सकती है? इसी कारण मैंने द्रौपदी के विवाह में विशेष रुचि ली थी। द्रौपदी मेरी कथा की प्रेरणा है या आत्मा ही है, जो पुरुषों के बीच ईर्ष्या का संचार करके उनमें पौरुष बढ़ाती है; जिससे एक विनाश की भी आशंका दिखती है। प्रतिवेशी राजाओं के आपसी युद्ध की तुलना में भ्रातृ-वैर अधिक वेदनादायक होता है। तुम्हें शायद पता हो, ऋषि वाल्मीकि ने 'रामायण' की रचना की है, उसमें भी भ्राताओं के बीच शत्रुता की आशंका थी, परन्तु वह ग्रन्थ जैसे-जैसे लालित-पालित होने लगा, वह भरत न जाने कैसा मुरझा गया! इसी कारण कहानी में चमक या उसमें जान डालने के लिए उन्हें विकराल कुत्सित दस मुख और बीस हाथवाले रावण को पृष्ठभूमि में लाना पड़ा!...और रावण की तुलना में तो तुम देव-सम हो! तुम वास्तव, विश्वास-योग्य, यहाँ तक कि तुम्हें ऐसे साथी भी प्राप्त हुए, जिन्होंने हर प्रकार से तुम्हारी सहायता की या प्रेरणा दी। वत्स दुर्योधन, तुम्हारी मृत्यु तो विधि के अनुसार ही है, परन्तु तुम्हारा जीवन मेरे हाथों में था। तुम दुःखी मत होना। मेरी कहानी में तुम हमेशा अमर रहोगे! जाओ—समय हो चला है। मुझे शस्त्रों की झनकार सुनाई दे रही है। अवश्य ही पाण्डवगण तुम्हारी खोज करने यहाँ आनेवाले हैं।''

दुर्योधन सीधे खड़े होकर गदा को शून्य की ओर लक्ष्य कर जलद गम्भीर स्वर में बोले, ''उपहास, खिलवाड़! आपने मेरे जीवन के साथ खिलवाड़ किया है! अपनी कहानी की स्वार्थ-रक्षा के लिए आपने मेरे जीवन के साथ परिहास किया। अवैध ब्राह्मण, आपके इस खेल का मज़ा मैं भली-भाँति आपको चखाऊँगा। इस दुर्लभ मानव जीवन को आपने मुझे इच्छानुसार भोगने नहीं दिया। अब अन्तिम खेल मैं आपको दिखलाऊँगा। इस गदा से आपके मस्तक को विचूर्ण कर अभी रणभूमि में सन्देश भेजूँगा! देखता हूँ पाण्डवों की हिम्मत कि किस प्रकार वे मुझे बन्दी बनाते हैं। अपना शेष जीवन आपकी इच्छा से नहीं वरन् अपनी इच्छा से बिताऊँगा।''

दुर्योधन गदा उठाकर जैसे ही वेदव्यास पर आक्रमण करनेवाला था कि वेदव्यास दोनों हाथ ऊपर उठाकर बोले, ''अरे रोको-रोको!...मूढ़ चपलमति, अभी भी तुम्हारी दुष्ट बुद्धि गयी नहीं? मुझे तो तुम सहस्रों बार गदा से प्रहार करके भी नहीं मार

सकते! तुम्हें नहीं मालूम कि मैं अमर हूँ। अश्वत्थामा, बलि, हनुमान, कृप, परशुराम, आदि हम सात लोग चिरजीवी हैं। तुम्हारे चंचल स्वभाव के विषय में मुझे विदित है। तुम मुझ पर गदा से प्रहार न कर दो, इसीलिए मैं इतने समय तक तुमसे बचता चला आया।"

गदा रखकर दीर्घ निःश्वास छोड़कर दुर्योधन ने कहा, "हाँ सुना तो था कि आप अमर हैं, आपको मारने की सामर्थ्य मुझमें नहीं है। तब तो आपको अधिकार है कि आप मेरी मृत्यु अपनी इच्छा के अनुसार ही निश्चित करें।"

वेदव्यास बोले, "जाओ वत्स! सारे पुराने बन्धन त्यागकर अपनी भूमिका का पालन करो। तुम्हारे प्रति मैंने कभी अन्याय नहीं किया था। तुम अवश्य शीघ्र ही स्वर्ग में सुख भोगोगे। और युद्धत्रयी पाण्डवगण इस महाश्मशान में राज्य करने का भ्रम पाले हुए प्रतिपल शोक-ताप में जलेंगे! उनकी महिमा एक-एक कर क्षय होगी। वृद्ध अशक्त शरीर से उन्हें पृथ्वी के प्रतिदिन वाले नियतकर्म पालन करने पड़ेंगे, जिसमें क्लान्ति एवं एकरसता के अलावा कुछ भी न बचेगा। और तुम स्वर्ग में दीपशिखा के समान जाज्वल्यमान रहोगे। पाण्डवगण जब यहाँ बान्धव-विहीन रहेंगे, तुम उस समय अपने प्रियजनों सहित आनन्द करोगे। जाओ—माया के समस्त बन्धनों का त्याग कर दो!"

दुर्योधन ने कहा, "ठीक है, लेकिन आप भी यहीं रहेंगे। आप लालची और कुटिल हैं! आपको अमरत्व तो मिला, पर स्वर्ग के अधिवासी आप कभी नहीं हो सकेंगे!"

वेदव्यास का उत्तर था, "मैं स्वर्ग की आकांक्षा नहीं रखता। मेरी यह ऐतिहासिक कथा हर युग, काल के मानव-मन में इस प्रकार से बवण्डर मचाती रहेगी कि जिसे देखने की लालसा से मैं इस मनुष्य लोक में ही रहना चाहूँगा। इस धरा पर क्या किसी अन्य कवि को ऐसा अवसर मिला है? तुमने मुझे उचित ही समझा है। मैं अति लोभी हूँ, क्योंकि मुझमें अपनी कथा के विषय में मानव-मन की प्रतिक्रिया जानने का लोभ है—चाहे वह किसी भी युग में हो या काल में हो। उनके मन में किस प्रकार का तूफ़ान उफनता है, यही जानने की मेरी अभिलाषा है।" यह कहकर वेदव्यास अन्तर्धान हो गये।

निर्माण-क्रीड़ा

अमल मैदान से दौड़ा चला आ रहा है। न जाने कौन उसे बुला रहा है। सारी रात काफ़ी उमस थी, अब हल्की वर्षा की बौछार सुबह सात बजे से शुरू हुई। सूखी मिट्टी से उस पानी को पीने के लिए छोटी-छोटी जिह्वाएँ निकली पड़ रही हैं, पर. पहले तो बयार अपनी तृष्णा मिटाएगी, बाद में मिट्टी का नम्बर लगेगा।

अमल के पैर नंगे हैं और उसकी साढ़े नौ उँगलियों को देख ऐसा लगता है मानो किसी मिट्टी की मूर्ति पर पुरोहित के माथे की ठोकर लगने से उँगली का थोड़ा-सा अंश टूट गया! उसके बायें पैर के बीचोंबीच टूटी उँगली में अब किसी प्रकार की तकलीफ़ नहीं है।...

मैदान से अमल दौड़कर कहीं जा नहीं रहा, बल्कि आ रहा है; क्योंकि उसकी पीठ नहीं दिखाई दे रही, बल्कि उसका मुँह और छाती दिख रही है। उसके नीले रंग के आधे बाजूवाली कमीज़ में सिर्फ़ एक बटन लगा है। उसकी कमीज़ का रंग बिल्कुल उस तालाब के पानी जैसा नीला है, जिसमें मछली पाली जाती है। अमल के माथे के बाल काफ़ी घने हैं और मुँह पर तीन दिन की दाढ़ी है। उसकी आँखों में नींद की पतली रेखा साफ़ नज़र आ रही है। थोड़ी-सी नींद वह बिस्तरे पर छोड़ आया और बाक़ी इस मैदान में फैलाकर जा रहा है।

उसके चेहरे तथा आँखों से उसकी उम्र सत्ताईस बरस की लगती है। सत्ताईस बरस में कितने घर पुराने हो जाते हैं, कितने संस्थान भंग हो जाते हैं। पर सत्ताईस बरसवाले इनसान का चेहरा सबसे ताज़ा, जैसे सद्यः-प्रस्फुटित पुष्प अभी-अभी पृथ्वी रूपी मंच पर अवतरित हुआ हो! इसके पहले तो यह इनसान यहाँ नहीं था, ऐसा महसूस होता है। वह बच्चा, किशोर या काम न पानेवाला बेकार छोकरा था, पर अब वह परिपूर्ण आदमी है। किसी देवता या दानव के पास उसे खड़ा करने से भी वह एक इनसान के रूप में पहचाना जाता है।

एक पुकार अमल को और ज़ोरों से सुनाई दी जिससे उसके दौड़ने की गति

में तेज़ी आने लगी। पीछे किसी प्रकार की बस्ती नहीं, आधा गाँव आधा शहरी इलाक़ा है। अमल के घर में जामुन का पेड़ है, जिससे इस समय पपड़ियाँ झरती हैं। वैसी पपड़ी क्या उसकी छाती में बिंध गयी? नहीं यह तो रुई है! अमल जिस कमरे में सोता है, उसका बिस्तरा खिड़की के पास है। काफ़ी क़ायदे से सफ़ेद साफ़-सुथरी बढ़िया नरम चादर से उसका बिस्तरा बनाया जाता है। उस पर वह अकेला सोता है। परन्तु जाने कौन कब उसके तकिये में एक छेद कर गया, जिसमें से रुई निकलती रहती है!...

इनसान को सबसे ज़्यादा अपना बिछौना प्यारा होता है। जहाँ भी वह रहे, बिछौना उसे खींचता है। दारुण विपदा में भी सिर्फ़ बिछौने की ख़ातिर जीने की लड़ाई लड़ने में उसे प्रेरणा प्राप्त होती है। तकिये पर सिर रखकर आँख मूँदकर सारे मानव एक जैसे हो जाते हैं। नींद में ही असल समानता दिखलाई पड़ती है।

भागते हुए अमल की छाती पर एक टुकड़ा रुई का लगा है, जो उसके बिस्तरे से निकला है।

बिस्तरे की चादर बीच-बीच में बड़ी बुआ धो देती हैं, और वह काफ़ी दिनों तक बदला भी नहीं जाता। माँ है नहीं, इसीलिए पूरे घर का भार बुआ पर है। बुआ में भी अब उतनी ताक़त नहीं है, तभी स्नायु की शक्ति कम होने पर जिह्वा-शक्ति बढ़ गयी है और वह खरी-खरी सुनाती रहती हैं। बुआ की गृहस्थी में पैसा पिताजी का। पिताजी ने क्या कभी, किसी ज़माने में अपने बच्चे को प्यार किया? किशोरावस्था पार करने पर आमने-सामने होते ही वे आँखें चुरा लेते। पिता एक दरवाज़े से निकलते तो अमल दूसरे से। पिता खाना खाते, तब अमल स्नान करता। घर में रिश्तेदार आदि आने पर अमल कहीं भी दिखलाई नहीं दिया करता था।

मैदान में घास नहीं थी, कोमल लता या फूल भी नहीं, बीच-बीच में बस दो-एक खजूर के पेड़ थे। जंगली खजूर फरता है, जिसमें केवल बीज ही दिखता है। अभी सूरज की तेज़ी कम होने लग गयी है। अब सूरज को प्यार से छाती में बसाया भी जा सकता है! थोड़ी-सी वर्षा के बाद, छोटी बालिका की हँसी की माफ़िक़ धूप भी वहाँ थी।

इस मैदान में खेती नहीं होती, टूटी-फूटी टेढ़ी-मेढ़ी ज़मीन, चलने का पद-चिह्न तक नहीं। यहाँ-वहाँ सूखे गोबर, कहीं झुरझुरी मिट्टी के पास असंख्य दीमकों के डैने, एक अस्थायी चूल्हा, जली लकड़ियाँ—जो पहले कभी यहाँ आये थे उनकी अदृश्य छाप की तरह अभी भी हैं। हवा में सिगरेट के पैकेट की चमकीली पन्नी उड़ी जा रही है।

थोड़ी देर बाद उसे मिला एक जलाशय, जो काफ़ी टेढ़ा-मेढ़ा था। कभी भी यह ज़्यादा गहरा नहीं था और जिसमें बहते फूलों को गहराई का अर्थ ही नहीं मालूम।

यह मैदान किसी भी नदी का नाम तक नहीं जानता। मगर बीच में कुछ दूरी पर किसी दिशा में पेड़ों की क़तारें दिखलाई पड़ती हैं, जिससे यह लगता है कि पास ही कुछ है। तभी तो इस मैदान को पार करके लोग वहाँ पहुँचना चाहते हैं।

पानी पर छपछपाकर अमल दौड़ा चला जा रहा है। उसके घुटनों तक उठे राख के रंगवाले पैण्ट से भी ऊपर पानी चढ़ गया, दोनों जाँघों के बीच मीठी-सी सिहरन हुई।

तभी उसे छाती की रुई से एक गन्ध मिली। वह एक प्रगल्भा, खुले केशोंवाली तरुणी की थी, जो एक दिन उसके तकिये पर सिर रखकर सोयी थी। उसके मुँह में पान की महक थी, लाल होठ, यूम्लिप्टस के पेड़ की तरह जिसके बदन का रंग था। आँखें भ्रमर की तरह तो नहीं, पर उनमें भ्रमर के उड़ने का इशारा था। उसकी हँसी पूरे शरीर में फैलकर हिलोरें मारती थी।

उसका शरीर पूरी तरह से पारदर्शक था। शरीर भी पूर्ण यौवना का, उसने बदन पर चोली भी नहीं पहनी थी। यहाँ तक कि निचले अंग को जिससे ढँका जाता है—साया या पेटीकोट या घाघरा—उसने कुछ भी नहीं पहना था। केवल गुलाबी रंग की महीन साड़ी से उसका सारा शरीर आवृत था। लेकिन वह आवरण तो नग्नता को और भी उभार रहा था, जिससे आँखें चुँधिया रही थीं। उसके स्तन, नाभि, योनि के रोम तक दिखाई दे रहे थे। ऐसी पोशाक में अमल ने पहले किसी नारी को नहीं देखा था। गाँव में भी ऐसी पोशाक पहने स्त्रियाँ नहीं दिखतीं। दरवाज़ा बन्द करने के बाद शयन-कक्ष में नारियाँ कैसी दिखती हैं, यह अमल को मालूम नहीं। यह रमणी बाहर से आयी थी और उसके दरवाज़े पर खड़ी थी—हू-ब-हू हेमेन मजूमदार की बनायी कलाकृति की भाँति। गुलाबी लालिमा में उसकी मुस्कान सराबोर थी। अमल का समूचा अस्तित्व काँपने लग गया था।

वह लड़की अनायास ही उसके बिस्तरे पर सो गयी। उसका बिस्तरा उसके सोने के संग-संग नदी की लहरों में तब्दील होने लगा। वह आँधी न थी, बल्कि हल्की-हल्की हिलोरें थी। कमरे की दीवारें पेड़-पौधों की तरह लगने लगीं।

उसने अमल का हाथ पकड़ा था, पर अमल को करवट बदलने में भय हो रहा था। भय भी नहीं, उसके भीतर एक प्रकार की दुविधा थी। काफ़ी लम्बे सपने को मुट्ठी में लेने का दुःख! जो विलासिता उसे पहले नहीं मिली, उसे वह अपने अधिकार में करना चाहता था।

अमल ने पूछा था, "तुम कौन हो?"

वह लड़की काफ़ी नज़दीक आकर बिल्कुल परिचित जैसी खिलखिलाकर हँसने लगी, "तुम मेरा नाम नहीं जानते?"

अब मैदान बिल्कुल मानव-विहीन न रहा। एक लम्बा-सा लड़का बकरियों के

झुण्ड लिये जा रहा था। दो बालक हँड़िया में मछली भरकर लिये जा रहे थे। गाय के पीछे-पीछे एक गोबर बटोरनेवाली थी। एक व्यस्त व्यापारी भी चला जा रहा था। कोई अमल को पहचानता था और कोई नहीं भी पहचानता था। अमल किसी की तरफ़ ताक रहा था। और किसी की ओर देख भी नहीं रहा था। बात करने का प्रश्न ही नहीं था।

अमल मैदान के ऊपर से दौड़ा जा रहा है। कोई उसे पुकार रहा है, पर उसमें कोई स्वर नहीं है।

खजूर के एक पेड़ के चारों ओर चील मँडराकर अपने तीखे स्वर से मानो किसी को डरा रही थी। खजूर के पेड़ के भीतरी हिस्से में किसी पंछी का घोंसला रहता है। वे चील से नहीं डरते तो फिर वहाँ और है क्या डराने के लिए?

बारिश की फुहारें अब महीन से और भी कम हो गयी हैं। लगता है कि आसमान भी अब बारिश के मूड में नहीं है। हल्के बादल, मेघों की गर्जना एक बार भी नहीं सुनाई दी। अमल के पिता बीच-बीच में मेघों की गर्जना की नक़ल करके रसोई के बरामदे से क्रोधी शिव की भाँति पुकारते हैं–'अमू, अमू'।

रसोई के पास टाली के छतवाला कमरा भग्नावस्था में है। इस कमरे की मरम्मत नहीं की जाती है। अन्दर टूटे-फूटे रहस्य से भरे सामान हैं। एक दिन दवाई का ढक्कन नहीं मिल रहा था तो बुआ ने कहा था–देख तो उस बच्चा जननेवाले कमरे में तो नहीं पड़ा। उस टूटे कमरे को प्रसूति-गृह के नाम से ही जाना जाता है। किसी ज़माने में इसका यह उद्देश्य रहा होगा, पर अमल ने कभी भी उसे व्यवहृत होते देखा नहीं। उसने तो केवल दादी को इस कमरे में रहते देखा है। पिताजी, ताया, बुआ सभी इसी कमरे में जनमे थे। अन्तिम अवस्था में इनकी एकमात्र जन्मदात्री इसी कमरे में अन्धावस्था में रहा करती थी। वे अन्धी तथा सफ़ेद बालोंवाली, दन्तविहीन, सुन्दर हँसीवाली दादी थीं, जिनकी हँसी में भी कोई स्वर नहीं था।

पिताजी जब भी उसे पुकारते, दादी वहाँ से आवाज़ देती–"मैं आती हूँ।" इस बात को लेकर सभी हँसी-मज़ाक़ किया करते थे। और किसी की आवाज़ सुनकर नहीं, सिर्फ़ पिताजी की आवाज़ सुनकर ही वे समझतीं कि उन्हें बुलाया जा रहा है। अँधेरे कमरे से अन्धी बुढ़िया धूप-भरे आँगन में आ जाती थी। अमल तब आँवले के पेड़ के पीछे दुबका रहता।

माँ सबसे सुन्दर लगती थीं जब वे साँझ के समय तुलसी-मंच के समक्ष आँचल गले में लपेटे प्रणाम करने को झुकतीं। गले में आँचल लपेटने से चेहरा बिल्कुल बदल जाता है। किसी नारी को घुटनों के बल बैठा देखकर अमल के मन में उसकी साड़ी का आँचल अपने गले में लपेटने की इच्छा जाग्रत होती है। माँ के आँचल के सिरे में चाभी का बँधा गुच्छा न जाने कब खो गया।

मैदान में एक टूटी बाँसुरी पड़ी है। जो गाय-बकरी चराते हैं, वे यदि बंसी नहीं बजाते तब यह कौन बजाता है? धूप में जलकर, बारिश में भीगकर बाँसुरी किसी जल-प्रवाह में यात्रा कर रही है।

अमल की साँसों की आवाज़ हवा में सुनाई दे रही है। वह ज़रा भी हाँफा नहीं। उसके तकिये पर सिर रखकर सोनेवाली लड़की ने कहा था—''तुम्हारा स्वास्थ्य कितना अच्छा है, अमरूद के पेड़ की डाल की तरह तुम्हारी भुजाएँ...!'' अमल ने उसके रूप की प्रशंसा नहीं की। वह उसे विस्मय विह्वल देखता रहा। उसकी पलकें नहीं झपक रही थीं।...

रस्सी या आग? अमल पानी में नहीं डूबेगा। आग से उसे डर लगता है। रस्सी ही ठीक है। जीवन में अमल ने एक ही बार सोचा था—वह ख़त्म हो जाएगा, कहीं समा जाएगा। माँ, दादी की तरह पिताजी, बुआ को रख, वह चला जाएगा। पेड़ के पीछे उसे छिपना भी नहीं पड़ेगा।

और कोई भी उस रात को घर में न था। अमल की ही घर पर पहरा देने की ज़िम्मेदारी थी। मनुष्य असल में सारी ज़िन्दगी अपने-आप पर ही पहरा देता है। देते-देते एक वक़्त आता है, जब वह थककर, देना-छोड़ना चाहकर, किसी दिशाहीन मंज़िल की तरफ़ चल देता है। क्या होगा, यह इच्छा बड़ी मनमोहिनी होती है। वह मायाविनी इच्छा है—दिशाहीन भटकने का नशा।

एक ही तकिये पर सिर रखकर सोनेवाली लड़की ने अपनी हँसी पूरे शरीर में भर ली थी।

अमल ने पूछा, ''तुम कौन हो?''

लड़की ने कहा, ''तुम मुझे नहीं पहचानते?''

अमल बोला, ''नहीं तो।''

उस लड़की ने अपने पानवाले लाल होठों से हिलोरें लीं और जवाब दिया, ''मेरा नाम है नौकरी।''

लड़की ने मिथ्या भ्रम में डाला था। नौकरी का रूप कभी भी उतना मनमोहक नहीं हो सकता। नौकरी तो अमल को मिली थी आख़िर में, हालाँकि एक सौ अड़तालीस युवकों को लाँघने के बाद पिता के हाथों में पहले महीने की तनख़्वाह देते वक़्त नोटों की आवाज़ भी सुनी थी उसने। एक नोट ज़मीन पर गिर पड़ा तो उन्होंने झुककर उठाया भी। यह अमल के पिता का उसके सामने पहली बार झुकना था। अमल को तकलीफ़ भी पहुँची थी।

अगर तराजू में नापतौल की जाती तो एक सौ उनचास एक जैसे योग्य थे। पर अमल को ही विजयी होने का अवसर मिल गया था।

लेकिन वह इस विजय को एक महीना ग्यारह दिन से ज़्यादा पकड़कर नहीं रख

पाया। हर वक़्त अमल की पीठ में दर्द रहता था। एक सौ अड़तालीस आँखों के जोड़े उसे क्रोध और घृणा की जलन से जलाते रहते। छटपटाकर अमल उस वक़्त उस लड़की को ढूँढ़ता, पर वह थी कहाँ?

अमल मैदान से भागा आ रहा है। कौन उसे बुला रहा है? अब थोड़ा बहुत पसीना उसके माथे पर आ गया है। नीली कमीज़ पीठ के पास थोड़ी-सी भीगकर और भी गाढ़ी नीली लगने लगी है। अगर बारिश-बादल न होते तो सूर्य का रूप अब तक काफ़ी असह्य हो जाता। ज़मीन पर घास दिखाई देने लगी है, दूर के क़तारों वाले पेड़ भी अब ज़्यादा दूर नहीं हैं। पीछे जहाँ अमल का घर है, वहाँ से क्षितिज काफ़ी दूर है। उसका अपना बिछौना, उसकी छाती पर रुई का टुकड़ा—जो अब झर चुका है।

अमल दौड़ा चला आ रहा है। कोई उसे पुकार रहा है।

अमल भागा जा नहीं रहा बल्कि भागा आ रहा है। कोई उसे बुला रहा है। काफ़ी नज़दीक आ चुका है।

कौन बुला रहा है, कहीं वह लड़की तो नहीं।

मैं बुला रहा हूँ—आओ अमल प्रवेश करो! अब तुमको पात्र बनाकर मुझे अपनी कहानी लिखनी है!

□□□